김혜진

2012년《동아일보》신춘문예에 단편소설
「치킨 런」이 당선되며 작품 활동을 시작했다.
소설집『어비』,『너라는 생활』과 장편소설
『중앙역』,『딸에 대하여』,『9번의 일』
『불과 나의 자서전』이 있다.

경청

김혜진
장편소설

경청

민음사

차례

이성목 기자에게

안녕하세요.

임해수입니다.

이 편지를 받고 놀라실지도 모르겠네요. 어쩌면 제 이름을 완전히 잊으셨는지도 모르죠. 누군가에게는 죽어도 잊을 수 없는 일이 또 다른 누군가에게는 쉽게 잊히는 일이 되기도 하니까요. 잊을 수 없는 사람은 피가 마르는데 잊은 사람은 아무 일도 없었던 것처럼 살아간다는 게 어떻게 가능할까요.

하긴 그보다 더한 일들도 가능한 게 사는 일인지도 모르죠.

살아 있는 척하기, 죽은 채로 살아가기. 살지만 죽은 거나 마찬가지인 상태. 지금의 저를 보면 그런 것도 얼마든지 가능하다는 걸 알 수 있습니다. 이유는 짐작하시겠지요.

지금도 인터넷을 열면 기자님이 쓴 기사를 볼 수 있습니다. 기자님이 나에 대해 쓴 그 기사들. 최소한의 사실 확인도 없이 어떻게 그런 기사를 쓸 수 있는지. 저는 도저히 이해할 수 없습니다.

항간에 떠도는 말들을 짜깁기해 놓은 것에 불과한 그런 글을 내려 달라는 제 요청이 왜 번번이 거절당하는지, 너무나 당연한 그 요구가 왜 이처럼 받아들여지지 않는지. 아무리 생각해도 제 상식으로는 정말.

그녀는 여기까지 쓰고 잠시 펜을 내려놓는다. 손등에 묻은 잉크가 아무것도 적히지 않은 종이 아랫부분에 검은 자국을 남긴다. 실패다. 다시 써야 한다. 그러나 그것이 부주의하게 묻은 잉크 자국 때문이 아니라는 걸 그녀는 잘 안다. 이 편지는 부족하다. 이런 단어로는, 이처럼 예의 바르고 매끄러운 형식으로는 자신의 심정을 전달할 수 없다.

그녀는 자신이 고른 단어들을 내려다본다. 그런 후엔 볼펜을 쥐고 어쩌면, 죽어도, 피가, 따위의 단어에 줄을 긋는다. 잊을 수 없는 일이라는 문장을 잊지 못하는 일로 고치고, 이름이라는 단어를 존재라는 단어로 바꿔 보기도 한다. 그러나 편지에 스며 있는 조심스러움과 주저함은 말끔하게 사라지지 않는다.

날카롭고 뜨거운 무언가. 끊임없이 불씨를 되살리고 활활 타오르게 하는 무언가. 이런 평범한 단어와 문장으로는 자신을 수시로 덮쳐 오는 감정에 대해 말할 수 없다. 역부족이다.

그녀는 오래도록 감정을 내보이지 않고 살았다. 참을 수 없는 순간이 아주 없던 것은 아니었으나 대체로 견딜 만했고 쉽게 잊었다. 그녀는 자신이 감정을 통제한다고 믿었다. 자신의 의지와 노력이 그것을 가능하게 한다고 생각했다. 그리고 모든 것이 불가능해진 지금, 그녀는 자신이 이지아 노려이 아니라 자신을 둘러싼 이전의 삶이 그것을 가능하게 했다는 것을 인정할 수밖에 없다.

그녀는 편지를 반으로 접고 또 반으로 접어 주머니에 넣은 다음 집을 나선다. 밤 산책을 나온 사람들도 대부분 집으로 돌아간 시각. 불 켜진 가게 앞에서 취객들이 담배를 나눠 피우고 있다. 차들이 지날 때마다 상기된 얼굴들이 환한 불빛에 사로잡힌다.

그녀는 좁은 골목을 빠져나와 사차선 도로를 건너고 공원 쪽으로 걷는다. 공원은 어둡고 한산하다. 몇 년 전까지 이곳은 허름한 술집들의 전쟁터였다. 밤이면 알록달록한 알전구를 켜고, 필름지로 코팅한 문을 조금만 열어 둔 채 밤새 손님을 기다리던 가게들. 열린 문틈으로 보이는 내부는 조악하고 퇴폐적이고 얼마간 쓸쓸했다. 이곳은 떠밀려 온 온갖 것들이 정박한 조악한 항구와 다를 바 없었다.

이제 그런 흔적은 조금도 남아 있지 않다.

일정한 간격을 두고 늘어선 아파트와 내부가 투명하게 들여다보이는 가게들. 널찍한 도로와 깨끗한 보도블록. 사람들은 이전의 풍경을 잊은 것처럼 익숙하게 여기

저기를 오간다. 하긴 이곳의 과거를 아는 사람들은 거의 남아 있지 않다.

그녀는 기다란 공원을 따라 걷는다. 적당한 고요와 고즈넉한 불빛 속에서 평정심을 되찾으려고 애쓴다. 봄이 아주 가까이 왔다. 그녀는 자신을 둘러싼 계절에 집중한다. 바람이 불 때마다 가로수의 그림자가 미세하게 흔들린다. 겨우내 가느다란 선에 불과했던 그림자들은 서서히 형체를 갖추는 중이다. 앞으로 몇 달간 이것들은 무섭게 몸집을 불릴 것이다.

깊은 밤의 산책은 여러모로 이롭고 안전하다.

환한 낮에는 모든 게 쉽게 드러나고, 사람들은 드러난 것들에 대해 떠드는 걸 좋아하니까. 시야가 좁아지는 한밤에야 사람들의 무시무시한 호기심도 비로소 잠이 드는지도 모른다. 그녀는 어두운 쪽을 골라 디디며 공원을 한 바퀴 더 돈 다음 공원 입구 쓰레기통 앞에 멈춰 선다. 그런 뒤엔 반듯하게 접은 편지를 꺼내고 그것을 찢어 버린다. 거기 담긴 자신의 감정을 폐기하겠다는 듯이. 두 번 다시 그런 감정에 휘둘리지 않겠다는 듯이.

집 앞 골목길에 이르렀을 때 이웃 주민 둘이 실랑이

른 벌이고 있다.

아니, 왜 남의 집 앞에다 자꾸 밥을 주는 거야.

허리가 굽은 자그마한 뒷모습이 목소리를 높인다.

어르신, 여긴 집 앞이 아니라 도로잖아요. 사람들 지나다니는 길이라고요.

상대적으로 키가 큰 뒷모습이 응수한다.

그래, 사람들 지나다니는 길에 왜 고양이 밥을 줘? 좋으면 자기 집 앞에 주면 되지. 왜 이 동네 사람들을 괴롭히느냐 이 말이야.

제가 언제 사람들을 괴롭혔어요? 애들도 먹고 살아야죠. 애들 밥 먹이는 게 왜 사람들 괴롭히는 거예요. 절 괴롭히시는 건 어르신이에요.

한 사람의 목소리는 공격적이고 다른 한 사람의 목소리는 방어적이다. 창을 든 목소리와 방패를 든 목소리. 둘 다 물러설 기미는 없다.

승용차 한 대가 유행가 멜로디를 쏟아 놓으며 골목을 빠져나간다. 처연하고 구슬픈 노랫소리가 서서히 멀어진다. 그녀는 불법으로 정차한 트럭 옆에 조심스레 몸을 붙인다. 집으로 가려면 두 사람이 대치 중인 골목을 지나야 하고, 그러면 그들 중 누군가가 그녀를 알아볼 것이다. 불쑥 말을 걸어올지도 모른다. 동의를 구하거나 곤란한 질문을 던지거나 듣지 않아도 될 말을 할지도 모른다.

며칠 전 마트에서 그녀는 바로 그런 공격을 받았다.

그녀가 1+1, 초특가, 마감 세일, 그런 팻말이 붙은 신선 코너를 서성거리고 있을 때였다. 샐러리와 로메인상추 매대 앞에 멈춰 선 채 그녀를 힐끔거리던 사람이 다가와 물었다.

혹시 임해수 박사님 아니에요? 맞죠? 이런 데서 만나게 되다니 신기하네요. 이 동네에 사세요?

한쪽 어깨에 노란 장바구니를 메고 파란 카디건을 걸친 여자였다. 여자의 머리 위에 놓인 커다란 선글라스가 금방이라도 흘러내릴 듯 아슬아슬해 보였다.

그녀가 이렇다 할 대답을 하지 않았는데도 여자는 그녀와 눈을 맞추며 한마디 더 했다.

이런 이야기 어떻게 들으실지는 모르겠지만 사실 전 그 일이 전적으로 박사님 잘못이라고 생각 안 해요. 이러쿵저러쿵 떠드는 사람들은 다 뭘 제대로 모르는 사람들이에요. 원래 그런 걸 좋아하는 사람들요. 신경 쓰실 거 없어요.

그녀는 여자를 향해 부드럽게 웃었다. 아니, 그렇게 하려고 노력했다. 그러나 얼굴 근육이 마비된 듯 굳어 가는 걸 분명히 느낄 수 있었다.

사실 제 생각은 그래요. 그때 왜 한창 기사가 쏟아져 나올 때 말이에요. 박사님 쪽에서 더 강경하게 해야 했다고 봐요. 그런 사람들은 세게 나가야 입을 다물거든요. 괜히 우물쭈물하는 모습을 보였다가는 기를 쓰고 더 달려들죠. 답이 없는 사람들이에요.

그녀는 탑처럼 쌓인 양상추 더미를 내려다보며 그 순간을 견뎌야 했다. 꼭대기에 아슬아슬하게 놓여 있던 양상추 하나가 굴러 떨어지지 않았더라면, 몇 개의 양상추가 더 굴러 떨어지고 피라미드 모양으로 쌓아 올린 양상추 무더기가 와르르 쏟아지지 않았더라면, 직원이 달려오고 가벼운 소란이 일지 않았더라면. 그녀는 여자가 스스로 말을 멈출 때까지 거기 서서 날아오는 무례한 말들을 끝까지 들어야 했을 것이다.

전 그런 사람들이 아니에요. 전 그런 사람들과 달라요.

남들과 선을 긋는 말들. 다른 사람들을 멀리 내모는

말들. 결국 자신의 올바름과 정의로움을 도드라지게 하는 말들. 그러나 그녀에게 그 모든 말들은 차이가 없다. 사람들의 말은 그녀가 지나온 시간들을 상기시키니까. 여전히 모든 게 조금도 잊혀지지 않았다는 증거니까. 언제까지나 이런 식으로 끈질기게 자신의 이름이 회자될 거라는 경고니까. 그건 그녀의 자격지심이고 피해 의식일지도 모른다. 어쨌든 그녀는 휘말리고 싶지 않다. 그게 무엇이든, 어떤 일이든, 더는 연루되고 싶지 않다.

그리고 그녀가 고개를 돌렸을 때 노란 덩어리 같은 형체가 주차된 트럭 밑으로 재빨리 몸을 숨긴다.

......

그녀의 일상은 규칙적이다.

아침 8시에 일어나 침대에 누운 채로 가볍게 스트레칭을 하고, 양치질을 한 다음 물을 한잔 마신다. 그런 후엔 창을 열고 커피 한잔을 마시며 라디오를 켠다. 주로 청취자들의 소소한 사연이 흘러나오는 방송이다. 그녀는 10시 전에 늦은 아침을 먹고 이런저런 집안일을 하며

정오른 맞는다. 정오기 지나면 시간은 빼르게 흐른다. 이
느 새 2시가 되고 3시가 되고 저녁이 온다.

저녁 식사를 하기 전까지 그녀는 주로 편지를 쓴다.
손으로 쓰기도 하고, 이메일을 작성할 때도 있다. 그것은
하루 중 가장 중요한 일과다. 가벼운 인사로 시작하고 신
중하게 고른 단어들을 징검다리처럼 하나씩 내려놓다가
마침내 무수한 단어들 속에서 길을 잃고 마는 행위. 밤이
오면 그녀는 쓰다 만 편지를 챙겨 들고 산책을 나선다.
한 시간 남짓 공원을 걷고, 공들여 쓴 편지를 폐기하고
돌아오면 비로소 하루를 무사히 보냈다는 안도감을 느
낄 수 있다.

그녀의 하루는 차분하고 고요하게 흐른다.

어디까지나 겉으로 볼 때는 그렇다. 사실 그녀의 내
면은 깨지기 쉬운 유리다. 가벼운 충격에도 쉽게 부서지
고, 복구하기까지 오랜 시간이 걸린다. 뭐든 한번 훼손되
고 나면 처음처럼 되돌릴 수 없다. 그걸 알면서도 그녀는
이전처럼 굳건한 내면을 되찾을 수 있다는 희망을 버리
지 못한다.

불가능한 소망. 이뤄질 리 없는 바람.

그녀의 일상이 이렇게라도 유지되는 건 그녀가 그런 믿음을 끈질기게 붙잡고 있는 덕분인지도 모른다.

한밤, 산책을 다녀오는 길에 그녀는 다시 그것을 본다. 며칠 전 트럭 밑으로 몸을 숨겼던 노란 형체. 그것은 고양이다. 그녀는 주차된 트럭 앞에 쪼그리고 앉는다. 트럭 아래 웅크린 고양이가 그녀를 올려다본다. 고양이의 두 눈에 환하게 불이 켜진다.

너구나. 이 동네 사람들을 싸우게 하는 게.

그녀는 그렇게 중얼거리며 한 손을 내밀어 본다. 움츠린 고양이가 작게 입을 벌리며 경계하는 몸짓을 한다. 고양이는 작다. 아주 어린 새끼는 아니지만 성묘도 아닌 것 같다.

이리 와 봐.

그녀는 고개를 숙이고 손을 조금 더 뻗어 본다. 무리를 지어 걷는 사람들의 말소리가 가까워졌다가 멀어진다. 오토바이 두 대가 경쟁하듯 엄청난 속도로 골목을 빠져나간다. 양쪽 귀를 납작하게 젖힌 고양이는 겁에 질린 듯 주변을 두리번거리면서도 그녀에 대한 경계를 늦추지 않는다.

너 겁이 많구나.

그녀가 몸을 일으키려는 순간 고양이가 야옹, 하고
운다. 그녀가 고개를 숙여 트럭 아래를 바라본다. 고양이
가 한 번 더 야옹 소리를 낸다.

고양이 이마에 불그스름한 자국이 있다. 말라붙은 핏
자국이다. 그녀는 고개를 한쪽으로 완전히 기울인 채 고
양이의 상처를 유심히 살핀다. 동전만 한 붉은 딱지는 검
게 변했고, 테두리로 하얗게 곪은 자국이 번져 나가고 있
다. 문제는 그뿐이 아니다. 고양이의 앞발 하나가 부어오
른 것처럼 뭉툭하다. 그녀가 자세히 보려고 다가가자 고
양이는 앞발을 몸 아래로 숨겨 버린다.

그녀는 가까운 편의점으로 가서 우유와 닭 가슴살 한
팩을 사 온다. 그 작은 생명의 허기를 달래 주기 위해서.
담배꽁초와 비닐, 온갖 쓰레기로 뒤덮인 어둠으로부터
구해 주기 위해서. 아니, 그녀는 그 불쌍한 고양이를 빌
미로 다시금 자기 연민에 빠진다.

그녀는 트럭 아래 웅크린 그 고양이에게서 자신이 처
한 가혹한 현실을 상기하고, 자신의 가여운 처지를 되새긴
다. 자신과 아무 상관 없는 길고양이에게서 자신의 슬픔과

비애, 비통과 울분을 발견하는 건 얼마나 쉬운지. 철저한 피해자 되기. 자신을 향한 이 연민에는 끝이 없다.

그녀가 되돌아왔을 때 고양이는 가고 없다. 그녀의 의도를 간파한 듯 그녀가 한참을 더 기다려도 나타나지 않는다. 그녀는 집으로 돌아와 우유와 닭고기를 냉장고에 넣어 둔다.

......

그녀는 일 년 남짓 이어지고 있는 이런 생활 패턴에 불만이 없다.

그러나 자신이 얼마나 더 이렇게 살 수 있을지 장담할 수 없다. 그녀는 자신이 이런 단조로운 삶에 어울리지 않는다는 걸 잘 안다. 이런 무미건조한 삶에 만족하지 못하리라는 것을 누구보다 잘 안다. 자신이 삶에서 기대한 수많은 것들. 꿈꿀 수 있었던 무수한 것들. 그녀는 자신의 삶이 이런 식으로 특색 없이, 아무런 개성 없이, 전락할 거라고 상상조차 하지 못했다.

그녀의 삶은 그냥 삶이 되었다. 다른 사람의 것이라

고 해도 이상한 게 없는 상태. 그녀는 더 이상 이 삶의 주인이 아니다.

다음 날 저녁, 그녀는 다시 그 고양이를 본다. 트럭 아래에서 고개를 내밀고 있던 고양이는 다가오는 그녀를 보곤 재빨리 몸을 숨긴다. 그녀는 조심스럽게 트럭 앞에 쪼그리고 앉아 우유와 닭 가슴살을 꺼낸다. 우유는 종이컵에 따르고, 닭 가슴살은 덩어리째 내려놓는다.

먹어. 이리 와서 먹어 봐.

부드럽게 타일러 보지만 고양이는 꿈쩍도 하지 않는다. 환하게 켜진 두 눈으로 그녀의 움직임을 주시할 뿐이다. 외부를 향한 저렇듯 완고한 경계심은 타고나는 걸까. 어쩔 수 없이 배우게 되는 걸까. 어느 쪽이든 삶을 고독하고 힘겹게 만드는 건 마찬가지다. 다시금 마음이 자기 연민 쪽으로 기운다. 그녀는 그런 마음을 붙잡으며 한 걸음 뒤로 물러난다.

고양이가 코를 내밀며 관심을 보인다.

저기, 근데요.

누군가 그녀를 부른다. 돌아보니 여자아이 하나가 서 있다. 아니, 아이라고 부르기엔 제법 덩치가 크다. 초등

학생, 중학생, 그녀는 아이의 나이를 가늠하며 그애와 눈을 맞춘다.

저렇게 통째로 주면 쟤는 못 먹을걸요. 고양이들은 입이 작잖아요. 저거 닭 가슴살이죠? 쟤 아까 사료 먹긴 했는데요.

아는 고양이니?

그녀가 몸을 일으키고 나자 아이의 덩치가 상대적으로 작게 느껴진다. 아이는 커다란 크로스백을 다른 쪽 어깨로 바꿔 메며 제자리에서 가볍게 뛴다.

쟤요? 알죠. 근데요. 저건 사람이 먹는 닭 가슴살 아니에요? 사람 먹는 건 주면 안 되는데요. 간이 되어 있으니까, 고양이 신장에 안 좋대요.

그러니?

그녀는 길바닥에 놓인 희끗희끗한 닭 가슴살을 내려다보며 말한다. 접시에 놓았다면 충분히 먹음직스럽게 보였을 닭 가슴살은 이물스럽게 느껴진다. 그녀는 닭 가슴살을 주워야 할지 그냥 내버려 둬도 좋을지 결정하지 못한 채 머뭇거린다. 아이가 갑자기 상체를 숙이고 트럭 아래를 살펴본다. 커다란 가방이 앞쪽으로 기울고, 가방 안의 물건

득이 한쪽으로 쏠리며 덜그럭거리는 소리를 낸다.

아, 이건 괜찮을 거예요. 간이 안 되어 있는 거잖아요.
저도 가끔 먹는 거거든요. 진짜 맛없어요.

아이는 그렇게 말한 뒤 쪼그리고 앉아 가방 안을 뒤
지기 시작한다. 아이의 움직임은 투박하고 급작스럽다.
상대를 아랑곳하지 않는 무심하고 자연스러운 행동. 그
것이 그녀의 경계심을 얼마간 누그러뜨린다.

다음에 보면 이거 하나 주실래요? 쟤가 이거 좋아하
거든요.

이게 뭐니?

츄르요. 고양이 간식인데 손에 묻으면 냄새가 엄청
지독해요.

검은 중형차 한 대가 골목을 지나며 경적을 울린다.
그녀와 아이가 트럭 쪽에 바짝 붙어 선다. 땀이 흘러내린
아이의 얼굴이 번들번들하다. 아이에게서 시큼한 땀 냄
새가 난다. 종일 노동에 시달린 사람에게서나 날 법한 피
로한 냄새다. 그녀의 시선이 아이가 신은 스포츠 양말과
한쪽 손목을 감싼 아대, 하나로 질끈 묶은 머리를 조심스
럽게 오간다.

여길 조금 뜯어서 짜 주면 돼요. 쟨 가까이 안 오니까 바닥에 짜 줘야 해요.

그녀는 아이가 건네준 츄르 하나를 받아 든다. 그녀는 이 동네에서 누군가와 이렇게 길게 대화를 나눠 본 적이 없다. 아는 사람이 전혀 없는 것은 아니지만 그 소수의 사람들조차 그녀와 대화하는 법을 잊은 지 오래다. 그들은 이제 판단하고 주장한다. 충고하고 가르치려 든다. 그런 식으로 그녀를 여전히 과거의 그 사건 속에 가둬 두는 걸 즐기는 것 같다.

고양이들이 이런 걸 좋아하는구나. 이건 얼마니?

그녀가 주머니를 뒤지자 아이가 새침하게 대꾸한다.

돈은 안 주셔도 돼요. 저도 어떤 아줌마한테 받은 거거든요. 담에 쟤 보면 꼭 주세요.

갑자기 아이가 손으로 트럭 아래를 가리킨다. 밖으로 나온 고양이가 종이컵에 담긴 우유를 할짝거리고 있다. 뭉툭한 앞발 하나를 엉거주춤하게 든 채로. 세 발로 서 있지만 몸의 균형은 흐트러짐이 없다. 두 사람은 그런 고양이의 모습에 잠시 시선을 빼앗긴다.

저거 보이세요? 저기 앞발요. 지금은 많이 나은 거예

요. 몇 주 전까지만 해두 진짜 엄청 부어 있었거두요. 제대로 걷지도 못했어요.

아이가 말한다.

눈치를 살피던 고양이가 다시 트럭 밑으로 사라진다. 그녀는 아이가 왜 자신에게 이런 이야기를 하는지 알 수 없다. 자신이 왜 처음 보는 아이와 이런 대화를 나누고 있는지도 이해할 수 없다. 그럼에도 그녀는 자리를 뜨지 않는다.

근데 고비는 넘긴 거랬어요. 여기 밥 주시는 어떤 아줌마가요. 쟤는 사람들이 생각하는 것보다 훨씬 강하대요. 그래서 잘 이겨 낸 거래요. 길에서 사는 고양이들은 사람들이 생각하는 거랑은 다르다고 했어요. 진짜 똑똑하고 용감하대요.

그녀는 그 말이 마음에 든다. 트럭 아래를 내려다보자 고개를 살짝 내민 고양이가 보인다. 다시 보는 고양이는 조금 달라 보인다. 그녀는 아이에게 몇 가지를 더 묻는다. 고양이가 주로 언제 나타나는지, 어디에서 밥을 먹는지, 그 밥을 챙겨 주는 사람들은 누구인지, 고양이가 몇 살 정도 되었는지, 언제 상처가 생긴 것인지, 따위의 것들이다. 아이는 성실하게 답한다. 그러나 스마트폰이 울리자 곧 갈 채비를 하고 인사를 건넨다.

저 이제 가야 돼요.

이름이 뭐니?

순무예요. 제가 지었어요.

아이는 그렇게 대답하고 돌아선다. 그녀가 궁금한 건 고양이의 이름이 아니라 아이의 이름이다. 그러나 그녀는 고개를 끄덕이고 만다. 그리고 아이가 제법 멀어졌을 때 그녀는 생각난 듯 목소리를 높인다.

애가 왜 다쳤는지 혹시 아니?

제가 3학년이라고 하면 사람들은 맨날 진짜냐고 묻거든요. 근데 진짜예요!

아이는 다시 엉뚱한 대답을 한다. 차 소리와 소음 탓에 질문을 제대로 듣지 못한 모양이다. 아이의 뒷모습이 차들이 오가는 도로를 건너고 어느새 보이지 않는다.

......

주현에게

몇 번 전화를 했었는데 통화가 계속 어려운 모양이네, 잘 지내니? 난 그럭저럭 지내고 있어. 적어도 그렇게 하려고 하고 있고 그런 노력이 중요하다는 것도 알고. 다행이지.

마지막으로 우리가 만났을 때 내가 예민했다는 건 너도 알 거야. 충분히 그럴 만한 상황이었잖아. 제정신이 아니었지. 이 순간은 곧 지나간다고, 견뎌야 한다고, 더 많은 걸 더 엉망으로 망칠 필요는 없다고. 네가 말한 기억이 난다.

날 위한 말이라는 걸 알면서도 그땐 그 말이 참 싫었어. 앞으로 더 많은 것들이 망가질 거라고 경고하는 것 같기도 했고. 난 겁에 질려 있었잖아. 그걸 들키기 싫어서 만나는 사람마다 소리를 지르고 횡포를 부렸지. 아주 가까운 사람들에게.

그래도 그런 이야기를 꺼내선 안 됐는데. 왜 불쑥 그런 말이 튀어나왔는지 모르겠다. 내가 불행해지니 좋으냐고 물었지. 이런 꼴을 구경하는 기분이 어떠냐고 빈정거렸고, 오래전 네가 지나온 불행한 시간을 들먹거렸어. 그래, 정말 들먹거렸다는 표현이 딱 맞다. 어쩜 그렇게 못나게 굴 수 있었는지.

너는 미친 사람처럼 지껄이는 나를 보다가 그만 가 보겠다고 말했지. 그때 넌 무슨 생각을 했을까. 어쩌면 우리 관계는 그 순간 끝장난 게 아니었을까. 네가 나가고 현관문 닫히는 소리가 들리고 나서야 나는 입을 다물었어. 갑자기 눈물이 쏟아져서 더 말을 할 수가 없었거든. 그렇게 정신없이 한참을 울었던 기억이 난다. 내가 잃은 것들, 앞으로 잃어야 할 것들을 생각하면서, 끝도 없이 추락할 내 삶을 가여워하면서.

그때는 내가 잃게 될 가장 중요한 것들 가운데 네가 있다고는 생각하지 못했지. 그래, 그땐 그런 생각은 정말 조금도 할 수가 없었어.

그녀는 거기까지 쓰고 편지를 다시 읽어 본다. 편지에 적힌 것이 지치지 않는 자기기만이라는 것을 인정할 수 있을 때까지. 그녀는 편지를 읽고 또 읽고 다시 읽는다.

그녀는 주현의 마음을 돌리고 싶은 걸까. 주현에게 사과를 하고 싶은 걸까. 아니, 그녀는 자신이 말하고 싶은 게 그런 것이 아님을 안다. 그녀는 그때의 자신을 대변하고 싶다. 그럴 수밖에 없었던 사정이 있었다고 항변하고 싶다. 그러므로 이 편지는 또다시 실패다.

한밤, 편지를 폐기하고 돌아오는 산책길에 그녀는 트럭 주변을 서성거린다. 순무가 주로 머무는 곳이다. 지난번 아이에게 받은 츄르를 순무에게 주고 나서 그녀는 똑같은 것 몇 개를 더 구입했다. 지금 그녀의 호주머니에는 성분과 맛이 조금씩 다른 츄르 세 개가 있다.

지금껏 그녀는 동물에 관심을 가져 본 적이 없다.

그녀는 오랫동안 유능한 상담사로 살았다. 상담사였을 때 그녀가 상대한 건 오로지 사람이었다. 사람들이 느끼는 감정, 사람들을 지배하는 기분. 그녀는 그것들을 자유자재로 통제할 수 있다고 믿었다. 그런 믿음이 감정과 기분에 휘둘리는 사람들에게 자신감 넘치는 조언을 하게 했다. 그녀의 인생엔 동물이나 식물 같은, 인간 이외의 것이 들어설 자리가 없었다. 오직 인간적인 것들로만 가득 차 있던 삶. 완벽하게 인간적이었던 삶. 아니, 그런 삶을 인간적이라고 말하는 게 적절한 걸까.

그녀는 뻗어 나가는 생각을 붙잡으며 주변을 두리번거린다. 그리고 한참 만에 순무를 찾아낸다. 순무는 불법으로 주차된 차 아래가 아니라 차들을 내려다볼 수 있는 담벼락 위에 앉아 있다.

주먹만 한 얼굴과 앙증맞은 분홍색 코, 상대적으로 크고 뾰족한 귀와 자그마한 발 속에 감춘 날카로운 발톱. 이마에서 시작된 노란 털이 지도를 그리듯 등을 지나 꼬리 전체를 휘감은 모습까지.

그녀가 알게 된 건 그뿐만이 아니다. 그녀는 순무에 대해 더 많은 것을 알아 가는 중이다.

그녀는 호주머니에서 츄르 하나를 꺼내 보이며 조심스럽게 다가간다. 순무는 도망가야 할지, 그대로 있어도 될지, 결정하지 못한 듯 주변을 두리번거린다. 고민을 한다는 건 긍정적인 신호다. 순무는 그녀가 꽤 가까이 다가간 뒤에도 가만히 자리를 지킨다.

간식 줄까? 이거 봐, 네가 좋아하는 거지?

그녀는 츄르 끝을 뜯어 내용물을 바닥에 짜 준다. 최대한 몸을 뒤로 빼고 두 팔만 앞으로 뻗은 자세가 우스꽝스럽게 느껴진다. 순무 뒤에서 둥그런 형체 하나가 불쑥 나타난다. 또 다른 고양이다. 온몸이 까만 털로 뒤덮인 까미다. 그녀는 간식 하나를 더 꺼낸다. 아무런 의심 없이 다가온 까미는 정신없이 간식을 먹어 치우고 그녀를 올려디보머 야8, 히고 온디.

더 줄까?

까미에게는 경계심이 없다. 순무에 비해 순진하고 천진해 보인다. 순진함과 천진함은 길에서 살아가야 하는 이 작은 생명에게 도움이 되는 것일까, 해가 되는 것일까. 이 둘은 친구일까, 가족일까, 아무런 사이도 아닐까.

그녀는 쓸데없는 생각을 물리치듯 츄르 하나를 더 꺼낸다. 까미는 그것을 다시금 허겁지겁 해치운다. 순무는 몇 걸음 뒤에서 그녀와 까미를 가만히 주시하는 중이다. 그녀가 조금이라도 수상한 움직임을 보이면 곧바로 응징을 가할 태세로. 사소한 실수도 용납하지 않겠다는 눈빛으로.

까미가 조그마한 분홍색 혀를 내밀며 그녀에게 다가온다. 그녀가 손을 뻗으면 머리를 쓰다듬을 수 있을 정도로 가까워진다. 그리고 한순간 순무가 까미를 가로막는다. 누가 봐도 그것은 명백한 저지의 몸짓이다. 아니, 그건 그녀의 착각일지도 모른다. 순무는 까미를 타이르듯 몇 번 울더니 담벼락 너머로 사라진다. 까미는 그녀를 한 번 올려다보곤 순무를 뒤따라간다.

그녀는 집으로 가는 대신 담벼락을 따라 조금 더 걷는다.

......

그녀는 이 동네에서 삼 년을 살았다.

몇 년 후면 여기도 꽤 괜찮은 주택단지가 될 겁니다. 지금은 오래된 주택이 대부분인데 저쪽 구역엔 리모델링한 집들이 훨씬 많아졌거든요. 두고 보세요. 이쪽도 차차 그렇게 될 테니까.

삼 년 전, 그녀가 처음 이 동네에 집을 구하러 왔을 때 만났던 중개업자는 그렇게 말했다. 첫인상이 나쁘지 않은 중년 남자였다. 낡은 외관에 비해 깔끔하게 정돈된 사무실 내부, 이파리마다 윤기가 도는 화분들, 아내로 보이는 여자와 대화를 나누던 남자의 차분한 목소리, 생각할 시간을 주겠다는 듯 침묵을 지키던 두 사람의 여유로움까지.

그녀는 모두 기억한다. 심지어 푸른공인중개사무소라고 적힌 명함도 버리지 못했다. 그녀가 버리지 못한 건 그것뿐이 아니다.

그때 그녀의 곁에는 태주가 있었다. 당시엔 그녀에
비해 여러모로 모자라고 부족하다고 여겨졌고, 지금은
그녀가 결코 되찾을 수 없는, 어쩌면 가장 완벽했던 배우
자. 그녀는 태주와 함께 동네를 둘러보았고 마침내 이 주
택을 구입했다. 단층짜리 주택은 낡았지만 견고했고, 구
조가 복잡하지 않아 리모델링이 수월해 보였다. 무엇보
다 마음에 든 건 넓은 마당이었다.

두 사람은 집을 새로 지어 올리고, 볼품없는 마당을
그럴듯한 정원으로 바꿀 계획이었다. 담장을 허물고, 잔
디를 깔고, 한쪽엔 차고지를 만들고, 앙증맞은 가등을 설
치할 생각도 했다. 허리 높이의 목재 대문과 나지막한 울
타리, 옥상 테라스도 직접 설계할 생각이었다. 적어도 집
에 관해서라면 두 사람이 고려하지 않은 건 아무것도 없
었다.

두 사람에겐 이 낡은 집과 버려지다시피 한 마당을 뒤
바꿀 만한 자신이 있었다. 그럴 만한 능력도, 힘도 있었다.
그럼에도 지금껏 집이 그대로인 이유는 무엇일까. 그녀가
바쁘다는 핑계로 공사를 차일피일 미룬 탓일까. 언제든 마

음만 먹으면 할 수 있다고 자신만만해한 탓일까. 예상치 못한 비극이 그녀에게 들이닥쳤기 때문일까. 그 비극이 그저 느닷없이 들이닥쳤다고 말해도 되는 걸까.

그녀가 끝까지 버릴 수 없는 건 태주와 함께할 수 있었던 미래인지도 모른다. 아니, 그때 그녀가 고대하던 미래 속에 태주가 있긴 했을까. 그녀에게 태주는 너무나 당연하고 익숙해서 오래도록 잊고 지낸 존재가 아니었을까. 그녀는 태주를 다만 자신이 개척해 놓은 풍족한 미래의 수혜자라고 여긴 것은 아니었을까.

그녀는 거기까지 생각하다 펜을 들어 아무거나 쓰기 시작한다. 새하얀 편지지 위에 동그랗고 길고 뾰족한 무늬가 어지럽게 생겨난다. 어쨌든 읽을 수 있는 글자는 아니다. 그녀는 태주에게 말을 전할 자신이 없다. 그건 불가능하다. 왼쪽에서 오른쪽으로. 가지런하게 나아가는 이런 반듯한 형식으로는 아무것도 말할 수 없다.

태주를 떠올리면 그녀는 늘 기억 속에서 길을 잃는다. 입구만 있고 출구는 없는 존재. 한번 들어서면 돌아나갈 수 없는 관계. 그리고 이제 그녀는 태주에게 자신이 어떤 사람이었는지 짐작조차 할 수 없다. 물어볼 수도,

확인할 수도 없게 되었다.

나른한 절망감이 서서히 내려앉는다.

그녀는 서둘러 외출 준비를 하고 밖으로 나온다. 그런 후엔 공원으로 가는 대신 반대편 골목 쪽으로 걷기 시작한다. 이쪽은 그녀가 선호하는 방향은 아니다. 점점 넓어지고 환해지는 공원 쪽 길에 비해 이 길은 점점 좁아지고 어두워져서 폐허를 떠올리게 하기 때문이다. 아니, 폐허는 오직 그녀의 내면에서만 무럭무럭 자라나는 것인지도 모른다.

그녀는 환하고 넓은 길과 어둡고 좁은 길 사이에 위치한 자신의 집을 돌아본다. 이쪽에도 저쪽에도 속하지 못한 상태로 상반된 두 세계의 경계가 된 집. 그녀는 정처없이 떠오르는 기억을 따라 걷는다. 그러면서 어떤 기억을, 어떤 감정을, 통제할 수 있다고 믿었던 지난날의 자신을 상기한다. 떨쳐 내려고 할수록 생각은 끈질기게 달라붙고, 그녀는 이런 식으로 과오를 깨우치게 하는 시간의 무자비함을 실감하는 중이다.

그녀는 조금 더 빨리 걷는다. 그녀의 시선이 골목 이곳저곳을 빠르게 오간다. 순무를 찾기 위해서다. 저 멀리 뭔가가 주차된 차 아래로 휙 들어간다.

그녀는 차 밑을 기웃거린다. 상체를 숙일 때마다 얼굴로 피가 쏠리고 순간적으로 무릎 안쪽이 뻐근해진다. 그녀는 이제 순무가 놀라지 않게 다가갈 수 있고, 호주머니엔 순무가 좋아하는 간식이 있지만 순무는 보이지 않는다. 골목을 오가는 사람들이 그런 그녀를 호기심 어린 눈으로 흘끔거린다.

멀리 전봇대 아래에 서 있는 한 무리의 아이들이 보인다. 둥그렇게 모여 선 아이들 사이에서 눈에 익은 얼굴이 보였다가 말다가 한다.

커다란 크로스백과 하얀 스포츠 양말, 하나로 묶은 머리와 또래에 비해 큰 몸집. 그 아이다. 그녀에게 츄르를 건네주었던 아이. 그러나 아이는 딴사람 같다. 그녀에게 큰소리로 말을 걸던 생기와 활기는 느껴지지 않고, 의기소침함과 주저함 같은 것들에 둘러싸여 있다. 아이들의 목소리가 하나로 합쳐지면서 웅성거리는 소음으로 바뀐다.

그녀는 그 자리에 멈춰 선 채로 그 아이들을 잠시 지켜본다.

주민영 씨에게

오랜만이에요. 잘 지내죠.

바쁘게 지낼 거라고 생각해요. 상담 스케줄에, 강의 일
정에, 학회 참석하고 이런저런 인터뷰까지 하다 보면 하
루가 어떻게 가는지 모를 정도겠죠. 솔직히 민영 씨에게
좋은 이야기를 할 기분은 아니네요. 오해는 하지 말아요.
그렇다고 예전처럼 모든 걸 하나하나 다 따지고 들 생각
도 없으니까요.

내가 궁금한 건 한 가지입니다.

나의 거취 결정을 위해 열린 그 회의에서 민영 씨가 했
던 말이요. 민영 씨가 손을 들고 뭔가 말하겠다는 의사를
표했을 때 내가 아무런 기대를 하지 않았다고 하면 거짓
말이겠죠. 그때까지만 해도 나는 민영 씨와 내가 꽤 가깝
다고 여겼으니까요.

민영 씨도 기억할 거예요. 처음 몇 달간 내가 퇴근을
미루면서까지 민영 씨 업무를 도왔다는 걸. 한밤중에 민
영 씨가 문자를 보내고 전화를 걸어올 때마다 내가 최선
을 다해 응했다는 걸. 막 상담 일을 시작한 민영 씨에게 상

담 십오 년 차인 내가 그렇게까지 할 필요는 없었다는 걸. 심지어 어느 밤에는 민영 씨의 호출을 받고 급하게 달려 나간 적도 있었죠. 그날 센터에 큰 소란이 있었고, 그 일로 민영 씨가 분명히 자책할 거라고 걱정했으니까요. 상담사 자격이 없다고 울먹이는 민영 씨를 새벽녘까지 내가 위로 했던 걸 민영 씨도 다 잊지는 않았을 거예요. 대표님 앞에 서 내가 민영 씨를 얼마나 두둔했는지도 모르지 않을 거 라고 생각해요.

그래서 민영 씨 입에서 그런 이야기가 나올 거라곤 예상하지 못했어요. 민영 씨는 평소 내 일하는 방식을 문제 삼았어요. 내가 내담자들에게 예민하게 굴고, 알게 모르 게 그런 불만들이 쌓여 왔다고요. 사실인지 아닌지 알 수 없고, 논점을 한참 비껴난 이야기였지만 나는 들었어요. 그 말이 사실이라면, 정말 그런 일이 있었다면, 시정해야 겠다고 생각했으니까요.

기억하겠지만 그날 회의 분위기는 나쁘지 않았어요. 이렇게 말해도 좋다면 거기 있는 모두가 나에 대한 우호 적인 마음을 잃지 않으려고 애쓰는 걸 느낄 수 있었어요. 민영 씨는 나에게 물었죠. 정말 진심으로 반성하고 있느냐고요. 진짜로 뉘우치고 있느냐고요, 나는 그것이 무엇에 관한 반성이고 뉘우침이냐고 되물었어요. 물을 수밖에 없었죠. 일에 관한 것인지, 내가 휘말린 사건에 관한 것인지, 구분할 수 없었으니까요.

나는 민영 씨 말처럼 내담자들에게 예민하게 굴고, 그분들의 이야기를 가볍게 여긴 적이 없습니다. 내담자와의 상담 내용을 누군가에게 발설한 적도 없습니다. 그런 문제가 있었다면 오랜 시간, 그렇게 많은 사람들이 나를 찾아올 필요도 없었겠죠.

그 질문이 내가 휘말린 그 사건에 관한 것이라면 그건 민영 씨와는 무관한 일이에요. 내가 뭔가를 반성해야 한다면, 진심으로 뉘우쳐야 한다면, 그 대상이 민영 씨는 아니니까요. 나는 민영 씨에게 그런 말을 들을 이유가 없습니다. 민영 씨는 나에게 그런 질문을 할 자격이 없어요. 도대체 민영 씨는 왜 그런 질문을 한 걸까요. 모두가 모인 그 회의 자리에서 느닷없이 그런 말을 꺼낸 이유가 뭘까요.

나는 그날 일을 오래 생각했어요.

민영 씨가 무엇을 위해, 어떤 의도로, 그런 질문을 했는지 알고 싶었으니까요. 그러나 정말이지 답을 찾을 수가 없네요. 나는 같이 일하는 동료 누구에게도 그런 공격을 받은 적이 없어요. 나는 지금껏 내가.

......

이틀이 지나고 나서야 그녀는 아이에게 자신이 목격한 그날의 상황에 대해 물을 수 있다.

친구들이니? 그때 전봇대 앞에 같이 서 있던 애들 말이야.

그녀가 묻고 아이가 답한다.

그렇다고 봐야겠죠.

친구가 아니라는 거구나.

아니에요. 친구 맞아요. 원래 친구긴 했어요.

그녀가 주로 한밤에 감행하던 산책은 조금씩 빨라져서 지금은 사방이 환하다 싶을 정도다. 그건 해가 길어진 탓인지도 모른다. 골목을 자욱하게 채운 노을은 사라졌지만 어둠은 더디게 오는 중이다.

거기서 뭘 하고 있었니? 친구들이랑.

그녀는 아이가 가리키는 방향으로 몸을 튼다. 한 뼘

쭉 좁아진 골목이 다시 이어진다

그냥 이야기요.

아이는 바닥을 내려다보며 그녀를 뒤따라온다. 낮에
보는 아이는 또래보다 체구가 크다. 3학년이고, 여자아
이라는 점을 감안하면 체격이 꽤 큰 편이다. 아이의 얼굴
이 땀으로 번들거린다. 아이는 가방을 고쳐 멜 때마다 가
쁘게 숨을 내쉬고 그때마다 아이가 입은 노란 티셔츠가
들썩들썩한다.

그녀는 보폭을 줄이고 아이와 걸음을 맞춘다.

그녀는 그날 자신이 목격한 것이 단순히 잡담을 나누
는 상황이 아니었다고 말하는 대신 다른 이야기를 꺼낸
다. 며칠 전 순무가 그녀가 준 츄르를 받아먹었다는 이야
기다. 종이나 나뭇잎 위에 짜 준 게 아니라 그녀가 손으
로 짜 주는 츄르를 순무가 가까이 다가와서 받아먹었다
는 말이다.

진짜요? 진짜예요?

시무룩했던 아이의 표정이 달라진다. 날을 세우고 있
던 경계심이 금세 호기심으로 바뀐다.

그럼 진짜지. 신기하지?

그녀는 태연하게 거짓말을 이어 나간다. 적어도 그녀가 순무를 본 것은 사실이니까. 그러나 그녀가 츄르를 흔들어 보여도 순무는 다가오지 않았다. 적당한 거리에서 그녀의 모습을 참을성 있게 지켜보기만 했다. 굶주림에 무너지지 않겠다는 듯이. 값싼 동정은 얼마든지 거절할 수 있다는 듯이.

고집이 있구나, 너.

결국 그녀가 바닥에 츄르를 짜 주고 멀찍이 물러난 뒤에야 순무는 그것을 조금씩 핥아먹었다. 고개를 처박고 허겁지겁 먹어 치우는 게 아니라 그녀를 빤히 올려다보며 다가오지 말라는 뜻을 분명히 했다. 그 모습이 그녀에게 이상한 감응을 가져다주었다. 굶주림과 품위. 양립할 수 없는 가치 사이에서 더 어려운 쪽을 선택할 수 있고, 그렇게 해야 한다는 간접적인 교훈처럼 여겨지기까지 했다.

순무는 츄르를 먹다 말고 급히 몸을 돌려 사라졌다. 갑자기 나타난 누군가가 발을 구르며 위협을 가한 탓이었다. 그녀가 돌아보자 빨간 스웨터를 입은 여자가 고함치듯 말했다.

아무것두 주지 말아요. 한 번 주면 계속 와요.

이 골목에서 몇 번 마주친 적 있는 여자였다. 아침저녁마다 진돗개를 끌고 다니는 여자. 그녀의 집을 기준으로 공원 쪽 두 주택은 비어 있는 집이다. 수시로 새로운 세입자가 들고나는 공원 반대편 주택 중 하나에 거주하는 사람이 분명했다.

아휴, 나는 정말 이해가 안 가네. 그렇게 불쌍하면 자기 집에 데려가서 키우든가. 온 동네 고양이를 왜 여기로 다 몰고 오는지 모르겠어, 진짜. 밥 준답시고 포장지며 비닐봉지며 온갖 쓰레기는 다 버리고 가고. 여름엔 파리가 얼마나 들끓는지 알아요? 먹을 게 있으니 아침마다 비둘기까지 몰려드는데. 도대체 사람들이 왜 그런대요?

여자는 그녀에게 경고하듯 그렇게 쏘아붙이고는 돌아섰다. 그녀가 짐작한 대로 공원 쪽이 아닌 반대쪽 골목이었다.

그리고 지금 그녀는 아이와 함께 그 방향으로 걷고 있다.

아줌마, 그럼 순무 만져 봤어요? 아직 만지지는 못했죠?

그렇게 묻는 아이의 발걸음이 경쾌해진다.

만지지는 못했지. 그래도 곧 만질 수 있을 것 같아.

진짜요? 에이, 안 될걸요? 걘 진짜 못 만져요.

두 사람은 골목 깊숙이 걸어 들어간다. 풍경은 비슷비슷한 듯 보이지만 조금씩 달라진다. 단독주택이 다닥다닥 붙은 골목을 지나자 빌라가 밀집한 골목이 나오고, 거길 빠져나오자 드문드문 가건물 같은 집들이 보인다. 조금 더 걷자 완만한 오르막길이 나타난다. 산도 아니고, 언덕도 아닌, 황무지 같은 곳이다.

여기예요.

아이가 달려간 곳은 폐차 직전의 차 몇 대가 주차된 공터다. 한쪽에 네모난 나무 상자가 있고, 상자 안에 사료 그릇과 물 그릇이 있다. 낙엽과 먼지가 떠 있는 물은 흙탕물에 가깝고, 사료는 몇 알 남지 않았다. 아이는 사료를 부어 주고 물도 새로 갈아 준다.

그녀는 몇 걸음 뒤에서 아이가 하는 짓을 우두커니 지켜본다. 식사를 하는 곳이라기엔 열악해 보이는 장소다. 허옇게 말라죽은 날파리 무더기와 새까맣게 몰려든 개미 떼가 아니라도, 허기를 달래는 장소라고 하기엔 너무 함께하다. 지친 몸과 마음은 위로하기에는 너무나 형편없는 곳이다.

그러니까 이것은 다시금 자기 연민에서 비롯된 감정일까. 길에서 사는 동물들의 삶을 빌미로 또 스스로의 삶을 동정하고 싶은 걸까. 그녀는 자신에게로 향하는 생각을 떨쳐 내듯 목소리를 높인다.

순무가 여기까지 와서 밥을 먹는 거니?

아마 그럴걸요. 원래 저 아래 밥 자리가 하나 더 있었는데 사람들이 뭐라고 해서 치웠대요. 그 아줌마가 말해 줬어요. 여기 밥 주시는 아줌마요.

그녀는 왔던 길을 돌아본다. 사람의 걸음으로 15분 남짓, 고양이 걸음으로는 얼마나 걸리는지 가늠해 보는 것이다.

그렇게 멀진 않을걸요? 순무는 지름길을 알거든요. 고양이들은 엄청 작고 진짜 날쌔잖아요.

아이가 몸을 일으키곤 한곳을 가리킨다. 하얀 고양이 한 마리가 멀찌감치 서서 두 사람을 지켜보고 있다. 고양이 뒤로 커다란 은행나무 한 그루가 서 있다. 이제 막 이파리가 돋아나기 시작한 나무는 튼튼하고 건강해 보인다. 그녀는 부채꼴로 펼쳐지는 싱그러운 초록빛에 잠시 시선을 빼앗긴다. 수직으로 솟구치는 힘. 안간힘으로 피워 내는 잎사귀. 그녀는 흔하고 평범한 나무 한 그루에서조차 고통의 흔적을 발견하려는 스스로가 안쓰럽고 또 얼마간 역겨워진다.

얘들아, 밥 줄까? 여기 밥 있다! 야옹, 야옹.

아이가 머리 위로 사료 그릇을 힘차게 흔들어 댄다. 고양이 몇 마리가 더 나타난다. 그중엔 순무로 보이는 녀석도 있다.

저기, 순무 같은데, 맞지?

그녀가 묻자 아이는 상체를 숙이고 눈을 가늘게 뜬 채 전방을 오래도록 주시한 다음 대답한다.

순무다! 순무예요. 순무야! 아, 근데 쟤 또 다친 거 같아요. 눈을 제대로 못 뜨는 거 같아요. 저기, 아줌마도 보여요? 보이죠? 아, 또 왜 저래. 저기요. 왼쪽 눈 아래가 빨갛잖아요. 보이세요?

그녀의 눈에도 순무의 상태는 좋지 않아 보인다. 그녀는 한 손으로 해를 가린 채 다른 한 손을 흔들어 본다. 순무가 고개를 들고 그녀를 본다. 환한 햇살 속에서 그녀와 순무의 눈이 마주친다.

......

며칠간 그녀는 순무를 생각하지 않으려고 애쓴다.

제대로 떠지지 않는 짓무른 눈과 진득한 뭔가가 말라 붙은 콧잔등, 앞발 하나를 든 채로 절룩절룩 걷는 뒷모습 같은 것을 떠올리지 않으려고 노력한다. 그럴수록 생각 은 더 또렷해진다. 그녀는 그 고양이에게 왜 이토록 마음 이 쓰이는지 알 수 없다. 다만 작고 연약한 생명이 안타 까워서인지, 고양이의 고통에 지나치게 감정을 이입한 탓인지, 위기에 처한 고양이에게서 위로를 얻으려는 것 인지, 판단할 수 없다.

끝없는 의미 찾기.

그게 당신에게 어떤 의미가 있어요?

상담사였을 때 그녀가 가장 많이 했던 말은 그것이었 다. 그렇게 질문하면 정신없이 이야기를 쏟아 내던 내담 자들은 말을 멈추고 생각에 잠기곤 했다. 그런 후엔 다급 하게 찾아낸 의미들을 더듬거렸다. 그녀가 보기엔 확실

하지도, 분명하지도 않은 이유들이었다. 그녀는 그것들이 중요하지 않다거나, 별다른 의미가 없다고 말하는 대신 왜 그렇게 생각하느냐고 물었다. 그 의미들이란 결국 스스로 만들어 낸 것에 불과하다는 사실을 일깨워 주기 위해. 진짜 의미를 찾을 수 있도록 돕기 위해.

그러나 자신이 만들어 내지 않는 의미가 어디에 있을까. 진짜 의미와 가짜 의미를 어떻게 구분할 수 있을까. 그녀는 허상을 좇는 것과 다름없는 의미 찾기 놀이를 그만둔 지 오래다.

결국 그녀는 순무를 돕겠다고 결심한다. 거기엔 어떤 의미도, 이유도 없다. 그런 걸 찾고 싶은 생각도 없다. 마음을 정하고 나자 더는 망설일 이유가 없다.

이틀이 지나고 나서야 그녀는 아이에게 자신의 결심을 털어놓을 수 있다. 아이와의 만남이 절대적으로 우연에 기대고 있는 탓이다. 그녀는 어디에서, 어떻게, 아이를 만날 수 있는지 알지 못한다. 저녁나절에 동네를 어슬렁거리며 아이와 만나게 되기를 바라는 방법뿐이다.

수요일 늦은 오후에 그녀는 친구들과 어울려 걷는 아이를 발견한다. 아이는 알록달록한 가방 여러 개를 멘

체, 무리에서 조금 뒤처져서 걷고 있다. 그럼에도 누군가 손짓하면 얼른 고개를 들고 걸음을 빨리한다. 아이의 몸짓은 부자연스럽고 경직되어 있으며 얼마간 주눅 들어 있다.

아이의 목소리는 다른 아이들의 목소리와 섞이지 않고, 아이들이 웃음을 터트리면 아이는 뒤늦게 따라 웃는다. 아이와 아이들 사이에는 얼마간의 간극이 있고, 그 간극이 아이를 끊임없이 소외시킨다. 그녀는 멀찌감치에서 아이들 무리를 뒤따라간다. 아이들이 이리저리 흩어지고 마침내 아이 혼자 남게 되었을 때, 그녀는 우연을 가장한 채 조심스럽게 알은체를 한다.

두 사람은 땅거미가 내리는 어둑어둑한 골목에 마주 선다.

순무를요? 진짜요? 병원에 데려가려고요?

그녀의 결심을 들은 아이가 놀란 얼굴을 한다. 여전히 사방을 두리번거리면서다. 그녀가 느끼기에 아이는 친구들이 나타날까 봐 신경을 곤두세우고 있는 것 같다. 친구가 아이에게 편하고 반가운 존재는 아니라는 의미다. 그녀는 자연스럽게 아이를 골목 안쪽으로 이끌며 말한다.

그래. 빨리 치료해 주는 게 좋지 않을까? 상태가 많이 안 좋아 보였잖아.

그럼 순무를 잡아야 하잖아요.

커다란 가방을 멘 아이는 땀으로 젖은 티셔츠를 펄럭 거리며 답한다. 아이의 손에 초코바 하나가 들려 있다. 아이는 초코바를 만지작거릴 뿐 뜯지는 않는다. 초코바 가 자꾸 아이의 시선을 끌어당긴다.

잡아야지. 어떻게 잡는지 아니?

고양이는 덫으로 잡는다고 하던데요. 저도 잘 몰라 요. 물어봐야 돼요. 여기 밥 주시는 아줌마한테요.

그분 연락처를 알아? 어디로 가면 만날 수 있을까?

몰라요. 저도 몇 번밖에 못 봤어요. 이 근처에서요.

어떻게 생긴 분이야? 대충이라도 설명해 줄 수 있어?

설명요? 음, 아줌마인데요. 그냥 아줌마예요. 진짜 그 냥 아줌마인데.

그녀의 머릿속에서 흔한 중년 여성의 이미지가 떠올 랐다가 사라진다. 아이는 찌푸린 표정으로 손에 쥔 초코 바를 노려보며 말한다.

머리가 좀 길어요. 이만한 가방을 들고 다니고요. 뭐물어보면 엄청 무섭게 대답하는데 무섭지는 않아요. 무슨 말인지 아세요? 처음에는 엄청 무섭다고 생각할 수 있는데 알고 보면 안 그래요.

결국 아이는 못 참겠다는 듯 초코바를 뜯어 한 입 베어 문다. 아이의 입가가 초콜릿으로 거뭇거뭇해진다.

그녀가 호주머니에서 티슈 몇 장을 꺼내 주며 말한다.

그분 얼굴을 내가 모르니까, 네가 좀 같이 찾아 주면 좋겠어. 도와줄 수 있니?

아이가 새침하게 고개를 끄덕인다.

배고프니? 뭘 좀 먹을래? 부모님이 걱정하실 텐데 일단 집에 가서 말씀드리고 오는 게 좋겠다. 집이 어디니? 아줌마가 같이 갈게.

아뇨, 괜찮아요. 안 가도 돼요.

아이는 남은 초코바 전부를 입안에 밀어 넣으며 쐐기를 박듯 한마디 더 한다.

진짜 괜찮아요. 아줌마, 그럼 지금 밤 자리 있는 곳으로 한번 가 볼래요?

이한성 대표님께

대표님, 안녕하세요.

임해수입니다. 잘 지내고 계신지요.

센터 내부 공사가 끝난 것은 홈페이지를 통해 알았습니다. 새로 바뀐 홈페이지도 이전보다 환하고 깔끔한 느낌이 들어서 보기 좋았습니다.

제 사적인 일로 센터를 소란스럽게 만들고 피해를 입히게 되어 죄송한 마음이 큽니다. 센터에 계신 모든 분들에게도 다시 한번 죄송하다는 말씀 드립니다.

그러나 그런 마음과는 별개로 꼭 여쭙고 싶은 것이 있습니다. 이런 질문을 하는 것이 적절한 일인지, 저 역시 고민이 깊었습니다만 어떤 식으로든 해명을 듣지 않고는 이일을 그냥 넘길 수가 없습니다. 아무리 노력해도 그냥 넘어가지지가 않습니다.

마지막 회의에서 조민영 씨가 제게 했던 질문은 누가봐도 부적절한 것이었습니다. 그 회의에 참석한 모든 분들에게 제가 도의적으로 미안함을 느끼는 것과는 별개로, 그 사건에 대해 제 사죄와 뉘우침을 요구하는 건 부적절한 행위였다고 생각합니다.

그날 회의는 공식적으로 열린 것이고, 미리 공지되었던 만큼 조민영 씨의 발언이 사전에 논의된 것인지, 단순히 개인적인 판단으로 일어난 것인지 여쭙고 싶습니다. 아울러 조민영 씨의 발언이 제 거취를 결정하는 데에 어느 정도 영향을 미친 것인지도 알고 싶습니다.

아시다시피 저는 퇴사를 통보받았고, 그 결정이 어떤 과정을 통해 이뤄졌는지 알지 못합니다. 당사자로서 그 과정에 대한 설명을 요청하는 것은 무리한 요구가 아니라고 생각합니다. 오해는 하지 않으셨으면 좋겠습니다. 이는 사사로운 감정 때문이 아니며 어떤 앙갚음을 위한 것은 더더욱 아닙니다.

저는 이 센터에서 십 년 넘게 상담사로 일했습니다. 센터가 오픈할 당시부터 지금까지 제가 어떻게 일해 왔는지 대표님은 모르지 않으실 거라고 생각합니다. 이 센터에 대한 제 애정과 열정이 얼마나 컸는지도 잘 아실 거라고 생각합니다. 제게 이곳이 그저 흔한 직장에 불과했다면 이런 요청을 할 이유도, 필요도 없었을 것입니다.

대표님을 곤란하게 할 마음은 없습니다. 억지를 부리

려는 것도 아닙니다. 저는 그 어느 때보다 센터에 남은 분들의 입장을 헤아리려고 노력하는 중입니다. 아울러 이 일을 할 수 없게 된 지금의 상황을 스스로에게 납득시키려고 애쓰고 있습니다.

상담사가 단둘뿐이었던 센터는 십 년 만에 지금처럼 성장했습니다. 그 십 년은 저에게도 정말 귀중한 시간입니다. 지난 시간을 이렇게 모두 부정당해야 한다면 저는 앞으로 이 일을 할 수 없을지도 모릅니다. 그러지 않기 위해서 저는 이유를 찾고 있습니다. 이유를 찾아야만 합니다.

구체적인, 정확한. 제가 회사를 나가야 하는 사유, 진짜 이유를.

......

'아줌마'를 찾기 위한 수색이 시작된다. 수색인 듯 보이지만 이것은 기약 없는 기다림에 가깝다.

아이의 이름은 황세이. 열 살 치고는 의젓한 데가 있고 어딘가 의기소침한 구석이 있다. 특이한 건 세이가 학교와 집, 자신에 대한 주제를 필사적으로 피해 다닌다는 절이다. 아이는 대체로 직무하다 말이 끊기면 주마주마 해하는 기색을 보이다 그녀가 뭔가를 물으려 하면 반사적으로 다시 목소리를 높인다.

아줌마, 아줌마는 아무 일도 안 해요? 왜 낮에도 계속 집에 있어요?

지금은 아무 일도 안 하니까.

안 해도 돼요? 아줌마 돈 많아요?

많지는 않지만 아직까지는 괜찮아.

돈 다 떨어지면 어떡해요? 다시 일할 수 있어요? 돈 또 벌 수 있어요?

그럼. 일할 수 있지.

무슨 일이요?

난 상담사였어. 상담사가 무슨 일을 하는지 아니?

아, 알아요. 우리 학교에도 상담 선생님 있어요.

그래? 그럼 잘 알겠구나. 상담 받아 본 적 있니?

네. 두 번요.

세이는 거기까지 대답하고 입을 다물어 버린다. 그녀가 더 물으려 하자 아이는 방어하듯 새로운 질문을 던진다.

아줌마, 아줌마 집은 어디예요?

저기. 아까 지나온 빨간 벽돌 건물, 기억나니?

아, 거기 알아요. 진돗개 있는 집 옆이잖아요. 그 진돗
개 아줌마 진짜 짜증나요. 맨날 고양이 어쩌고저쩌고하
면서 소리지르거든요. 너무 싫어요.

너희 집은 저쪽이랬지? 부모님이 걱정하시겠다. 집
에 들러서 말하고 오는 게 좋지 않을까? 전화할래? 아니
면 짧게 문자라도 남기는 게 좋을까?

어차피 휴대폰 꺼졌어요. 괜찮아요. 이따가 빨리 집
에 가면 돼요. 아줌마, 근데 아줌마는 몇 살이에요?

몇 살처럼 보이는데?

몰라요. 오십 살? 오십구 살? 우리 엄마는 마흔이 살
이에요.

마흔두 살? 너희 어머니가 나보다 어리구나. 그래도
내가 쉰 살이라는 건 아니야. 그런데 엄마한테 정말 말씀
안 드려도 될까? 걱정하실 텐데. 학교 끝나면 학원에 가
니? 아님 곧장 집으로 가?

피구 연습 있는 날엔 연습하고 아니면 집에 와요. 엄
마는 괜찮아요. 상관없어요. 근데 아줌마도 엄마 있어
요? 아줌마는 누구랑 살아요? 엄마랑 살아요?

아줌마도 엄마가 있지. 지금은 나 혼자 살아.

진짜요? 저도 엄청 혼자 살고 싶어요. 혼자 살면 좋잖
아요. 마음대로 먹고, 마음대로 자고, 매일 마음대로 다
할 수 있잖아요. 맞죠?

세이는 이런저런 질문들로 자신을 방어하기 바쁘다.
그녀는 약간의 즐거움을 느낀다. 자신에 대해 아무것도
모르는 누군가에게 자신을 설명하는 기분이 나쁘지 않
다. 아주 단편적인 질문에 답을 하는 이런 방식 안에서는
그녀도 꽤 괜찮은 사람처럼 보인다. 보통의 평범한 삶을
누리는 사람과 다를 바가 없다.

그녀와 세이는 동네를 한 바퀴 돌고 조금 더 크게 한
바퀴 더 돈다.

세이는 건물과 사람, 차들 사이로 재빠르게 오가는
고양이들을 금방 찾아낸다. 고양이들은 소리 나지 않게,
보이지도 않게 골목 이곳저곳을 바쁘게 오간다. 사람들
의 눈에 띄지 않기 위한 필사적인 움직임. 그것이 학습된
것이라면 고양이들은 틀림없이 잊을 수 없는 끔찍하고
오싹한 경험들을 지나왔을 것이다. 옳고 그름, 정의와 불
의. 선과 악. 그런 인간적인 가치와는 무관하게 습득해야

하는 생존의 법칙들. 이의를 제기할 수 없고, 다만 받아들여야 하는 규칙들.

그녀는 가혹하게 느껴진다.

무엇이, 누구에게, 얼마나, 가혹하다는 것일까. 그녀는 다시금 자기 연민 쪽으로 기울어지는 마음을 힘껏 붙든다.

순무는 나타나지 않는다. 고양이들을 돌본다는 여자도 보이지 않는다. 골목이 어둑어둑해진다. 그녀는 시각을 확인하고 아이를 돌려보내기로 한다. 헤어지기 전 그녀는 세이를 데리고 근처 편의점으로 간다.

아이는 요플레와 음료수가 있는 매대를 서성거리고, 소시지와 초콜릿, 알록달록한 과자 봉지 같은 것들을 만지작거리다가 샌드위치 하나를 골라 든다. 포장지 뒷면에 붙은 성분표와 칼로리를 여러 번 확인하고 나서다. 달걀과 양상추만 들어 있는 샌드위치는 먹음직스러워 보이진 않는다. 그녀는 우유 한 팩과 사과 한 알, 초코바 두 개를 가져와 샌드위치와 함께 계산한다.

편의점을 나올 때 세이가 묻는다.

아줌마, 근데 아줌마는 좋은 사람이에요?

아이는 우유와 샌드위치, 사과와 초코바를 든 비닐봉지를 가볍게 흔들며 그녀를 올려다본다.

아니, 좋은 사람은 아니야.

세이의 얼굴에 미소가 번진다. 그녀의 대답이 아이의 호기심을 자극한 것 같다. 바람이 분다. 땀에 젖은 아이의 앞머리가 젖혀지고 볼록한 이마가 귀엽게 드러난다. 세이가 묻는다.

왜요? 왜 그렇게 생각하는데요?

편의점을 나오는 한 무리의 사람들이 한꺼번에 웃음을 터트린다. 그녀는 잠시 그쪽을 바라보곤 다시 아이와 눈을 맞춘다. 그리고 불쑥 호주머니를 뒤져 접은 편지를 꺼내 보인다.

왜냐하면 매일 사람들한테 이렇게 사과 편지를 쓰고 있거든.

세이는 그녀가 내민 편지를 한참 내려다보다가 그것을 받아 든다. 그러나 접힌 편지를 요리조리 만지작거릴 뿐 펼치지는 않는다.

우리 아빠가 아무한테나 번호 알려 주지 말라고 했거든요. 근데 아줌마한텐 가르쳐 줄게요. 같이 순무도 구해야 하니까요.

아이는 손에 쥔 것들을 모두 바닥에 내려놓고 가방에서 연필을 꺼낸 뒤 자신의 전화번호를 편지 위에 적는다.

주현에게

주현아, 잘 지내니.

한동안 네 연락을 피했던 거 이해해 주면 좋겠다. 어머니 건강은 어떠시니. 차도가 좀 있는지 모르겠다. 무슨 일이 있을 때마다 너는 나를 극진히도 챙겼는데 나는 너에 대해 이렇게 아는 게 없네.

그때, 네 말대로 했다면 상황이 지금과는 달랐을까.

나에 대한 글이 인터넷에 떠돈다는 걸 가장 먼저 알려준 게 너였지. 난 대수롭지 않게 생각했어. 정신없이 바쁠 때였잖아. 어디에서 누구를 만나고, 무슨 말을 얼마나 했는지 다 기억하지도 못할 정도였지. 난 내가 그런 말을 한 줄도 몰랐어. 알게 된 후에도 그게 뭐가 문제인가 싶었지.

며칠이 지난 뒤에야 나는 내가 한 말을 정확히 확인할

수 있었어. 어느 방송에서 내가 했던 말이었지. 너두 알잖아. 방송이란 게 어떤 식으로 진행되는지. 대본을 받기 전까지 난 그런 논란이 있는지도 몰랐어. 그 배우가 그처럼 많은 사람들의 관심을 받는 줄도 몰랐고. 난 정말 그 배우이름도 정확히 알지 못했어.

주현아, 난 지쳐 있었어.

제자리를 빙빙 도는 것 같은 내담자들의 사연을 듣는일도, 말끔한 차림새로 앉아서 교양 있는 척 하나 마나 한이야기를 떠들어야 하는 방송 일도, 끊임없이 내 관심을요하는 태주와의 관계도, 경제적 도움을 바라는 부모님과의 실랑이도, 다 지긋지긋했지.

게다가 그날은 정말이지 아침부터 너무 피곤했어. 골목길에서 주차 시비가 붙었고, 은행 주차장에서 접촉 사고가 일어난 데다 대수롭지 않은 일로 태주와 언성을 높이며 다툼을 벌이기까지 했거든. 방송국으로 가는 내내이대로 사라져 버리고 싶다고 중얼거렸던 기억이 난다. 일이고 방송이고 뭐고 그냥 다 그만두고 싶다고 생각한기억도 나고.

그날은 정말이지 너무 피곤하고 정신이 없어서. 나는

쉬고 싶었어. 그 생각뿐이었지. 단 하루만이라도. 아무도 없는 곳에서. 그때 나는.

그녀는 세이를 집 앞까지 데려다주고 집으로 돌아온다. 그런 후엔 아이의 전화번호가 적힌 그 편지를 펼쳐서 읽기 시작한다. 그녀에겐 좀처럼 일어나지 않는 일이다. 그녀는 자신이 고르고 배열한 것이 분명한, 그럼에도 너무도 생경한 단어와 문장 들을 차분히 따라간다.

기진맥진한 허탈감 사이로 뜨겁고 뾰족한 감정이 살아난다. 그 감정들이 다시 어떤 말이라고 할 만한 것들을 불러 모으기 시작한다. 그녀는 펜을 들고 편지를 조금 더 이어 쓴다. 이번에는 반드시 편지를 보내겠다는 각오로, 이대로는 절대 폐기하지 않겠다는 마음으로.

그날 내가 방송에서 한 말들이 이리저리 퍼지기 시작했어. 이름도, 얼굴도 다 알려진 유명한 배우에 대해 한마디 한 걸 가지고 유난이구나 싶더라. 당시 그 배우에 대해 이야기한 사람이 나 하나만은 아니었잖아. 진위 여부니 사실 확인이니 하며 연락을 하는 기자들의 행태도 가소롭

기 짝이 없었지

그땐 다들 그렇게 말했잖아. 그 배우가 문제라고. 그렇게 처신하는 건 문제가 있다고. 거기에 한마디를 보탠 게 이렇게 큰 문제가 될지 어떻게 알았겠니. 돌아서면 기억나지도 않는 말이 내 발목을 붙잡고 결국 넘어뜨리리라는 걸 도대체 어떻게 알 수 있었겠니.

인터넷에 떠돌아다니는 내 합성 사진 본 적 있니. 변기에 앉아 만세 자세로 입을 벌리고 있는 사진. 내 머리 위엔 '제발 관심을 주세요, 여러분!'이라는 말풍선이 떠 있고, 말풍선이 움직일 때마다 물 내려가는 소리가 들리지. 내가 금붕어처럼 입을 뻐끔거리며 춤을 추는 영상도 있어. '미쳤어, 정말 미쳤어.' 그런 노랫말이 자막으로 떠가고, 폭죽이 터지고, 표정이 우스꽝스럽게 변하는.

보고 있으면 말문이 막히고 헛웃음이 나다가 결국엔 모든 게 끝장이 났다는 생각이 든다. 이런 식의 공격이라면 나한테 무슨 승산이 있을까. 정색을 하고 이성적인 단어로 옳고 그름을 따질수록 더 우스워질 뿐이지. 더 황당하고 해괴한 영상들이 만들어질 테고.

도대체 누가 이런 걸 만드는 걸까. 자신의 시간과 노력을 쏟아부으면서 이렇게 날 조롱하는 데 혈안이 된 이유가 뭘까. 태도의 문제, 말투의 문제, 예의의 문제, 인격의 문제, 신뢰의 문제, 직업윤리의 문제. 나에게서 수많은 문제들을 예리하게 찾아낸 사람들이 보여 주는 게 고작 이런 거라니.

주현아, 넌 이 상황이 납득이 되니? 사람들의 이런 공분을 이해할 수 있어? 이런 말도 안 되는 상황들이 벌어진 게 당연하다고 생각해? 사과니 사죄니 하는 사람들의 말도 안 되는 요구에 내가 응해야 했다고 생각해? 눈을 감고 귀를 막고 입을 다물고, 그저 사람들이 원하는 대로, 바라는 대로 해야 한다고 생각해?

정말 그렇게 생각하니?

그러나 그런 일은 일어나지 않는다.

그녀는 그만 펜을 내려놓는다. 힘껏 펜을 쥐고 있던 손끝이 저릿저릿하다. 그녀는 심호흡을 해 본다. 그런 식으로 어떤 단어들을, 문장들을 향해 내달리려는 자신의 마음을 다독인다. 주체할 수 없는 감정으로 얼룩덜룩해진 편지를 쓰는 게 목적이 아니니까. 보낼 수 없는 이런 처절한 편지를 쓰는 게 목표가 아니니까.

그녀는 옷을 챙겨 입고 집을 나온다. 그런 후에는 골목 한쪽에 쌓인 쓰레기 더미 근처에서 편지를 찢는다. 반으로 찢고 다시 반으로 찢고, 한 글자도 제대로 읽을 수 없는 종잇조각이 될 때까지 찢고 또 찢는다. 언제나처럼 상대방의 마음을 열기엔 턱없이 부족한 글이고, 가만히 들여다보면 실은 그럴 마음도 별로 없는 글이고, 그러므로 폐기되어 마땅한 글이다.

......

그녀에게는 약간의 수면 장애가 있다.

그 사건이 있기 전에도 그녀는 잠을 제대로 이루는 편은 아니었다. 그러나 지금처럼 침대에 눕기 전 전쟁터에 나가는 군인처럼 만반의 준비를 할 정도는 아니었다.

잠을 자, 잠을 자려고 노력해야 해.

그녀가 거대한 소용돌이 속에 있을 때 사람들은 그렇게 충고했다. 말 한마디에서 출발한 비극. 그녀는 잠을 자는 대신 기사 아래 실시간으로 달리는 댓글을 읽고 또 읽었다. 사람들이 익명으로 SNS에 쏟아 내는 말들을 찾고 또 찾았다. 그녀는 말들이 이끄는 대로 정처 없이 떠돌아다니며 그 속에서 매번 길을 잃었다. 그런 식으로 자기 자신을 잃는 걸 마다하지 않았다. 그녀는 몇 개의 단어가, 한 줄의 문장이 심장을 찌를 수 있다는 걸 그때 알았다. 그러니까 그때, 매일 밤 스마트폰과 모니터를 들여다보며 그녀는 수백 번 수천 번 죽은 것이나 다름없다.

이제 매일 밤, 그녀는 그때 죽은 자신이 살아 있는 자신을 찾아오는 꿈을 꾼다. 두 사람의 만남은 의식과 잠 사이의 엷은 경계에서 이뤄진다.

똑똑. 노크하는 소리가 들리면 익숙한 상담실 한가운데 두 사람이 마주 앉는다. 크림색 테이블과 푹신한 패브릭 의자. 창밖으로 보이는 도심의 풍경은 적당히 분주하고 또 적당히 고요하다. 이곳에서 내려다보는 세계는 너무나 평화롭다. 모두가 아늑하고 평온한 자신의 삶을 마땅히 누리고 있는 것처럼 보인다.

해수 씨, 해수 씨가 걱정하는 게 뭐예요?

살아 있는 그녀가 묻는다.

사람들이 저에 대해서 이야기하는 거요.

죽은 그녀가 답한다.

그게 걱정되나요?

네, 걱정돼요.

사람들이 어떤 이야기를 하는 게 걱정되는 걸까요?

비난하는 말이요.

그런 말을 들은 적이 있어요? 구체적으로 어떤 말인
지 이야기해 줄 수 있어요?

듣보잡 상담사가 한 건 했네. 뜨고 싶어서 환장한 거? 니 정
신 상태부터 상담하자. 그동안 상담했던 사람들한테 피해 보상
해라. 자기가 뭐라도 된 줄 아네. X소리로 사람 매장시키는 상
담사. 상담으로 돈 벌기 존나 쉽구나. 개나 소나 하는 상담사.

가장 먼저 떠오르는 말은 그런 것이다. 감정적인 분노
가 쏘아 올린 말들. 아직은 감정밖에 실리지 않은 말들. 곧
구체적인 장소와 상호, 생생한 경험들이 더해진다.

저 이분한테 상담 받은 적 있는데 정말 별로였어요. 약간
돈에 눈먼 느낌? ㅅㅇ시 ㄱㅅ구 ㅎㄴ동 ㄹㅁㅇㄷ상담센터. ㅇ
ㅅ대 심리학부 졸업, 임해수 42세. 남편 손태주 43세. 이 부부
가끔 저희 가게에 왔는데 똑같이 밉상~. 이 사람들 우리 동네
살아요, 매일 밤 그 집 개가 미친 듯이 짖는데 사과 한마디 없어

요, 알 만하죠? 해수 씨, ㅎㅈ동 ㅁㄹ카페에서 알바생들 개무
시하셨던 거 기억하죠? 임해수 010-XXXX-XXXX. 손태주
010-XXX-XXXX.

사실과 거짓이 뒤섞인 정보들. 사람들의 상상을 자극
하는 지명들. 확신을 불어넣는 숫자들. 그리고 말들은 간
신히 걸치고 있던 얇디얇은 주저함과 머뭇거림마저 벗
어던진다. 이어지는 건 무차별적인 신상 공격이다. 거기
엔 어떤 예의도, 자비도 없다.

근본은 어디 안 가네. ㄹㅇ 관상은 과학이다. 상담하기 전에
자기 관리부터 해라. 눈빛부터가 구린데? 저런 면상 보면서 상
담이 가능하냐? 인성, 성격 망인 거 이미 유명하지 않았음? 쓰
레기는 스스로 분리수거가 답이다. 양심이 있으면 조용히 사라
지자.

그러나 더 두려운 말은 따로 있다.

한 번도 본 적 없는 사람들이 내뱉는 말들이 아니라
그녀가 기꺼이 삶을 공유한 이들이 간직한 말들. 그녀가
표정과 눈빛을 단번에 읽어 낼 수 있는 가까운 사람들.
조심스러운 표정 뒤에 그들이 감추고 있는 의구심과 안
타까움 같은 것들이 그녀를 괴롭힌다.

순시간에 시퍼렇게 날이 선 막득이 ㄱ녀를 에워싼다. 죽은 그녀도, 살아 있는 그녀도, 곧장 그 말들 속에 포위된다. 그리고 그녀는 꿈에서 깬다. 그런 식으로 너무나도 절실한 잠의 세계로부터 내동댕이쳐지는 것이다. 그녀는 이 전쟁에서 승리한 적이 한 번도 없다.

세이가 말한 여자와는 이틀 후, 토요일 오후에 조우한다. 고양이들 밥 자리가 있는 공터 근처에서다. 그녀는 멀리 바람에 흔들리는 은행나무를 쳐다보느라 여자가 걸어오는 것도 알아채지 못한다. 지금 이 순간에도 은행나무는 무럭무럭 자라나는 것처럼 보인다. 윤기를 머금은 초록빛이 주변 풍경을 끌어당기며 사방을 환하고 싱그럽게 만드는 중이다.

어? 아줌마다! 저 아줌마예요.

세이가 그렇게 소리쳤을 때에야 그녀는 고개를 들고 여자를 본다. 여자가 목에 두른 파란 스카프가 바람에 나부낀다. 여자는 세이를 발견하고 손을 흔들어 보인다. 여자에게로 뛰어간 세이가 여자와 이야기를 나눈다. 그녀는 걸음을 멈추고 두 사람의 대화가 끝나길 기다린다.

순무를 구조하시게요?

다가온 여자가 묻는다. 여자는 그녀가 상상한 것과 완전히 다르다. 여자는 예상보다 젊고 세련되고 활기차다. 엷게 화장을 하고 정장을 갖춰 입은 덕분인지도 모른다. 어쨌든 세이의 이야기를 들었을 때 그녀가 상상했던 이미지는 아니다.

아, 저기, 진돗개 있는 집. 그쪽 골목에 사시지 않아요? 몇 번 본 적이 있는 것 같아요. 맞죠?

그녀와 세이, 여자까지. 세 사람은 어색하게 마주 서서 이런저런 이야기를 나눈다. 대화는 순무를 구조하는 방법에서 출발하고 길고양이에 대한 안타까움으로 이어지다가 서로에 대한 단편적인 정보들을 주고받는 데까지 나아간다.

그녀의 말이 가장 먼저 바닥난다. 고양이에 대해서도, 이 동네에 대해서도, 자신에 대해서도. 그녀는 더 할 말이 없다. 여자는 이 동네에 길고양이들을 돌보는 사람들이 더 있다고 말한다. 그 사람들이 만든 인터넷 카페가 있고, 단체 채팅방이 있다는 말도 한다. 여자는 자신이 돌보는 고양이들과 그 고양이들이 머무르는 구역에 대해 조금 더 설명한다. 그러다가 요즘은 한창 새끼 고양이들이 늘어나고 있다는 이야기를 꺼낸다. 가련한 봄. 탄생의 시즌. 암컷들이 품고 있던 새끼를 마침내 출산하는 시기.

제가 어떻게 부르면 좋을까요? 전 그냥 마루맘이라고 부르시면 돼요. 카페에선 마루라고 쓰긴 하는데. 마루가 저희 고양이 이름이거든요.

임해수라고 해요.

그녀는 그렇게 답하고 곧장 후회한다. 굳이 본명을 밝힐 필요는 없었다는 생각 때문이다. 그러나 그녀는 닉네임을 만들고 여러 개의 다른 이름을 사용하는 문화에 익숙하지 않다. 그렇다고 하더라도 지금은 부주의한 행동임이 틀림없다. 적어도 더 조심스럽게 처신할 필요가 있다. 그녀는 마음속으로 자신의 경솔함을 꾸짖는다.

아줌마, 근데 오늘 어디 가세요? 오늘 엄청 예뻐요!

아이가 여자의 핸드백에 달린 가죽 키 링을 바라보며 말한다. 여자가 움직일 때마다 자그마한 에나멜 로봇이 반짝거린다.

진짜? 아줌마 예뻐?

여자의 표정이 밝아진다. 여자는 그녀와 세이를 번갈아 보며 답한다.

오늘 친구 결혼식이 있었거든요. 옷 갈아입을 시간도 없이 바로 여기로 뛰어왔어요. 애들 굶고 있을까 봐요. 아침에 밥을 주고 나간다는 게 시간이 없어서 그냥 간 거 있죠.

그녀는 여자에게서 철제 통덫을 빌리기로 한다. 약간의 조언과 도움도 구할 수 있을 것 같다.

헤어지기 직전 여자가 묻는다.

혹시나 해서 말인데요. 불쌍하다고 무작정 구조하겠다는 분들 많거든요. 그런 사람들 많이 보기도 했고요. 근데 이게 병원 데려간다고 해서 끝나는 게 아니에요. 당장 눈에 보이는 데만 문제가 있다고 확신할 수도 없고요. 무슨 일이 얼마나 더 생길지 진짜 알 수 없는 거거든요. 그런데도 하실 수 있겠어요? 정말 끝까지 책임질 수 있으세요?

끝까지, 책임. 그런 단어를 내뱉는 여자의 표정이 진지하다. 그녀는 여자를 보며 이런 생각을 한다. 이 여자는 나를 알아본 걸까. 내 이름을 듣고 불현듯 나에 대한 어떤 정보를 떠올린 걸까. 내가 휘말린 그 사건의 구체적인 면면들을 상기하는 중일까. 터무니없는 호기심이 순식간에 두

러움으로 바뀐다. 여자의 입에서 그녀가 결코 듣고 싶어 하지 않은 말들이 금방이라도 튀어나올 것 같다.

그녀가 여자의 시선을 피하며 대답한다.

네, 할 수 있어요.

......

본격적으로 순무를 구조하는 작업이 시작된다.

다음 날, 그녀는 마루맘에게서 빌린 통덫을 들고 골 목에서 세이를 기다린다. 하교 시각이 지났는데도 세이 는 오지 않고 그녀의 걸음이 자꾸만 근처 초등학교 쪽으 로 향한다.

환한 낮. 봄이 만개하는 거리. 오토바이와 자전거, 사람 과 차가 무질서하게 오가며 만들어 내는 활기가 그녀의 눈 앞에 펼쳐진다. 지난 일 년간, 그녀가 마주하지 않으려고 했고, 되찾을 수 없을 거라고 여겼던 풍경이다. 그러니까 그 사건이 있기 전까지는, 그녀가 눈여겨보지 않았고 관심 도 없었던 흔하고 보잘것없는 일상의 일부다.

그녀는 학교 정문이 바로 내다보이는 곳에 멈춰 선

다. 오가는 사람들이 커다란 철제 통덫을 든 그녀를 흘끔거린다. 하교하는 아이들이 호기심 어린 눈으로 통덫 안을 힐끔거린다. 기다려도 세이는 나타나지 않는다. 그녀는 노랗게 먼지가 이는 운동장 쪽을 바라보며 거듭 마음을 다잡는다. 용기를 내기까지 오랜 시간이 걸린다.

한참 만에 그녀는 통덫을 들고 교문을 향해 걷는다.

몇 년 전 그녀는 이곳에 온 적이 있다. 늦은 오후였고 태주와 함께였다. 두 사람은 투표소 앞에 길게 늘어선 사람들 뒤에서 차례를 기다렸다. 기호 1번, 2번, 3번. 변화와 개혁, 혁신과 소통. 그런 손에 잡히지 않는 말들이 떠다니는 이곳에서 한 표의 권리를 행사하기 위해서였다.

그때 누구에게 투표했는지 기억나진 않는다. 어쨌든 그녀의 삶은 달라졌다. 누구를 뽑든 그녀의 삶은 달라졌을 것이다.

셔츠는 조금 더 밝은색을 입어. 그게 더 잘 어울려. 배고프지? 저녁은 뭐 먹을까? 저기 사거리 앞에 스시집 새로 생겼던데, 거기 가 볼까?

그녀는 자신이 태주에게 했던 말을 떠올린다. 태주가 무슨 대답을 했는지 기억나지 않는다. 그날 저녁으로 뭘

머었는기도 생각나지 않는다. 자우했던 오후의 햇살과 후텁지근한 바람, 점점 진해지는 건물의 그림자 같은 것만이 희미하게 어른거릴 뿐이다.

그녀는 느린 걸음으로 철봉을 지나친다. 그러면서 태주와 자신이 무슨 이야기를 나누었는지 떠올리려고 안간힘을 쓴다. 의식이 자꾸 과거로 향한다. 그러나 그 속에서 자신이 무엇을 찾으려 하는지, 무엇을 찾고 싶은지, 알 수 없다.

기억나는 건 없다. 아무것도 남아 있지 않다.

그녀는 과거를 기웃거리는 자신의 의식을 힘껏 붙든다. 정신을 다시 노란 흙먼지가 피어나는 이 운동장 위로 데려오려고 노력한다. 그녀는 걸음을 조금 더 빨리한다. 재잘거리며 뛰어가는 아이들의 발소리와 말소리 같은 것들이 그녀를 지나쳐 간다.

주차장 한쪽에 한 무리의 아이들이 서 있다.

체육복을 입은 아이들 사이로 눈에 익은 얼굴이 보인다. 세이다. 세이는 두 팔로 공을 감싸 안고 고개를 숙인 채 벽에 기대어 서 있다. 웅성거리는 듯한 아이들의 목소리 사이에서 누군가의 목소리가 선명해진다. 톤이 높고

발음이 정확한 여자애의 목소리다.

야, 황돼지, 너 때문이잖아! 니가 제대로 안 하니까,
우리가 이렇게 되는 거잖아. 연습 안 하냐?

가벼운 웃음소리가 피어오른다.

미안. 앞으로 연습 더 많이 할게. 다음엔 잘할 거야.
잘할 수 있어.

세이의 것이 분명한 웅얼거리는 목소리는 제대로 들
리지 않는다. 멀리 자동차 한 대가 흙먼지를 일으키며 운
동장을 빠져나간다.

어떻게? 니가 뭘 어떻게 잘할 건데, 지난번에도 잘한
다고 했잖아. 도대체 언제 잘할 수 있는 건데?

미안해.

미안하면 다냐? 미안하면 다냐고!

한 아이가 세이의 어깨를 툭툭 친다. 세이는 쭈뼛쭈
뼛 물러선다. 그게 전부다. 그녀는 상황을 조금 더 지켜
보다가 아이들이 보이지 않는 쪽으로 이동한다. 볼 수는
없지만 들을 수는 있는 자리. 열기가 식어 가는 오후의
운동장이 그녀의 시선을 가득 메운다.

아이 하나가 가고, 둘이 가고, 셋이 가고, 마지막 한

이이끼지 기고 ㅣ서도 세이는 ㅏ타ㅏ지 않는다. ㄱ녀가 주차장 쪽을 오래 주시하고 나서야 보조 가방을 바닥에 끌다시피 하며 걸어오는 세이가 보인다. 흘러내린 머리칼이 얼굴의 반을 가린지도, 양말 한쪽이 발목 아래까지 내려온지도, 어깨에 멘 책가방이 반쯤 열린지도, 자신이 어떤 표정을 한지도 모른 채 세이는 작은 돌멩이를 걸어 차며 걷고 있다.

고개를 숙인 아이의 뒷모습이 그녀를 지나친다.

세이야, 세이야.

그리고 그녀가 세이를 부른다. 멈춰 선 아이가 뒤돌아본다. 그녀는 손을 흔들며 아이에게 알은체를 한다. 놀랍게도 아이의 무표정한 얼굴에 반가운 기색이 어른거린다.

주현에게

아마 이번에도 편지를 보낼 수 없겠지만 또 이렇게 편지를 쓴다.

나는 요즘 통덫으로 고양이를 잡으러 다녀. 몇 번 본

적이 있는 고양이가 있는데 상태가 많이 안 좋거든. 덫 안쪽에 먹이를 두고 그 고양이가 덫 안으로 들어갈 때까지 기다리는 거지. 그래. 잡는다기보다는 기다린다는 표현이 더 맞겠다.

믿어지니? 내가 이런 일을 하고 있다는 게.

누가 보면 길고양이에게까지 신경 쓰고 이제 살 만한 모양이구나, 생각할지도 모르지. 재수 없는 인간들은 언제나처럼 뻔뻔하게 잘 사는 법이라고 비아냥거릴지도 모르겠다. 그래, 네 말대로 사람들의 생각이 뭐 중요하겠니. 머리로는 아는데 그런 생각이 참 떨쳐지지 않네. 내 문제겠지.

어제는 네가 나에게 쓴 편지를 꺼내 몇 번이나 다시 읽었어. 편지의 내용은 그대로인데 그걸 읽는 내 마음은 왜 매번 달라지는지. 왜 처음 읽을 땐 알지 못했던 것들을 계속 발견하게 되는지.

너한테 고맙다는 말을 한 번도 제대로 하지 못한 것 같다. 언제든 하면 될 거라고 생각했는데. 그런 식으로 내가 놓쳐 버린 게 얼마나 많은지.

．．．．．．

　여기서 이렇게 피해야 하거든요. 다른 팀 애가 공을 던지면 제가 이렇게 피해야 하는데 공에 맞았어요. 그래서 졌어요. 우리 팀이요. 근데 사실 공에 맞은 건 아니거든요. 걔가 이렇게 공을 던져서 저는 이렇게 피했거든요. 안 맞았는데 애들이 자꾸 공에 맞았다고 해서 그냥 나온 거예요. 공이 그냥 여기 옆으로 지나간 거거든요. 근데도 계속 분명히 봤다고, 맞았다고, 죽었다고, 나가라고 그래서요.

　아이는 이리저리 몸을 움직이며 그때의 상황을 설명하려고 애쓴다. 그녀는 고개를 끄덕거린다. 그러나 그녀가 아이의 말을 다 이해하는 건 아니다. 아이의 말에 온전히 집중하고 있는 것도 아니다.

　먼저 상처를 치료하는 게 좋겠다. 집에 데려다줄까? 집에 들렀다가 올래?

　그녀는 아이의 말이 끝나길 기다렸다가 그렇게 묻는다. 아이는 살갗이 벗겨지고 피가 말라붙은 무릎을 내려다보며 상처 주변에 달라붙은 모래 알갱이를 털어 낸다.

괜찮아요. 나중에 집에 가서 씻으면 돼요. 지금은 안 가도 돼요.

그녀는 통덫을 내려놓고 아이 앞에 쪼그리고 앉는다. 그런 다음 상처가 난 아이의 무릎을 살펴본다. 깊은 찰과상이 생긴 무릎은 피와 모래, 떨어져 나간 살갗으로 엉망이다.

아줌마 생각에는 일단 씻고 소독을 하고 약을 바르는 게 좋겠다. 집에 가기 싫으면 아줌마 집에 잠깐 들렀다 갈까?

그렇게 두 사람은 그녀의 집으로 간다.

대문을 열고, 마당을 지나 현관문을 여는 그녀의 뒤에서 아이는 조금 긴장한 표정이다.

들어올래? 아님 여기서 기다릴래? 네가 편한 대로 해도 돼.

아이는 망설이는 눈치지만 길게 고민하지 않는다. 가방을 고쳐 멘 뒤 집 안으로 먼저 들어선다. 그녀는 현관문을 열어 둔 채 집 안으로 들어온다.

아줌마, 그런데요. 아까 학교에 언제 왔어요? 저 애들이랑 있는 거 봤어요?

소파에 앉은 세이기 묻는디. 고요한 집 안에 아이의 목소리가 울린다. 오래도록 그녀가 홀로 견뎌야 했던 집 안의 적막이 도드라진다.

친구들이랑 있었어? 아줌마는 못 봤는데. 골목에서 기다리려고 했는데, 네가 너무 안 와서 학교까지 가 본 거야.

그녀는 아이의 무릎을 소독하며 말한다. 그런 식으로 투명하게 들여다보이는 아이의 조마조마한 마음을 모른 척해 준다. 그녀는 상담사였고 인간의 심리에 관해서라면 전문가니까. 그러나 아이에게 느끼는 이런 감정이 분석과 진단에서 오는 것이 아님을 그녀는 잘 안다. 지금 그녀가 이해하는 건 아이의 마음 그 자체다. 그녀는 아이의 마음속에서 자신의 부서진 내면을 발견한 걸까.

소독약이 닿은 상처에서 하얗게 거품이 인다. 세이가 미간을 찌푸린다.

어쩌다가 이렇게 다친 거니, 넘어진 거야?

그녀는 면봉으로 연고를 얇게 펴 바른 뒤 조심스럽게 밴드를 붙인다. 아이의 무릎이 움찔움찔한다.

그냥, 연습하다가요.

피구 연습은 매일 하는 거야?

요즘엔 거의 매일 해요. 가을에 대회가 있거든요. 전 더 많이 연습해야 돼요. 잘 못해서요.

전부 다 해야 하는 거야? 내 말은 전교생이 모두 피구를 해야 하는 건지 묻는 거야.

아뇨. 원래 전 피구 팀은 아니었어요. 근데 한 명이 전학을 가서 대신 들어간 거예요. 전은빈이라고, 저랑 친했는데 전학 갔어요. 이젠 못 봐요.

그렇구나. 은빈이 대신 네가 들어간 거구나. 네가 들어가겠다고 한 거야? 피구를 하고 싶어서? 아님 누가 시켜서? 너무 힘들면 그만하고 싶다고 말할 수 있지 않을까?

아이의 무릎에 흉터가 남을 것 같다. 그녀는 물수건으로 상처 주변의 모래 알갱이와 핏자국을 조심스럽게 닦아 낸다.

아뇨, 피구하는 건 좋아요. 막 엄청 힘들지도 않고요. 재밌어요. 그냥 피구하는 건 괜찮아요.

세이는 그렇게 말하고 만다. 그녀는 더 묻지 않는다. 두 사람은 집 안에 잠시 더 머무른다. 그녀는 아이에게 사과주스 한 잔을 따라 주고 가만히 집 안을 둘러보는 세이를 지켜본다. 그녀가 괜찮다는 듯 고개를 끄덕이자 아이는 몸을 일으키고 본격적으로 집 안을 둘러보기 시작한다. 조심스러움과 호기심, 어색함과 긴장감 사이에서 걸음을 옮기는 아이의 표정이 신중해진다.

그녀는 이런 생각을 한다. 지금 저 애의 눈에 들어오는 것은 무엇일까. 결국 이 집에서 아이가 발견하게 되는 것은 무엇일까. 밤마다 그녀를 옭아매던 원망과 울분, 학대에 가까운 자기비하와 자기부정일까. 매일매일 무시무시한 전쟁이 벌어지던 난장판 같은 그녀의 내면일까. 끝내 그 모든 것에 굴복하고 납작하게 엎드린 한 사람의 얼굴일까. 아니, 어쩌면 그녀가 한 번도 눈여겨본 적 없고, 알아채지도 못한 어떤 것일까.

아줌마, 저 이 방에 들어가 봐도 돼요?

아줌마, 저건 뭐예요?

저 이거 열어 봐도 돼요? 이거 한번 써 봐도 돼요?

아이의 목소리에 활기가 실린다. 그녀는 세이가 원하는 대로 하게끔 내버려 둔다.

송하은이라는 애가 있거든요. 제 친구인데, 1학년 때

친구요. 그때 하은이 집에 갔을 때 이거랑 비슷한 거 봤어요. 저 이거 돌려 봐도 돼요?

마침내 아이가 발견한 것은 거실 선반 위에 놓인 크리스털 오르골이다. 그녀가 승낙하자 세이가 조심스럽게 오르골의 태엽을 감는다. 오래전 태주와 함께 떠난 여행지에서 그녀가 사 온 기념품이다. 아이가 태엽을 끝까지 돌리자 경쾌한 멜로디가 흘러나온다. 오래도록 방치해 두었다고는 믿기지 않을 만큼 맑고 깨끗한 소리다.

아줌마, 저거 뭐예요?

아이가 다시 묻는다. 아이가 가리킨 건 선반 위쪽에 세워 둔 청동 상패다. 상패는 손바닥만 하고, 음각으로 새겨진 글자는 그보다 훨씬 더 작지만 아이는 까치발을 하고 고개를 힘껏 뺀 채 상패에 새겨진 글자를 더듬더듬 읽어 내려가기 시작한다. 그런 뒤에는 놀란 눈으로 그녀를 돌아보며 말한다.

우아, 저거 아줌마가 받은 상이에요?

그녀가 대답도 하기 전에 아이가 한마디를 더 한다.

임해수. 임해수가 아줌마 이름이에요?

상패를 자세히 보기 위해 제자리에서 콩콩 뛰어오르

면서다. 그녀는 몇 년 전 그 상을 받았던 때를 잠시 떠올린다. 당시 느꼈을 법한 흥분과 기쁨은 남아 있지 않다. 그녀는 그날에 대해, 그것에 대해, 더 할 말이 없다.

근데 아줌마, 아줌마 이름 예쁜 것 같아요. 제 이름은 누가 지어 줬는지 아세요? 외할아버지가 지어 준 거래요. 외할아버지가 엄청 오래 고민해서 지었대요.

할아버지가 진짜 예쁜 이름을 지어 주셨구나.

그녀가 대꾸하자 아이는 장난스럽게 얼굴을 찌푸리며 대꾸한다.

제가 이 얘기 하면 어른들은 맨날 그렇게 말해요. 진짜 똑같이 다 그렇게 말하거든요.

그러나 그렇게 대답하는 세이의 얼굴에는 기분 좋은 미소가 떠올라 있다.

......

며칠이 지나도록 순무는 잡히지 않는다.

어느 날에는 엉뚱한 갈색 고양이가 통덫 안에서 천연덕스럽게 통조림을 먹고 있고, 또 어느 날에는 비둘기들이 통덫을 에워싸다시피 하고 있다. 개미와 날파리들이 사료 통을 까맣게 뒤덮고 있을 때도 있다. 그러나 그녀가 순무를 전혀 보지 못한 것은 아니다.

그녀는 순무와 몇 번이나 마주쳤다.

어느 밤에는 통덫 근처를 어슬렁거리는 순무를 가만히 지켜보는 행운을 누리기도 했다. 순무는 경계를 풀지 않은 채 통덫 주변을 돌며 그녀의 의도를 어렵지 않게 알아차렸다. 나중엔 그것을 증명하듯 상체를 덫 안으로 밀어 넣고 구조를 살핀 뒤 살그머니 닭 가슴살을 집어 그곳을 빠져나오기까지 했다.

한밤인데도 순무의 상태가 점점 더 나빠지고 있는 건 확실해 보였다. 부어오른 눈가, 아물지 않은 머리의 상처, 절뚝이는 걸음걸이. 그녀는 격렬하고도 고요한 고통을 껴안은 그 생명체를 멀찌감치에서 지켜볼 수밖에 없었다.

어느 날 밤, 덩치 큰 고양이가 순무 앞을 가로막은 일이 있었다. 순무가 간식을 집어 막 덫을 빠져나오는 순간이었다. 둘은 주차된 차들과 통덫 사이 좁은 틈에서 조우했다. 나지막한 으르렁거림으로 시작되는 경고. 털을 곧

추세우고 서로를 누려보는 대치가 이어졌다. 숨 막히는 긴장 속에서도 순무는 물러서지 않았다. 그 작은 생명체는 자신이 터득한 생존의 법칙을 충실하게 따랐다. 살아남아야 한다는 본능의 명령을 거스르지 않았다.

먼저 공격한 것은 순무였다.

짧은 쇳소리 같은 울음소리가 공중에서 부딪히고 위협적인 움직임이 뒤엉켰다. 그녀는 엎치락뒤치락하며 빠르게 이동하는 둘을 따라갔다. 주차된 차들 아래를 주시하며 쓰레기봉투가 쌓인 전봇대를 지나고 달려오는 오토바이에 부딪힐 뻔하면서 담벼락이 끝나는 지점까지 갔다.

몸을 먼저 돌린 것은 덩치 큰 고양이였다.

순무는 그 고양이가 완전히 보이지 않을 때까지 자리를 지켰다. 그런 후엔 그녀를 올려다보며 그 자리에 무너지듯 엎드렸다. 숨을 몰아쉬는 듯 자그마한 몸이 가쁘게 들썩거렸다. 거울처럼 빛을 반사하는 두 눈. 그녀는 그 안에 담긴 것이 공포인지 안도인지 알 수 없었다.

자신이 마주하는 것이 삶인지 죽음인지, 삶도 죽음도 아닌 어떤 것인지도.

다만 고비를 또 한 번 가까스로 넘어섰다는 것만은 분명했다. 그녀는 호주머니에서 연어 통조림을 꺼낸 뒤 순무에게 다가갔다.

난 널 공격하지 않아. 난 널 해치지 않아.

말이 아닌 표정과 몸짓으로 마음을 전달하려고 애쓰면서. 순무는 숨죽인 채 그녀가 하는 짓을 지켜보았다. 무시로 오가는 자동차와 오토바이 불빛 속에서 순무의 작고 마른 몸이 잠깐씩 드러났다. 한참 만에 순무는 몸을 일으키고 천천히 다가와 그녀가 내려놓은 것들을 먹기 시작했다. 뭔가를 씹을 때마다 고통스러운 듯 얼굴을 한쪽으로 비틀고, 끊임없이 사방을 두리번거리면서.

사는 게 참 고단하지.

그녀는 그렇게 소리 내어 말하고 싶은 것을 가까스로 억누르면서 통조림을 더 덜어 주었다. 순무는 그것의 냄새를 맡고 최선을 다해 삼키려고 노력했다. 나중엔 손을 뻗으면 코가 닿을 정도로 거리가 가까워졌다. 그녀와 순무의 눈이 자주 마주쳤다.

어느 순간, 그녀는 자신과 그 작은 생명체 사이에 어떤 가느다란 유대감이 생겼음을 알아차렸다. 인간과 동문. 언어가 제 힘을 발휘하지 못하는 사이 다만 먹을 것과 마실 것을 주는 정도로, 아주 최소한의 행위만 허락된 관계. 서로에게 완벽하게 무지하다는 난관 속에서도 그녀는 자신의 진심이 순무에게 전해졌음을 느꼈다. 아니, 그것은 이상한 확신이고 터무니없는 바람일지도 모른다.

순무가 그녀를 올려다보며 울었다.

소리가 거의 나지 않는 한숨에 가까운 목소리. 그녀는 위협적이지 않게, 순무가 놀라지 않게, 상체를 조금 숙이고 눈을 깜빡인 뒤 서너 걸음 물러섰다. 순무는 남은 것들을 천천히 핥아먹은 뒤 무표정한 얼굴로 그녀를 한 번 더 올려다보고는 돌아섰다. 그녀는 그것을 인사로 받아들였다. 영원히 선을 긋는 작별이 아니라 다시 만나자는 약속으로 이해했다. 그녀는 순무를 더 따라가지 않았다. 다만 멀어지는 그 작은 생명체의 뒷모습을 우두커니 지켜보았다.

전부를 건 싸움. 전부를 잃을 수 있는 싸움. 보잘것없는 자신을 지켜 내기 위한 전투.

그러니까 그 밤, 그녀가 목격한 것은 무엇이었을까. 순무가 그녀에게 보여 주었던 것은 무엇일까. 아니, 순무에게서 그녀가 보려고 했던 것은 무엇이었을까.

이성목 기자에게

안녕하세요.

임해수입니다. 제 이름을 기억하고 계시겠지요.

'한 사람을 죽음으로 몰고 간 상담사 발언, 이대로 문제없나'

지금도 저는 기자님이 저에 대해 썼던 그 기사의 제목을 기억합니다. 어떤 기억들은 절대로 잊히지 않고, 결국 죽을 때까지 잊을 수 없다는 사실이 끔찍하게 느껴집니다. 솔직히 말하면 저는 아직도 그 기사 전문을 읽지 못했습니다. 몇 번이고 읽으려고 했지만 도저히 그럴 수가 없더군요.

내가 저지른 잘못을 회피하고 싶은 마음. 부끄럽고 수치스러운 마음. 물론 제 안에도 그런 마음이 있을 겁니다. 그러나 사람들이 생각하는 것처럼 그게 전부는 아닙니다. 그 기사에 적힌 것처럼 제가 말을 무기처럼 휘두르며 한 사람을 죽음으로 몰아갔다는 내용이 모두 사실은 아니니까요.

저는 묻고 싶습니다. 수많은 사람들이 읽는 기사를 어떻게 그런 추측과 짐작으로 쓸 수 있는지. 당사자인 저에게 아무런 사실 확인도 없이 어떻게 그런 기사를 내보낼 수 있는지.

일은 벌어졌고 벌어진 일은 돌이킬 수 없다. 어쨌든 시간이 필요한 일이고, 시간이 지나면 진실은 밝혀지기 마련이다. 한동안 저는 사람들이 흔히 말하는 그런 조언에 기대어 보려고 했습니다. 변호사가 법적 대응의 여러 방식들을 구체적으로 제안한 것과는 별개로 제가 감수해야 하는 몫이 있다고 여긴 것도 사실입니다.

그러나 더는 이렇게 두고 볼 수만은 없다는 결론을 내렸습니다.

다음 주 준비가 되는 대로 정식으로 고소장을 접수하고, 법적 절차를 밟을 예정입니다. 기자님에게 책임을 묻고 시시비비를 가릴 생각입니다. 그 기사가 나온 뒤 비슷비슷한 내용의 기사들이 양산되었다는 것을 모르지 않으실 거라고 생각합니다. 그에 대한 책임도 분명히 물을 생각입니다.

만약 이 일에 대해 할 말이 있으시다면.

......

빈 통덫을 확인하고 돌아오는 길에 그녀는 편의점 앞에 서 있는 한 무리의 사람들을 본다.

네댓 명의 사람들이 벤치에 앉은 한 여자를 둘러싸고 있다. 벤치에 앉은 여자는 고개를 숙인 채 움직임이 없다. 울고 있는 것 같다.

정말 너무들 하네. 놀랐죠? 세상에. 얼마나 놀랐을까. 진정해. 진정해요. 이런 일일수록 마음을 강하게 먹어야 해요.

한 여자의 목소리가 들린다.

진돗개 키우는 집이지? 아님 저기 고깃집 사람들인가? 아니다, 왜 이 골목에 꼬장꼬장한 할아버지 하나 있잖아요. 고물 쌓아 두는 집. 그 양반 아니야?

다른 사람의 목소리가 더해지고, 또 다른 사람들의 목소리가 가세하면서 말소리는 웅성거리는 소음으로 바낀다. 한참 만에 그녀는 벤치에 앉은 여자가 마루맘이라는 것을 알아차린다. 은행나무 공터에 매일 고양이들 밥을 주러 다니는 여자. 그녀에게 통덫을 빌려 주며 이런저런 조언을 건넸던 여자. 그녀는 알은체를 해야 할지 그냥 지나쳐야 할지 결정하지 못한 채로 그 자리에 서 있다.

마루맘이 멀찌감치에 서 있는 그녀를 알아본다.

어머, 안녕하세요. 그렇지 않아도 궁금했어요. 순무는 어떻게 됐어요? 구조하셨어요?

마루맘은 반사적으로 몸을 일으키고 그녀에게 다가온다. 두 손으로 눈가를 닦아 내는 마루맘의 모습은 이전에 봤던 것보다 차분해 보이고, 얼마간 지친 것처럼 보이기도 한다.

아직 못 잡았어요. 통덫에 안 들어가더라고요.

사람들의 이목이 그녀를 향한다. 그녀는 그대로 돌아서고 싶은 마음을 억누른다.

아, 그 치즈냥이 구조한다는 분이시구나. 마루맘한테 들었어요. 걔 중성화는 한 애죠? 그럼 덫에 한번 잡혀 본 적이 있어서 잘 안 들어갈 거예요. 얘들이 얼마나 영리한데요.

이 골목 치즈면 아직 애기 아니야? 중성화 아직 안 한 애일걸? 그죠?

사람들이 그녀에게 말을 건다. 그녀는 말하는 법을 잊은 사람 같다. 머릿속이 하얘진다. 그녀는 자신이 대화하는 법을 잊었다고 생각한다.

그녀는 이런 기억을 떠올린다.

종종 태주와 함께 들르고는 했던 중식당의 매니저. 그 사람은 그들 부부와 안부를 나누고 가볍게 농담을 주고받을 정도로 친근한 사이였다.

어느 날, 식사를 마치고 그녀가 계산대 앞에 섰을 때 그 사람이 말했다.

선생님, 당분간 저희 가게에 오시지 말아 달라고 부탁드리면 실례가 될까요?

그녀는 그것이 무슨 말인지 한번에 이해하지 못했다. 그녀는 순간적으로 내부 인테리어 공사나 긴 휴가 같은 것을 떠올렸다. 그걸 바로잡아 준 건 태주였다.

오지 말라는 부탁이라니. 그게 무슨 부탁입니까? 무슨 말이에요? 앞으로 여기 오지 말라는 건가요?

그녀 뒤에 서 있던 태주가 불쾌한 듯 되물었고 그 사람

이 시시를 하는 사람들은 둘러보며 목소리를 낮추었다

간혹 SNS 계정에 사진을 찍어서 올리는 손님들이 계십니다. 저희가 제재를 하고는 있는데 다 막을 수가 없어요. 혹시라도 선생님이 저희 가게에 계신 사진이 올라오면 저희도 입장이 난처해질 수 있어서요.

그녀는 지난 삼 년간, 자신이 한 달에 서너 번씩 이 가게에 와서 식사를 했고, 이따금 회식 모임을 예약했고, 웃는 얼굴로 다정하게 안부를 묻고는 했던 지난 일을 다 잊었냐고 따져 묻지 않았다. 오히려 태주가 그런 비슷한 말을 꺼내지 못하도록 태주의 손을 힘껏 움켜쥐었다.

그래요. 솔직하게 말해 줘서 고마워요.

그녀는 영수증과 신용카드를 건네받으며 그렇게 말했다. 진심이었다. 그러니까 그런 말을 할 정도로 그녀는 사람들에게 신물이 나 있었다. 아무렇지 않은 척하는 사람들 사이에서, 어색하기 짝이 없는 과장된 연기 속에서, 사람들이 내뱉는 말의 저의를 쉬지 않고 상상하는 자신에게서, 멀미가 날 지경이었다.

차라리 자신에게 직접 해명을 요구한다면, 면전에서 손가락질한다면, 드러내고 질책을 한다면. 오히려 그렇게 한다면 그녀는 흔해 빠진 영화나 소설의 주인공들처럼 뻔한 변명이라도 늘어놓을 수 있었을 것이다. 그런 식으로 자신이 얼마나 억울하고 괴로운지 항변이라도 할 수 있었을 것이다.

그러므로 사람들은 알고 있는 게 틀림없다. 예의와 품위의 장막 뒤에 숨어 약속이나 한 듯 이처럼 간접적인 제스처를 취하는 것이 실은 그녀를 가장 괴롭힌다는 것을. 그것이 자신들이 가할 수 있는 가장 안전하고 강력한 처벌의 방식이라는 것을.

그때 이미 그녀는 대화하는 법을 잊은 상태였다. 아니, 태주가 말한 것처럼 침묵을 무기 삼아 대화를 거부하기로 작정한 것인지도 모른다. 기억 속에서 그녀의 말문을 열기 위해 위로하고, 설득하고, 닦달하고, 다그치며 안간힘을 쓰던 태주의 모습이 떠올랐다가 사라진다.

걔가 중성화가 됐었나요? 아직 애기라 저도 제대로 못 본 것 같네요. 그나저나 통덫은 어디에 두셨어요? 배가 고파야 덫에 들어가는데. 여기저기 밥 자리가 있으니까 배가 그렇게 고프지는 않을 거예요. 그렇다고 밥을 안 주자니 다른 애들이 굶어야 하고. 참 큰일이네요.

마루맘의 얼굴에 표정이라고 한 만한 게 떠오른다 이전에 그녀가 목격했던 다부지고 씩씩한 눈빛이 되살아난다.

그녀는 바닥을 내려다보며 말을 아낀다. 보도블록의 좁은 틈을 비집고 나온 푸릇푸릇한 풀들이 보인다. 그녀는 눈에 보이는 온갖 것들에서 작은 고통의 흔적이라도 발견하려는 스스로가, 어떤 위안을 찾아 헤매는 스스로가 끔찍해진다.

그런데 걔 손은 타요? 안 타죠? 그런 애들은 구조하고 나서가 더 문제인데. 아픈 애를 다시 길에다 풀어 줄 수도 없고. 구조 후에 키우실 마음은 없는 거죠?

누군가 묻고 그녀가 답한다.

거기까진 생각을 못 해 봤어요.

그리고 생각난 듯 마루맘이 이런 이야기를 한다. 이 골목에 살던 고양이 한 마리가 뭔가를 먹고 잘못되었다는 이야기다. 누군가 고의로 나쁜 것을 먹였을 거라고 말하는 마루맘의 얼굴이 일그러진다. 지난여름과 가을, 새끼 고양이들이 무더기로 죽임을 당했다는 증언이 흘러나오고, 인터넷에 끔찍하고 잔혹한 목격담이 수시로 올라온다는 걱정이 이어지다가 경찰 수사가 매번 소득 없이 형식적으로 이뤄진다는 불만이 뒤따라온다.

그녀는 섣불리 입을 열지 않는다. 눈치를 보던 사람들은 공감과 동의를 구하려는 시도를 신속하게 거둬들인다. 무거운 침묵이 내려앉는다.

애도 일 년 못 살았을 거예요. 보세요. 순무랑 덩치가 비슷하죠?

마루맘이 벤치 옆에 내려놓은 이동장을 가리킨다. 직사각형 이동장 안에 축 늘어진 하얀 형체가 있다. 작고 마른 고양이다. 고양이의 몸이 구겨진 신문지 같다.

죽은 건가요?

그녀는 그런 질문을 하는 자신이 바보 같다고 느낀다.

네, 죽었어요. 너무 늦게 발견했어요. 참, 너무 잔인하지 않아요? 도대체 얘들이 뭘 어쨌다고 쥐약까지 먹이는 건지. 조금만 더 일찍 발견했으면 치료라도 해 볼 수 있었을 텐데. 사람들이 정말 해도 해도 너무해요.

그녀는 움직임이 없는 고양이의 형체를 내려다보며 충격을 받는다. 그래서 슬픔과 비통 같은 감정을 느낄 겨를이 없다.

어떻게 해요, 이제?

혼잣말 같은 그녀의 질문에 누군가 대답한다.

내일 장례식장 데리고 가서 화장하고 잘 보내 줘야죠.

화장이요? 동물도 장례를 치를 수 있어요?

그녀는 이런 일에 관해선 자신이 아는 게 하나도 없다는 것을 깨닫는다. 한참 만에 그녀는 무수히 떠오르는 바보 같은 질문들 사이에서 어렵게 질문 하나를 더 골라낸다.

이런 일이 자주 벌어지나요?

그 순간, 그녀는 순무를 생각하고 있다.

......

태주에게

며칠 전 창고에서 당신 일기장을 찾았어.

어릴 때 당신이 연필로 쓴 일기들. 어머님이 실로 꿰어 하나로 묶어 준 그 일기장들이 거기 있는지 나도 몰랐네. 뭐든 그냥 폐기하라고 당신이 말했지만 이건 마음대로 처분하면 안 될 것 같아서. 나와는 상관 없는 당신 유년의 추억이잖아. 아주 어렸을 때 당신 손으로 직접 쓴 기록이기도 하고. 원한다면 내가 보내 줄 수 있어.

한 가지 더. 당신 대학 졸업장과 임명장, 수여증도 아직 여기 있어. 다시 발급받으면 되지만 이것들이 원본이니까. 어떻게 하면 좋을까. 사실 이렇게 물어보는 게 적절한 일인지는 나도 잘 모르겠어. 그래도 당신한테 중요한 것들이니까. 먼저 물어보는 게 좋을 것 같았어.

당신이 직접 고르고 다듬었던 나무 테이블 상판도 아직 창고에 있어. 공구 세트랑 철제 지지대들도 그대로 있고. 어제는 마당 한쪽에서 당신이 아끼던 수석 두 개를 찾았어. 왜 연하게 핑크빛이 도는 돌이랑 파도 무늬가 새겨진 돌 말이야. 외국에 다녀온 누군가가 당신에게 선물한 거라고 했었지. 아니다, 당신이 직접 구입했다고 했나. 사실 잘 기억이 안 나. 당신이 원하면 이것들도 같이 보내 줄 수 있어.

당신이 좋아하던 사진하고 그림, LP들도 따로 상자에 넣어 뒀어. 언젠가 눈에 보이는 게 싫어서 한꺼번에 상자에 넣어 두고는 잊어버리고 있었네. 이것들도 보내 줄게.

찾아부면 돌려줘야 할 거듯이 더 있을 거야, 욱하고 시밤 하고.

틈날 때마다. 내가.

며칠 뒤 그녀는 마루맘과 다시 마주친다.

이봐, 당신 도대체 뭐하는 사람이야?

이번에도 마루맘이 서 있는 곳은 소란의 한가운데다. 덩치가 큰 여자 둘과 나이 많은 남자가 마루맘을 에워싸고 있다.

매일 밤 그녀가 순무를 잡기 위해 통덫을 놓아 두는 장소. 사람들의 다리 사이로 빈 통덫이 보였다가 말다가 한다. 영리한 순무는 영원히 들어갈 리 없는 철제 통덫. 그녀는 이 모든 일이 부질없다고 생각한다. 순무를 잡으려면 다른 방법을 찾아야 한다고 생각한다. 그러나 지금 그녀에겐 다른 대안이 없다.

말씀드렸잖아요. 아픈 고양이가 있어서 구조할 거라고요. 누구라도 치료를 해 줘야 하잖아요.

치료고 뭐고, 그건 내 알 바 아니고. 왜 여기다가 자꾸 먹을 걸 두느냐 이 말이야. 온 동네 고양이들을 왜 다 여기로 불러 모으냐고.

어르신, 고양이들은 원래 여기서 살았어요. 여기서 태어났기 때문에 죽을 때까지 여기서 사는 거예요. 제가 불러 모은 게 아니라고요.

저런 통 안에 먹을 게 잔뜩 있는데, 불러 모으는 게 아니면 뭐야. 짐승들이 먹을 거에 달려들지, 다른 게 뭐가 있어.

어르신, 저건 그냥 덫이에요. 아픈 애를 잡으려고 둔 덫이라고요.

아유, 난 그런 설명 듣기도 싫어. 모르겠으니까 당장 치워요. 본인 집 앞에 두고 잡으라고. 하루 이틀도 아니고, 도대체 이게 뭐 하는 짓이야. 왜 자꾸 여러 말을 하게 만들어.

아니, 여기가 어르신 집 앞도 아니잖아요. 여긴 그냥 길이에요. 사람들 지나다니는 길이라고요.

마루맘은 물러서지 않는다. 사람들도 마찬가지다. 그들의 입장은 확고하고 나름대로의 명분을 가지고 있다. 그녀는 누가 옳고 그른지 단정하지 않는다.

판단을 유보하는 일.

그녀는 선을 긋고 편은 가르고 어느 한쪽에 서고 싶은 마음을 억누른다. 분명하게 입장을 정하는 것이 그렇게 하지 않는 것보다 어떤 면에선 쉽고 수월하다. 그건 자신이 어떤 사람인지 보여 주는 신속한 방식이고 그러므로 매혹적이다. 자신과 무관하기만 하다면 어떤 사안에 대해서든 빠르게 판단을 내리고 그보다 더 빠르게 그 판단을 철회할 수 있다. 그리고 그 모든 것을 망각 속으로 던져 버리는 건 너무나 쉬운 일이다. 그러나 그녀는 그렇게 한 대가로 자신의 삶이 곤경에 처했다는 사실을 잊지 않았다.

정말 이해가 안 되네. 아니, 왜 남의 동네까지 와서 분란을 만드는 거야. 그래, 짐승 좋아하는 건 자유다 이거야. 근데 왜 남의 동네 사람들까지 피해를 입어야 하느냐고. 어디 한번 말해 봐요.

제가 무슨 피해를 입혔는데요?

이 양반 정말 말 안 통하네. 지금껏 내가 하는 말을 다 어디로 들은 거야? 귓등으로 들은 거야?

사람들의 언성이 점점 높아진다. 그녀는 소란이 벌어지는 한가운데로 가서 이렇게 말한다.

덫은 제가 둔 거예요. 이분이 둔 게 아니고요. 고양이가 잡히면 바로 치울게요.

사람들이 그녀를 돌아본다. 낯익은 사람들의 얼굴이 눈에 들어온다. 그녀가 이 골목을 오가며 틀림없이 한두 번쯤 마주쳤을 사람들. 그녀의 집과 가족, 직업을 알던 사람들. 그녀가 이전에 누렸던 삶과 현재 처한 삶의 간극을 충분히 짐작하는 이들.

밤에만 잠깐 뒀다가 아침 일찍 치울게요. 죄송합니다.

그녀는 한마디 더 한다. 최대한 예의를 갖추고, 공손한 몸짓으로 그들의 마음을 누그러뜨리려고 애쓴다.

몇 시간만 여기 두는 거니까. 걱정 안 하셔도 돼요.

사람들은 못마땅한 표정을 거둬들이지는 않지만 말을 더 얹을 생각도 없어 보인다. 원하는 게 바로 그런 굽실거리는 모습이었다는 듯이. 이 문제에 관해서라면 자신들의 허락이 필수라는 것을 인지시키려는 듯이. 아니, 그들이 보여 준 건 그녀에 대한 흔해 빠진 동정인지도 모른다.

저기 저 댁에 사는 선생님 맞죠? 문제 생기면 바로 찾아갈 테니까 그렇게 아세요.

사람들은 투덜거리며 각자 다른 방향으로 흩어진다. 마루맘은 그런 사람들의 뒷모습을 노려보며 말이 없다. 그녀는 말없이 마루맘의 것임이 분명한, 주변에 흩어진 물건들을 챙긴다.

저 사람들 진짜 이해 못 하겠어요. 자기네들랑 상관도 없는 일에 왜 이렇게 시비를 거는지 정말 이해가 안 가요.

당분간은 괜찮을 거예요.

그녀의 말이 끝나자마자 마루맘이 답한다.

아니요. 저 사람들 앞으로 더 난리 칠걸요. 괴롭힐 사람이 하나 더 생겼으니 앞으로는 번갈아 가며 괴롭힐 거예요. 진짜 답이 없는 사람들이에요.

그녀는 자신이 괴롭힘에는 이골이 난 사람이라고, 미움과 증오라는 채찍을 견디다 보면 어느 정도 맷집이 생기는 법이라고, 이상한 방식으로 스스로를 조롱하고 싶은 충동을 억누른다.

힘들지 않으세요? 이렇게 사람들이랑 계속 부딪히는 거. 싫은 소리를 계속 들어야 하잖아요.

싫은 소리 듣는 거요? 싸우는 거요? 그런 건 중요하

지도 않아요. 그게 뭐가 중요해요. 애들 죽고 사는 문제
인데. 그렇다고 손 놓고 애들 죽는 걸 보고 있을 순 없잖
아요. 돌아서면 보이고, 또 보이는데. 어떻게 모른 척하
고 살겠어요.

마루맘의 목소리에 노여움이 어린다. 그녀는 흉터로
울긋불긋한 마루맘의 팔을 내려다보며 말을 아낀다. 골
목 안쪽에 서 있는 가등이 깜빡거린다. 마루맘이 깜빡이
는 가등을 올려다보며 말한다.

맞아요. 사실 안 힘들다고 하면 거짓말이죠. 애네들
챙기는 것도 힘들어 죽겠는데 사람들까지 못살게 구니
까, 지치긴 해요. 가는 곳마다 싫은 소리 듣고 미움받는
데, 그게 좋은 사람이 어디 있겠어요. 더 안 해야지, 진짜
그만해야지, 생각한 적도 많은데 그게 잘 안 돼요. 싫은
소리 안 듣겠다고 애들을 굶길 순 없잖아요. 그건 정말
못하겠어요.

마루맘이 동의를 구하는 눈빛으로 그녀와 눈을 맞춘
다. 그녀는 고개를 끄덕이고 만다. 마루맘의 말대로 이
길은 누구의 소유도 아니다. 이 길이 모두의 것이라면 거
기엔 고양이와 비둘기 같은, 인간 아닌 다른 생명이 가진

권리가 있을 것이다. 생명을 지니고 태어난 것들은 각자의 삶을 살아 내야 할 숙명이 있다. 그건 선택의 문제가 아니다.

그녀가 그것을 모르는 게 아니다.

......

집을 나서기 전 그녀가 챙겨야 하는 물건은 점점 는다.

통덫과 사료, 훈제 닭고기와 츄르, 캣닙 가루와 스프레이, 쓰레기봉투와 위생 장갑. 어느 날에는 챙이 큰 모자와 생수, 우산과 방수포, 물티슈와 노끈 같은 것들을 담느라 플라스틱 카트를 끌어야 할 정도다. 이따금씩 그녀는 통덫을 들고 카트를 끌며 걷는 자신이 사람들이 말하는 소위 유별난 캣맘처럼 보이지 않을까 우려스럽다. 이전이었다면. 그런 사건이 일어나지 않았더라면. 그녀는 결코 이런 일을 감행하지 않았을 것이다.

자신이 할 수 있는 것과 할 수 없는 것, 해야 할 것과 하지 말아야 할 것을 완벽하게 구분한다고 믿었을 것이다. 자신이 집중해야 하는 일과 그럴 필요가 없는 일을 명확하게 구별한다고 여겼을 것이다. 이제 그녀는 그 어떤 것도 확신할 수 없다. 어떤 면에서 삶의 주인은 자신이 아니라 삶 그 자체라는 사실을 받아들이게 된다.

통덫을 주시하는 동네 사람들 탓에 그녀는 낮에 은행나무 공터에 가서 순무를 기다린다. 가끔씩 보이는 순무의 상태는 여전히 심각하고 조금도 호전될 기미가 없다.

어느 오후에 그녀는 까미와 함께 사료를 먹는 순무를 발견한다. 비가 내리고 있다. 그녀는 검은 우산을 쓰고 쪼그려 앉은 채 그 둘을 지켜본다. 빗방울이 떨어지고 작은 모래 알갱이들이 튀어오른다. 바람이 불 때마다 멀리 은행나무 이파리들이 한쪽으로 쏠리며 빗소리를 키운다.

까미는 충분하다 싶을 만큼 사료를 먹은 뒤에도 자리를 뜨지 않는다. 느리게 사료를 삼키는 순무의 곁을 지키고 있다. 까미는 순무의 눈가를 핥아 주고 엉망으로 엉킨 털을 혓바닥으로 빗어 준다. 조금 더 먹으라고, 더 먹어야 한다고, 용기를 북돋아 주는 것 같다.

그녀는 비닐을 씌운 통덫의 위치를 이리저리 옮겨 본다. 그러나 배를 채운 고양이들은 덫에는 아무런 관심이 없다. 이런 방식은 가망이 없어 보인다.

안녕.

그녀가 손을 흔들자 까미가 먼저, 순무가 조심스럽게 뒤따라온다. 까미가 몸을 흔들며 물기를 털어 낸다. 물방울이 사방으로 튄다. 그녀의 한쪽 볼과 턱 주변이 물기로 흥건해진다. 순무는 젖은 몸을 털어 낼 기운조차 없어 보인다. 그저 멀찌감치에서 하는 수 없다는 듯 비를 맞고 있다. 순무의 입가에 매달린 기다란 침이 금방이라도 떨어질 것 같다. 잠깐씩 드러나는 송곳니는 붉게 부풀어 올라 있고, 바닥에 내려놓지 못한 한쪽 앞발엔 흙과 먼지 같은 것들이 잔뜩 달라붙어 있다.

누가 봐도 순무가 고통에 사로잡혀 있는 건 분명하다. 통증과 아픔이 그 연약한 생명을 움켜쥐고 있다.

순무야, 이리와 봐. 이리 와.

그녀가 손을 뻗는다. 다가오는 건 까미다. 까미가 천진한 몸짓으로 그녀의 손가락 끝에 까만 코를 갖다 댄다. 그런 후엔 한쪽 앞발로 그녀의 손을 가볍게 건드린다. 경쾌하게 움직이는 까미의 몸이 다시 비에 젖기 시작한다. 손가락을 까닥거리며 그녀는 까미와 장난을 친다. 그러면서도 순무에게서 시선을 떼지 못한다.

가슴이 아프다.

동정, 연민, 연약하고 가여운 동물에게 느끼는 흔해 빠진 감정. 그녀는 자신이 느끼는 감정이 무엇인지 알 수 없다. 자신이 안타까워하는 것이 순무를 사로잡은 고통인지, 그런 고통에 노출된 삶인지, 고통을 견뎌 온 지금까지의 시간인지, 얼마가 될지 모르는 앞으로의 시간인지, 가늠하기 어렵다.

그것이 순무에 대한 것인지, 자신에 대한 것인지, 그 둘이 뒤섞인 것인지도.

다음 날 그녀는 마루맘을 만나러 간다.

마루맘이 알려 준 대로 셔터가 내려진 우유 배급소 앞에 도착하자 멀리서 걸어오는 마루맘이 보인다. 헐렁한 원피스를 입은 마루맘은 막 잠에서 깨어난 사람처럼 기운이 없어 보인다. 마루맘이 가져온 것은 노란색 드롭 트랩과 팔꿈치까지 오는 길고 두꺼운 장갑이다.

마루맘이 가져온 것은 더 있다.

중요한 게 뭔지 아세요? 포기하지 않는 거예요. 대부분 몇 번 하다가 안 되면 그냥 그만하겠다고 하거든요. 도저히 안 될 것 같다고요. 전 그렇게 생각 안 해요. 포기하기 않으면 언젠가는 잡혀요.

마루맘은 그녀를 격려한다. 자신이 건네는 말 속에서 그녀가 어떤 작은 희망의 기미라도 찾길 바라는 것 같다.

그럴까요?

그녀는 노란색 드롭 트랩을 내려다보며 혼잣말을 한다.

마루맘은 조금 더 말한다. 칠 년이 넘도록 이 일을 하며 자신이 깨달은 것에 대해, 이 일이 바꿔 놓은 자신의 삶에 대해, 이 일로 인해 자신이 휘말릴 수밖에 없었던 어떤 함정과 소란, 모략에 대해. 이 일의 무자비함에 대해.

힘드셨을 것 같아요. 그냥 다 그만두고 싶을 때도 있지 않으셨어요? 제 말은 다 포기하고 싶을 때도 있지 않았을까 해서요.

그녀가 묻고 마루맘이 답한다.

그런 시기는 지났어요. 그런 생각은 이제 안 해요. 도움이 안 되거든요.

마루맘은 바닥에 내려놓은 드롭 트랩을 가리키며 한마디 더 한다.

제가 이걸로 아픈 애들을 얼마나 구조했는지 아세요?

그녀가 말이 없자 마루맘은 순무를 무사히 구조하고 나면 정확한 숫자를 알려 주겠다고 약속한다. 그런 식으로 그녀에게 의지라고 할 만한 것을 불어넣으려고 애쓰는 것 같다.

그녀는 알고 싶다. 그럼에도 불구하고 마루맘이 이 일을 계속하는 이유를. 나아지지도 않고, 달라지지도 않는 길고양이의 비통한 삶을 매일 마주하는 이유를. 그 안에서 마루맘이 발견하고 깨달은 것이 무엇인지를.

이유 같은 건 없어요. 이유가 뭐가 있겠어요. 고양이들도 뭐 이유가 있어서 사는 건 아니잖아요. 태어났으니까 사는 거지. 저도 그래요.

마루맘은 끝없이 의미를 쫓아다니는 그녀를 꾸짖듯 그런 대답을 하고는 돌아선다. 자신의 도움이 필요하면 언제든 연락 달라는 말을 남기는 것도 잊지 않는다.

주한나 씨에게

한나 씨, 잘 지내고 계시죠.

상담 센터로 몇 차례 연락했다는 소식은 전해 들었습니다. 들으셨겠지만 저는 현재 휴직 중입니다. 언제쯤 센터로 돌아갈 수 있을지, 언제 일을 다시 시작할 수 있을지, 지금으로선 답을 드리기가 어렵습니다. 원하신다면 제가 센터에 요청하여 한나 씨에게 도움을 줄 수 있는 상담사를 소개해 드릴 수 있습니다. 한나 씨의 개인 기록은 제가 다음 상담사에게 전달할 수 있고, 그게 불편하시다면 센터에 요청하여 절차대로 폐기할 수 있습니다.

갑자기 상담을 중단하게 되어 정말 미안합니다.

이런 말이 도움이 될 수 있을지 모르겠지만 저는 한나 씨가 이 시기를 잘 이겨 낼 수 있을 거라고 생각합니다. 한 번도 저는 한나 씨가 가진 좋은 것들의 힘을 의심한 적이 없습니다. 비록 지금은 한나 씨가 그것을 다 알지 못한다고 하더라도 말입니다. 한나 씨는 자신이 생각하는 것보다 훨씬 강인하고 소중한 사람이라는 것을 늘 잊지 않았으면 합니다.

첫 상담을 하던 날, 한나 씨가 제게 했던 질문을 종종 떠올립니다. 질문이라기보다는 분명한 요구였죠. 위로하지 말고 진단을 내려 달라. 위안이 필요한 게 아니라 해결책이 필요하다. 당장 답을 달라. 그래서 매주 조금씩 달라지는 한나 씨를 마주하는 것이 저에게도 큰 놀라움이었고 기쁨이었습니다.

혹시 제가 도울 수 있는 일이 있다면 언제든 편하게 말해주세요. 그동안 저 역시 한나 씨를 통해.

......

그래, 어디니? 집에 있니?

아직 정오가 되지 않은 시각, 어머니에게서 전화가 온다. 그녀는 잠시 망설이다가 전화를 받는다. 어머니는 그녀에게 대답을 요구하지 않는 몇 안 되는 사람이다. 그녀가 그저 듣고 있는 것만으로도 충분하다고 여기는 사람이다.

지난주에 네 아버지랑 빵집 장례식에 다녀왔다. 기억나지? 시장에 호미 빵집. 어릴 때 너랑 놀던 연우 말이야. 걔가 벌써 애가 셋이더라. 이제야 효도하겠구나 싶었는데 아버지가 이렇게 일찍 돌아가실 줄 몰랐다며 날 잡고 울먹이더라. 어릴 때부터 마음이 여린 애였잖니. 연우 아버기는 갑자기 신장마비로 그렇게 됐단다. 참 연신처 살던 양반이었는데. 너무 황망하게 갔지.

그녀는 현관 앞 계단에 앉아 어머니의 이야기를 듣는다.

겨우내 마르고 황량했던 마당 여기저기에 푸릇푸릇하게 풀이 돋아나고 있다. 한창 무르익은 봄의 기운이 어느새 마당 안까지 스며드는 중이다.

참, 어제 뉴스를 보니 생선이 몸에 안 좋다더라. 중금속도 있고 방사능 위험도 크단다. 생선은 가능하면 먹지 마라. 차라리 해산물을 먹으렴. 듣고 있니? 그래, 요즘은 뭘 해 먹고 지내니? 한 끼라고 맨날 대충 때우다가는 건강을 버리는 법이다. 건강을 잃으면 다 잃는 거나 마찬가지야. 혼자 있어도 밥은 항상 잘 챙겨 먹어야지. 귀찮아도 그렇게 해라. 내 말 듣고 있니?

응, 듣고 있어요.

그녀는 짧게 대답한다.

대문 너머로 옆집 여자가 진돗개를 끌고 지나가는 게 보인다. 택배 기사가 상자가 쌓인 카트를 밀며 골목 안쪽으로 들어가고, 배달 오토바이 한 대가 요란한 음악 소리와 함께 골목을 빠져나간다.

그래, 언제 집에 한번 오지 않을래?

응, 그럴게. 조만간 한번 갈게요.

그녀는 마음에도 없는 말을 하면서 어머니를 안심시킨다. 이건 말할 수 없는 것을 말하고, 들을 수 없는 것을 듣는 소통의 방식이다. 숨은그림찾기. 그녀는 어머니의 말 속에서 어머니가 하지 않는 말을 찾아내고, 어머니는 그녀의 침묵 속에서 그녀가 할 수 없는 말을 찾는다. 그런 식으로 두 사람은 서로의 내면에 깃든 말들을 짐작하는 법을 배운다. 그렇게 하는 것이 서로를 다치지 않게 하는 길임을 두 사람은 이제 잘 안다.

그러니까 그녀에 대한 기사가 쏟아져 나오기 시작할 때, 그녀의 어머니는 전화를 걸어와 이렇게 물었다.

해수야, 너 무슨 일 있니?

당시 그녀는 누군가의 사소한 말 한마디도 받아들일 수 없었다. 그녀의 내면은 이미 너무 많은 말들로 넘실거리고 있었다. 한마디 말이 더해지면 말들은 곧장 수위를 넘기고 범람했다. 머릿속에 비상 버튼이 켜지고, 비상등이 번쩍이고, 사이렌 소리가 울리기 시작하면 그녀가 통제한 수 있는 건 아무것도 없었다.

그냥 문제가 좀 생겼어요.

무슨 문제? 심각한 거니? 네 아버지가 몇 번 전화하려는 걸 내가 못하게 했다. 지금 전화하는 것도 네 아버지는 몰라. 난 네가 걱정된다. 도움을 구할 사람이 있니? 손 서방은 뭐라고 해?

제가 알아서 하고 있어요. 걱정 마세요.

얘야, 사람들이 오해한 거 아니니? 뭘 잘못 안 게 아니야? 네가 하지도 않은 말을 했다고 하는 거 아니니? 세상에. 그 사람이 죽었다는데 그게 사실이야? 자살을 했다는데 그게 맞아? 난 모르겠다. 이게 다 무슨 일인지.

어머니가 건네는 말들이 그녀의 마음에 불을 지폈다. 어머니가 하는 말들을 땔감 삼아 불안이 다시금 맹렬하게 타오르기 시작했다. 무섭도록 많은 불, 무섭도록 많은 물. 감당할 수 없는 것들이 단번에 그녀의 내면을 점령했다.

기사는 읽지 마세요. 인터넷도 하지 마시고요. 아무것도 하지 마세요.

그러지 마라. 눈을 감는다고 없어지는 문제가 아니야. 뭐든 해라. 그 사람이 죽었다면. 죽은 사람은 이길 수 없는 법이다. 죽은 사람과 싸울 수는 없어.

그녀는 어머니의 말들이 자신을 겨냥한다고 느꼈다. 그녀가 방송에서 내뱉은 그 말이 실은 악의적으로, 앙심을 품고, 누군가를 죽이려고 한 것이 아니냐는 추궁으로 느껴지기까지 했다. 그녀는 어머니가 자신을 비난한다고 생각했다.

애야, 해수야. 사람은 누구나 실수를 하는 법이다. 내가 말한 적이 있니? 네가 아주 어렸을 때, 네 할아버지가 겪었던 일 말이야. 처음에 우리는 그게 별일이 아니라고 생각했다. 처음엔 정말 별일도 아니었지. 어느 날 네 할아버지가.

그녀는 어머니의 말을 끊고 이렇게 되물었다.

엄마, 그건 그냥 누구나 할 수 있는 말이었어. 나 말고도 그런 말을 한 사람은 수도 없이 많아. 나라고 이렇게 일이 커질 줄 알았겠어? 내가 뭘 어떻게 해야 해? 일부러 그런 말을 했다고 할까? 그 사람을 그렇게 만들 작정이었다고 할까? 이 모든 게 나 때문이라고 할까? 내가 정말 이런 걸 원했다고 생각해? 내가 그 사람을 죽였다고 생각해? 그 사람은 자살했어. 스스로 목숨을 끊은 거라고.

그녀는 그런 시오로 어머니의 말문을 막아 버렸다

이제 그녀는 어머니의 말 속에서 어떤 판단의 기미도 느낄 수 없다. 어머니는 더 이상 그날의 이야기를 꺼내지 않는다. 그건 회피가 아니다. 침묵으로 그녀를 심판하려는 것도 아니다. 어머니의 침묵 속에는 어떤 고의도, 저의도 숨어 있지 않다. 어머니의 입장은 바뀐 것일까. 어머니는 그녀의 내면에서 실수와 잘못, 결백과 누명 같은 그녀가 명확하게 구분 짓던 것들의 경계가 조금씩 흐릿해지고 있음을 알아차린 것일까.

애야, 해수야, 해가 좋은 날엔 나가서 많이 걸어라. 뭐든 많이 보고 많이 들어라. 세상을 미워하는 건 바보 같은 짓이다. 그건 바보들이나 하는 짓이야.

그녀는 그러겠다고 하고 전화를 끊는다. 그런 후에는 결심한 듯 옷을 챙겨 입고 집 밖으로 나온다.

......

운동장 한쪽에 한 무리의 아이들이 모여 있다.

아이들은 무질서하게 이리저리 몰려다니다가 줄을

맞춰 선다. 피구 게임이 시작되는 것 같다. 날아오는 공을 피해 아이들이 이쪽에서 저쪽으로 빠르게 움직인다. 까만 머리통들이 재빨리 한곳으로 모였다가 흩어지기를 반복한다. 공이 높이 솟아오를 때마다 아이들의 함성이 커진다.

그녀의 시선은 아이들이 내뿜는 생기와 활기 속에 머무른다.

멀리 떨어져서 보면 평화롭고 고즈넉한 오후의 한때. 그러나 경기가 중단되고 아이들이 제자리를 이탈하며 한곳으로 모여든다. 이윽고 실체가 드러난다.

아이들이 코트 테두리를 에워싸기 시작한다. 그런 후엔 서로 어깨가 맞닿을 정도로 촘촘하게 붙어선다. 그리고 한 아이가 사각 코트 안으로 들어선다. 또래에 비해 큰 체구, 보폭이 좁은 걸음걸이, 잠깐씩 왼쪽으로 고개를 숙이는 버릇까지. 세이다.

코트 안에는 그 애 혼자다.

시작한다! 야, 시작한다고!

누군가 외치자 아이들이 공을 돌린다. 하얀 공이 외곽에 서 있는 아이들의 손에서 손으로 빠르게 이동한다.

그런 시오료 코트 한가운데 서 있는 세이익 주위를 빙글 빙글 돌기 시작한다. 잠깐씩 보이는 세이의 움직임은 경직되고, 부자연스럽고, 겁에 질려 있다. 저 아이들은 무엇을 하는 것일까. 이것은 아이들이 고안해 낸 훈련의 일종일까. 그러나 직감적으로 그녀는 그런 것이 아님을 알아차린다.

한순간 공이 코트 안으로 돌진한다.

야, 황세이! 잘 피하라고! 몸을 숙여야지. 공 안 보냐? 죽었잖아. 너, 돌대가리냐?

누군가 소리치고 공이 다시 외곽에서 외곽으로 돈다. 공에 속도가 붙는다. 이상한 리듬이 만들어진다. 긴장을 고조시키고 불안을 가중시키는 리듬. 그녀는 이것이 사냥감을 궁지에 몰아넣고 공포와 두려움을 심어 주는 잔인한 사냥놀이와 다를 바 없음을 깨닫는다.

그러나 그녀를 놀라게 하는 건 따로 있다.

여기서 보면 다만 가여운 사냥감에 불과한 세이의 모습이다. 아이는 우물쭈물하고, 자포자기하고, 자신이 이해하기 힘든 이 상황에 굴복하는 대신 집중력을 발휘한다. 아이의 움직임에 조금씩 탄성이 붙는다. 날아오는 공을 주시하고 있다가 공이 날아오면 공을 피하기 위해 사력을 다한다. 아이는 허리를 숙였다가 힘껏 뛰어오르고, 몸을 비틀며 바닥을 짚고, 몇 번이나 넘어질 뻔하면서도 포기하지 않는다.

아이가 빠르게 움직이고 공도 빠르게 움직인다. 아이도, 공도 점점 더 필사적이 된다.

야, 황돼지, 더 빨리 움직여야지. 뭐 하냐?

공이 세이의 어깨를 때리고 튀어 오른다.

공을 잡아. 야, 공을 잡으라고!

공이 세이의 허벅지를 때리고 튕겨 나온다.

야, 눈을 똑바로 뜨라고! 눈 감으면 공이 보이냐? 야, 눈을 뜨라고!

공이 세이의 머리를 때리고, 손을 때리고, 옆구리를 때리고, 발끝을 때린다. 공은 끈질기게 세이를 조준하며 쉬지 않고 달려든다.

누가 봐도 이건 공정한 게임이 아니다. 이건 명백히 스포츠 정신에 위배된다. 그러니까 이건 뉴스나 기사에서 보던 괴롭힘과 따돌림 같은 것인지도 모른다. 그러나 그녀는 섣부르게 행동하지 않는다. 그녀는 엄한 어른의 얼굴을 하고, 곧장 아이들의 세계로 쳐들어가서, 옳고 그름을 운운하며 사이좋게 지내라는 하나 마나 한 충고를 떠드는 게 좋은 해결책이 아님을 잘 안다. 그건 문제를 더 심화시킬 뿐이다. 그런 외부자의 피상적인 목소리로는 저 아이들의 세계에 균열을 낼 수 없다.

아줌마, 근데요. 저 피구하는 거 봤어요?

아이들이 모두 돌아가고 난 뒤 세이가 묻는다. 아이의 얼굴에 고단함과 수치심이 어린다. 그녀는 바닥에 내려놓은 노란 통덫을 내려다보며 말한다.

잠깐 봤어. 이거 어제 마루맘한테 빌린 건데 오늘은 이걸로 구조해 보자.

세이는 계단에 앉아 운동화를 벗은 뒤 그 안에 담긴 모래 알갱이를 털어 낸다. 아이의 행동은 화가 난 것처럼 거칠고 퉁명스럽다.

하고 싶은 말이 있으면 해도 돼.

그녀가 말하고 아이가 대답한다.

아줌마, 이제 학교에 오지 마세요. 그냥 거기 공터에서 만나는 게 더 좋을 거 같아요. 고양이들 밥 자리 있는 곳이요.

그래. 그러자.

늦은 오후의 짙고 강렬한 햇살이 두 사람을 따라온다. 어색한 침묵 속에서 두 사람의 발걸음이 교문을 향한다. 교문 앞에 이르러서야 그녀는 말로, 언어로, 아이를 위로할 수 있다는 생각을 버릴 수 있다. 상담사로서 자신이 가졌던 굳건한 믿음의 실체가 이처럼 허약했다는 사실을 깨달을 수 있다. 그녀는 어떤 말에도 확신을 가질 수 없다. 자신이 한 말이 어떤 식으로 변형되고 왜곡되는지 짐작할 수 없다. 어쩌면 그것이야말로 그녀가 진작 깨달아야 했을 말의 본질인지도 모른다.

그녀는 겨우 이렇게 묻는다.

배는 고프지 않아? 가기 전에 뭘 좀 먹는 게 좋을까? 아니면 음료수 하나 마실래?

아이는 한 팔로 보조 가방을 이리저리 흔들 뿐 말이 없다. 그녀는 다시 말한다.

아줌마가 갑자기 와서 미안해. 앞으로는 저기 공터에서 기다릴게. 학교엔 안 올 거야.

세이는 새침하게 그녀를 올려다보며 말한다.

약속했어요. 어기면 안 돼요.

최경진 변호사님께

안녕하세요.

임해수입니다.

이성목 기자 고소 건에 대해 의견을 드리기로 했는데 시일이 꽤 늦어졌어요. 실은 요즘도 마음이 오락가락합니다. 무엇 때문에 이렇게 고민하고 있나 싶다가도, 이렇게까지 해야 하나 싶은 생각이 들기도 하고요. 솔직히 저도 제가 무엇을 걱정하고 있는지 잘 모르겠습니다.

마지막으로 뵈었을 때 변호사님이 했던 말을 자주 생각했습니다. 벌어진 일은 벌어진 일이다. 문제를 해결하려고 노력해라. 해결 방법을 찾아라. 잘못한 것에 대해서는 책임을 지고, 피해를 입은 것에 대해서는 사과와 보상을 받아라. 그 두 가지 사항은 개별적이고 독립적인 것이다. 복잡하게 생각하지 마라. 길게 고민할수록 결정적인 시기를 놓치게 된다.

이성목 기자를 포함, 악의적인 댓글을 작성한 사람들에 대한 법적 절차를 진행하려고 합니다. 물론 이 선택이 저를 더 힘들게 할 수도 있다는 걸 압니다. 사과를 받는다고 해서, 보상이 이뤄진다고 해서, 모든 게 다 해결되지는 않는다는 것도요. 그러나 변호사님 말씀대로 때로는 행동을 취하는 게 중요한 일이 있다고, 생각하려고 합니다.

구체적인 절차와 방법은 서면으로 알려 주셨으면 좋겠습니다. 아울러 다른 분들은 어떤 결정을 하셨는지도 궁금합니다. 이승표 씨와 장수진 씨 사안도 변호사님이 맡게 되시는 건지요.

아, 그리고 한 가지 더. 일전에 제가 하려던 이야기는.

......

그녀는 인내심을 갖고 매일 순무를 기다리는 것만이 능사가 아님을 깨닫는다. 그보다 더 적극적인 행위가, 더 창의적인 방법이 필요하다는 결론에 다다른다.

토요일 오후에 그녀는 세이와 함께 은행나무 공터로 간다. 화창한 날이다. 담벼락을 따라 만개했던 개나리꽃이 떨어지고, 환하게 피어났던 벚꽃도 지고, 이제 붉은빛을 머금은 장미 봉오리들이 꽃을 피울 준비를 하고 있다. 장미꽃마저 지고 나면 본격적인 여름이 시작될 것이다.

아줌마, 오늘 순무 구조하면 병원으로 데려갈 거예요? 근데 동물 병원은 엄청 비싸대요. 동물들은 보험이 없어서 그렇대요. 우리 아빠가 그랬어요.

그래, 아무래도 그렇겠지? 마루맘한테 믿을 만한 동물 병원이 있는지 물어봐야겠다. 전혀 생각을 못하고 있었네. 세이는 동물 병원에 가 본 적이 있어?

네. 딱 한 번요.

언제?

빙고가 아팠을 때요. 빙고는 우리 할머니 개였어요. 하얀 진돗개요.

많이 아팠던 모양이구나. 그래서 빙고는 다 나았니?

아니요. 죽었어요.

그녀는 더 질문하는 대신 아이의 다음 말을 기다린다.

우리 할머니도 병원에서 돌아가셨어요. 순무는 병원에 데려가면 치료해 주겠죠? 치료하면 나아지겠죠? 죽진 않겠죠?

아이의 생각에는 놀라운 데가 있다. 때때로 아이의 생각은 아이 자신도 깨닫지 못한 채 그녀의 생각을 저만치 앞질러 간다.

병원은 아픈 데를 치료해 주는 곳이잖아. 뭐, 잘 안 되는 경우도 있겠지. 너무 늦었거나 몸이 많이 약해졌거나 하면 병원에서도 손쓸 방법이 없으니까. 순무는 괜찮을 거야. 걱정 안 해도 돼.

아이는 무슨 말을 더 하려는 듯 입을 달싹거리다가 그만둔다. 내뱉지 못한 어떤 말들이 아이의 얼굴에 엷게 그늘을 드리운다. 노란 통덫과 간식 꾸러미, 철제 통덫과 기다란 포획채까지. 짐이 많은 두 사람의 걸음걸이가 점점 무거워진다.

무겁지? 그거 이리 줘. 아줌마가 들고 갈게.

괜찮아요. 저 엄청 힘세요. 보세요!

아이는 보란 듯 앞서 걷기 시작한다. 공터에 다다랐을 땐 두 사람 모두 땀에 흠뻑 젖어 있다. 가져온 짐들을 내려놓은 뒤 그녀는 주변을 둘러보며 적당한 자리를 찾는다.

순무가 오가는 길목. 영리하고 눈치 빠른 순무의 경계심을 흐트릴 만한 장소.

그녀는 은행나무에서 조금 떨어진 곳에 기다란 철제 통덫을 내려놓고, 조금 더 떨어진 곳에 노란 통덫을 설치

하기도 한다. 바닥이 없는 노란 통덫을 반쯤 들어 올린 뒤 기다란 나무 막대기로 고정시키는 것이다. 통 깊숙이 진입해야 출구가 닫히는 철제 통덫과 달리, 노란 통덫은 바닥이 없어서 고양이들을 유인하기 쉽다. 핵심은 발에 닿는 땅의 감각이다. 시력이 좋지 않은 고양이들은 다른 감각에 의존할 수밖에 없다.

세이야, 한번 당겨 볼래?

세이가 막대기를 묶은 끈을 잡아당기자 노란 통덫이 그대로 주저앉는다. 그녀는 신중하게 막대기의 위치를 조정하고, 가능한 덫을 높이 들어올린 뒤 세이에게 몇 번 더 끈을 잡아당겨 보라고 요청한다. 그런 후엔 덫 안에 먹음직스러운 닭 가슴살 몇 조각을 넣어 둔 뒤 멀찌감치에 자리를 잡고 앉는다.

순무가 올까? 오늘은 잡을 수 있을 것 같아? 어떨 것 같아?

아이는 건성으로 대답하다가 스마트폰을 꺼낸 뒤에는 아예 대꾸가 없다. 그녀는 하루가 다르게 무성해지는 은행나무를 올려다보며 다른 이야기를 한다.

날이 밝으면 틀림없이 후회할 것을 알면서도 밤중에

그녀가 저지르는 실수에 관한 것이다. 휩쓸리듯 자신의 결심을 어기게 만드는 고독에 관한 이야기다.

세이야, 어젯밤에 아줌마가 친한 친구한테 전화를 걸었거든. 그런데 그 친구가 당분간 연락하지 말라고 했어. 내 전화를 받고 싶지가 않은가 봐.

아줌마 친구요? 친구가 전화하지 말래요? 왜요?

아이가 호기심을 보인다.

그 친구랑 싸운 적이 있거든. 아직 마음이 다 풀리지 않은 거 아닐까?

언제 싸웠는데요? 왜 싸웠어요?

그녀는 싸움의 원인을 그저 놀이 중에 일어난 사소한 갈등, 그러니까 뭔가를 먼저 하겠다거나 많이 가지겠다거나, 성난 말을 주고받거나 서로를 밀치거나 하는 정도의 문제로 설명할 수 없다. 친구들 사이에서 수시로 생겨났다가 사라지는 시기과 질투, 경쟁과 오해 때문이라고 간단하게 요약할 수 없다. 그녀와 주현의 갈등은 그런 것이 아니다. 이유가 그처럼 단순했다면 갈등이 이처럼 오래 지속되지 않았을 것이다.

이것은 세계관의 차이고 삶의 태도에 관한 문제다.

접점을 찾기 힘든 문제다.

해수야, 이건 네가 나한테 해명할 필요가 없는 일이야. 나한테 사과할 일도 아니고. 우리 사이에서 벌어진 일이 아니잖아. 나한테 말하는 게 도움이 될 수는 있겠지. 그래도 이건 아니야. 해결책이 아니라고. 너 그 사람들을 만나야 해. 그 사람의 가족들. 그게 누구든. 그렇게 하지 않고는 끝이 나질 않아. 그렇게 하라는 건 그 사람들을 위해서가 아니야. 널 위해서야.

처음 그 일이 일어났을 때 주현은 그렇게 충고했다.

그녀는 그 사람들을 만날 수 없었다. 그 사람들. 그녀가 방송에서 문제의 그 발언을 하고 몇 달 뒤 자살한 남자의 유가족. 그들은 그녀와의 만남을 원치 않았다. 아니, 이렇게 말하는 것엔 모순이 있다. 그녀가 만남을 요청한 적이 없으므로 그녀는 그들이 그것을 원하는지, 원하지 않는지 알지 못한다. 그녀는 그들에게 무례하고 몰상식한 말을 내뱉은 상종 못할 수많은 사람들 중 하나에 불과하다.

그녀는 그들을 만날 수 없었다. 그들을 만나고 싶어 하지 않는 건 그녀였다. 그때도, 지금도, 그녀는 그 사람들에게 할 말이 없다.

그 일이 벌어지고 얼마 되지 않았을 때, 그녀는 남자의 어머니를 만나러 간 적이 있다. 주현과 함께였다. 주현이 차를 멈춘 곳은 삼 층짜리 복지관 건물 앞이었다. 커다란 유리 출입문이 열릴 때마다 알록달록한 점퍼를 입은 노인들이 무리 지어 나왔다.

여기 어딘지 알아?

주현은 흘러나오는 라디오 볼륨을 낮추고 물었다. 그녀는 대답하지 않았다. 상황을 충분히 짐작할 수 있어서였다.

멀리, 꽃무늬 가방을 메고 지팡이를 짚은 노인이 천천히 계단을 내려오는 모습이 보였다. 노인은 주변 사람들과 인사를 하고 이야기를 나누면서도 계속 발끝을 주시했다. 출입문 앞에 쪼그리고 앉아 가방을 살피는 또 다른 노인의 모습도 보였다. 바람이 불 때마다 목에 두른 파란 스카프가 흘러내릴 듯 너울거렸다. 멀리 또 다른 노인의 모습이, 또 다른 노인의 모습이 계속 나타났다.

그녀의 시선이 낯선 노인들의 얼굴을 차례로 지나쳤다.

박정기 씨 어머니, 여기 계시대. 들어가 보자.

그러니까 주현이 그렇게 말하기 전부터 그녀의 시선은 그 사람을 찾고 있었다. 뭘 어쩌라는 걸까. 어떻게 하라는 걸까. 그녀는 그렇게 되묻는 대신 잠자코 노인들의 모습을 지켜보았다. 느린 걸음, 희끗희끗한 머리, 추가 매달린 듯 비스듬하게 바닥으로 기울어지는 시선까지.

그녀는 약간의 충격을 받았다.

해야 하는 일과 해서는 안 되는 일. 할 수 있는 일과 할 수 없는 일. 그건 순식간에 그녀의 머릿속을 채운 그런 생각 때문이 아니었다. 그녀는 그런 복잡한 생각 너머에 실재하는 누군가를 구체적으로 상상한 적이 없었다. 피해자와 유가족, 진실과 억측, 호소와 반박. 깨진 유리 조각 같은 그런 단어들 너머로 숨 쉬고, 걷고, 말하고, 매일 자신에게 주어진 일상을 영위하고 있는 누군가를 떠올려 본 적도 없었다.

그리고 비로소 그녀의 눈앞에 실제라고 할 만한, 진짜라고 할 만한, 존재가 나타난 셈이었다. 너무나 구체적이고 사실적인 모습으로.

그녀는 알고 있었다. 주현이 바라는 것이 무엇인지. 이 순간, 자신이 무엇을 해야 하고, 할 수 있는지. 그럼에도 그 모든 것을 거부했다. 변호사의 자문을 들먹이고, 장소와 명분을 탓하고, 시기와 방식을 고심하는 척 평계를 대면서.

그녀는 그날의 일을 후회한 적이 없다.

주현은 이 상황을 제대로 읽지 못하고 있다. 매사를 심각하게 받아들이는 그 애는 이 일을 불필요할 정도로 진지하게 여기는 게 틀림없다. 접점에 이르지 못한다면 그녀는 주현과 단절될 수밖에 없다. 그녀는 그럴 각오가 되어 있다고 생각했다. 삼십 년 동안의 우정을 포기할 수 있다고 믿었다. 유년 시절, 기쁨과 즐거움을 공유했던 거의 유일한 증인을 잃을 준비가 되어 있다고 여겼다. 그녀의 말에 귀 기울이고, 그녀의 감정을 헤아리고, 어떻게든 이 구렁텅이에서 그녀를 구해 내기 위해 필사적이었던 주현의 조언을 더는 받아들일 수 없다고 판단했다.

느슨하게 연결되어 있던 친구들, 학교 선후배들. 상담 센터의 동료들, 일을 통해 알게 된 수많은 사람들. 그리고 마침내 끝장이 나 버린 태주와의 관계처럼.

그녀는 그런 원치 않는 결말이 자신이 감당해야 할 몫이라고 여겼다. 팔다리가 잘려 나가는 것처럼, 소중한

믿기를 상실하는 것이 자신에게 주어진 벌이라고 생각했다.

그런데도 그녀가 한밤중에 주현에게 전화를 거는 이유는 무엇일까. 주현의 생각에 동의할 수도 없으면서, 그날의 일에 대해 단 한마디도 꺼낼 마음이 없으면서. 냉담함과 안쓰러움 사이를 오가는 주현의 목소리에서 무엇을 기대하는 것일까.

그래, 이건 큰 문제가 아닐지도 모르지. 시간이 지나면 그런 일이 있었구나, 넘기게 되는 그런 일일지도 모르고. 모르겠다. 그냥 나는 나중에 네가 지금을 돌아봤을 때 후회하지 않았으면 좋겠어. 그때 이렇게 할걸, 저렇게 할걸, 후회하는 건 소용없는 일이잖아. 후회할 일은 하지마. 내가 하고 싶은 말은 그거야. 그게 다야.

지난밤, 주현의 마지막 말은 그것이었다.

그녀는 자신이 무엇을 더 해야 하느냐고 묻지 않았다. 얼마만큼 시간이 흘러야 이 일을 그런 일이라고 말할 수 있게 되는지도 묻지 못했다.

자연스러운 일상의 교류, 투명하게 오가는 감정, 잠깐씩 솟구치는 웃음.

그녀가 확인한 건 그런 것들이 사라져 버린 건조하고 메마른 대화였다. 대화는 그 사건 앞에서 머뭇거리고 주춤거리고 흔들리다가 멈춰 서고 또 멈춰 서고 계속 멈춰 섰다. 그런 식으로 앞으로 나아가길 포기해 버렸다.

어쩌면 아이가 친구들과 겪는 갈등도 그런 종류의 것이 아닐까. 이유를 찾을 수 없기 때문에 접점에 다다르지 못하는 것이 아닐까.

그녀는 아이의 이야기를 듣고 싶다.

스마트폰이 진동하며 메시지를 하나씩 펼쳐 보일 때마다 세이가 왜 긴장된 기색을 감추지 못하는지, 왜 겁에 질린 표정이 되는지, 어떤 요구와 주문이 아이의 마음을 움츠러들게 하는지 알고 싶다.

토요일에는 피구 연습하러 안 가니?

토요일엔 할 때도 있고, 안 할 때도 있어요. 오늘은 원래 가야 하는데 안 갔어요.

왜?

그냥요. 다리도 아프고 피곤해서요. 순무도 잡아야 하니까요.

그녀는 푸르스름하게 멍든 아이의 발목을 못 본 척하

머 고개를 끄더인다. 그 순가, 멀리 자그마한 그림자가 나타난다. 까미다. 조금 더 기다리자 은행나무 뒤편에서 노란 형체가 나타난다.

순무다. 아줌마, 저기 순무예요.

아이가 소곤거리고 그녀가 조심스럽게 몸을 일으킨다. 언제나 그렇듯 까미가 먼저, 순무가 절룩거리며 뒤따라 온다. 순무는 눈을 제대로 뜨지 못한다. 이따금 혀를 내밀고 고개를 이리저리 흔든다. 그때마다 순무의 머리가 땅에 처박힐 듯 아슬아슬해 보인다. 그게 순무의 의지가 아니라는 건 누가 봐도 명백하다. 어떤 통증이, 어떤 아픔이 순무의 육체를 꼭두각시처럼 가지고 노는 게 분명하다.

그래, 오늘은 정말 꼭 잡았으면 좋겠다.

그녀가 중얼거린다.

......

토요일의 기다림은 소득 없이 끝난다.

까미는 별다른 고민 없이 철제 통덫 안으로 직행하

고, 철컥, 하고 문이 닫혀도 놀라는 기색 없이 간식을 먹는다. 나중엔 문 닫힌 철체 통덫 안에 드러누워 낮잠을 청하기까지 한다. 까미의 행동은 순무에게 어떤 교훈을 줄까. 부주의하게 굴면 이렇게 갇히고 만다는 가르침을 줄까. 갇혀 봐야 아무런 일도 일어나지 않는다는 안도감을 줄까. 어쩌면 까미는 그런 비밀스런 방식으로 그녀를 돕고 있는 걸까.

일요일 오전에 그녀는 혼자 은행나무 공터로 간다. 그곳에서 놀라운 일이 벌어진다. 정오를 조금 넘긴 시각, 순무가 그녀에게 다가온다. 불편한 걸음걸이지만 망설이는 기색은 없다. 순무는 그녀가 누구인지 안다. 그녀를 알아본다. 그녀는 확신할 수 있다.

그녀는 용기를 내 본다. 손을 뻗자 순무가 그녀의 손끝에 가볍게 코를 갖다 댄다. 그녀가 손으로 짜 주는 츄르를 받아먹기까지 한다.

마음이 바뀐 거야? 오늘은 순순히 덫에 들어갈 생각이야?

그녀가 말을 건네자 순무는 그녀와 눈을 맞추고 작게 입을 벌리며 소리를 낸다. 소리라기보다는 쇳소리에 가까운 숨소리다. 그럼에도 순무의 상태는 어제보다 나아 보인다. 혀를 빼물고 있지도 않고, 이리저리 고개를 흔드는 증상도 잦아든 것 같다.

무슨 일일까. 어찌 된 일일까.

그러나 그건 그녀의 바람이고 착각이다. 순무의 털은 엉키고 뭉쳐져서 엉망이다. 눈곱과 눈물로 얼룩덜룩한 얼굴은 잔뜩 부었고, 몸통은 놀랄 정도로 앙상하다. 얼핏 보면 살아 있는 상태가 아니라고 여겨질 정도로, 당장 죽어도 이상하지 않을 정도로, 만신창이다.

그녀는 순무의 짙은 호박색 눈을 들여다본다. 자그마한 발과 뾰족하게 솟은 귀, 가느다란 꼬리 같은 것들이 순서대로 눈에 들어온다. 숨을 쉴 때마다 미세하게 오르락내리락하는 몸의 움직임도 분명해진다. 순무는 처음 보았을 때보다 더 자란 것 같고, 조금씩 더 어른에 가까워지는 것 같다. 고통 속에서도 성실하게 성장의 의무를 다하고 있는 것처럼 보인다.

그녀는 용기를 내 보기로 한다.

그녀는 통덫 근처로 순무를 유인하려고 애쓴다. 가늘고 기다란 나뭇가지를 흔들며 순무의 주의를 끌고, 뒤늦게 나타난 까미를 쓰다듬으며 순무의 경계심을 풀어 보려고 한다. 그러면서 결정적인 순간을 고대한다. 그런 순간이 온다면 그녀는 순무를 손으로 낚아채어 덫에 집어넣을 수 있을 것 같다. 기력을 잃은 저 작은 생명체를 완력으로 제압해서 구조할 수 있을 것 같다.

그러나 그런 일은 일어나지 않는다.

모든 일은 생각처럼 순조롭게 이뤄지지 않는다. 그럴 리가 없다. 순무는 노란 통덫 근처를 어슬렁거릴 뿐이다. 결국 그녀가 살그머니 다가가 순무를 덫 안으로 밀어 보려고 한다. 그녀의 손이 닿자마자 순무의 몸이 놀란 듯 튀어 오른다. 순무는 단번에 사납고 무서운 고양이로 돌변한다. 그녀를 향해 발톱을 세우고 송곳니를 드러내며 위협적으로 군다.

그녀가 준비해 온 담요를 들고 오자 순무는 재빨리 몸을 피한다. 까미에게 어떤 신호도 주지 않고 저 혼자 은행나무 뒤편으로 달아나 버린다.

날이 저물기 전에 그녀는 집으로 돌아온다.

그런 후엔 씻지도 먹지도 않고 그대로 소파에 누워 잠깐씩 졸음에 빠진다. 집 안은 적막하다 싶을 정도로 고요히고 깁들기엔 더할 나위 없는 장소처럼 느껴진다. 그러나 그녀는 깊이 잠들지 못한다. 어떤 술렁거림과 소란스러움이 그녀를 잠과 의식 사이에 붙잡아 둔다.

그녀는 사람들로 북적이는 꿈속에 있다. 사람들이 그녀의 이름을 부르며 그녀에게 손짓한다. 그녀는 사람들과 인사를 나누고 안부를 주고받는다. 사람들의 모습은 얼마간 익숙하고 또 한편으론 낯설다. 고개를 돌릴 때마다 사람들은 조금씩 더 낯설어진다. 다시 보니 아는 얼굴이 하나도 없다. 그녀는 생소하기 짝이 없는 사람들 사이를 비집고 다니며 친숙한 얼굴을 찾는다. 그리고 마침내 누군가를 발견한다. 고개를 비스듬히 숙이고 있는 탓에 그 사람의 얼굴은 제대로 보이지 않는다. 그러나 그녀는 알 수 있다. 그 사람은 그녀가 잘 아는 사람이다. 그녀가 오랫동안 알아 온 사람이 틀림없다. 그녀는 틈이라고는 거의 없는 사람들 사이를 사력을 다해 빠져나온다.

마침내 그녀가 그 사람의 이름을 부른다. 그 사람이 그녀를 돌아본다. 그녀가 한 번도 본 적 없고, 보게 될 거라고 생각하지 못했던 얼굴이, 낯설고 생경한 표정이, 무섭도록 엄격하고 단호한 눈빛이 물끄러미 그녀를 주시하고 있다.

그런 식으로 그녀는 몇 번이고 잠에서 깬다. 어느 시점이 지나자 더는 잠을 청할 수가 없다. 밤이 깊어진다. 그녀는 수분이 빠져 쪼글쪼글해진 아몬드와 치즈를 조금씩 씹어 먹으며 드라마를 본다.

이럴 게 아니라 언제 한번 다 같이 모여서 이야기를 해 보자고. 애들 이야기도 들어 봐야 할 거 아니야.

화면 속에서 남자가 말한다. 파란색 줄무늬 잠옷을 입은 그는 방바닥에 앉은 채, 아내로 보이는 여자에게 말을 거는 중이다.

내가 왜? 내가 왜 애들 이야길 들어야 해? 들을 것도 없어. 이제 정말 끝이야. 자식 이기는 부모 없다지만 난 못해. 더는 못하겠어.

화장대 앞에서 로션을 바르는 여자는 남자 쪽을 돌아보지도 않는다. 남자는 자신의 한쪽 발을 만지작거리며 방바닥의 한 지점을 내려다본다. 구식 장롱과 키 작은 서랍장, 화장대와 좌식 탁자가 전부인 좁은 방에 무겁게 침묵이 내려앉는다. 남자가 다시 무슨 말인가를 한다. 못마땅함과 서운함, 안쓰러움과 답답함 속에서도 어떻게든 아내를 설득하려는 남편. 그것이 남자에게 주어진 역할이다.

남자의 연기는 어색하기 짝이 없다. 오롯이 저 장면 속 남편이 되기엔 지나치게 고민이 많아 보인다. 그건 그녀의 착각인지도 모른다. 어색한 분장 탓일까. 방 안의 전경과는 너무나 동떨어진 의상 탓일까. 시청자는 알 수 없는 개인적인 사정 때문일까.

장면이 바뀐다.

남자는 천장이 낮은 분식집에서 두 사람과 이야기를 나누고 있다. 남자의 맞은편에 앉은 사람들은 부부 같다. 똑같은 앞치마를 두른 부부는 말이 없다. 남자가 입을 다물자 테이블 위에 침묵이 쌓이기 시작한다. 세 사람의 시선이 비스듬하게 어긋난다.

네 엄마 고집이야 옛날부터 유명했잖아. 걱정할 거 없다. 이번엔 너희들이 잠자코 넘어가 주면 돼. 이번 주 일요일에 집에 한번 와라. 나한테 다 생각이 있으니까. 일단 집으로 오기나 해.

한참 만에 남자는 떡볶이 하나를 집어 먹으며 호기롭게 말한다. 이번에도 남자의 연기는 어색하다. 세 사람의 대사는 막힘없이 이어지지만 말들은 기계적으로 공중에 흩뿌려지는 것에 가깝다. 이들의 말은 손짓하고 위로하고 다독이며 다른 말을, 또 다른 말을 불러올 수 없는 말이다. 대화를 모르는 말들이다.

남자는 분식집을 나오며 중얼거린다.

이리 치이고, 저리 치이고, 내 신세가 참 처량하게 됐구먼. 살면 살수록 점점 더 어려워지기만 하니, 이거야 원. 하루라도 편한 날이 있어야 숨을 쉬지. 도대체 숨을 쉴 수가 없어, 숨을 쉴 수가.

그녀는 더빙을 하듯 소리 내어 남자의 대사를 똑같이 따라 해 본다. 이건 오래된 드라마다. 그녀는 이미 여러 번 이 드라마를 보았다. 어떤 장면들은 대사를 정확히 외울 정도다. 이 드라마에서 남자의 비중은 크지 않다. 오십 분 남짓한 방영 시간 동안 남자가 나오는 장면은 서너 장면에 불과하다.

그런데도 그녀가 남자의 말투와 표정, 대사와 몸짓 같은 것을 이토록 정확하게 기억하는 이유는 무엇일까. 남자의 연기 속에서 눈에 띄지도 않는 어색한 부분을 자꾸만 발견하는 까닭이 무엇일까.

오십 대의 남자는 칠십 대의 노인을 연기하는 중이다. 역할에 끌려다니듯 간신히 주어진 배역을 수행하고 있다. 처음에 그녀는 남자가 연기에 소질이 없는 사람이라고 생각했다. 무모하게도 자신이 소화할 수 없는 역할을 맡았다고 생각했고, 자신이 할 수 있는 것과 할 수 없는 것을 구분하지 못하는 사람이라고 여겼다.

그리고 이제 그녀는 저 남자에 관해서라면 아무런 생각도 하지 않는다. 어떤 평가도, 판단도 내리지 않는다. 그녀는 리모컨의 전원 버튼을 누른다. 화면이 번쩍하고 꺼지자 남자의 특징 없는 얼굴은 기억 속에서 감쪽같이 사라진다.

최경진 변호사님께

안녕하세요.

임해수입니다. 이성목 기자 고소 건에 대해 의견을 드리겠다고 했었는데 또 이렇게 몇 주가 지나 버렸어요. 늦게 답변을 드리게 되는 점, 양해해 주셨으면 합니다.

변호사님이 보내 주신 메일은 잘 받았습니다. 그럼 세 분을 제외한 나머지 분들은 모두 법적 절차를 진행한다는 것으로 알고 있겠습니다. 자료를 모으고 수집하는 데에 시일이 꽤 걸릴 수 있다는 점도 염두에 두고 있겠습니다.

사실은 몇 달 전부터 이승표 씨와 장수진 씨를 만나고 있습니다. 그때 저와 함께 상담했던 두 사람, 기억하고 계시지요. 특별한 목적이 있어서 만나는 것은 아닙니다. 정기적으로 만나는 것은 더더욱 아니고요. 짧게는 한 시간, 길어야 두 시간 정도. 커피 한잔을 마시면서 일상적인 이야기를 나누고 헤어지는 정도입니다.

때로는 저도, 그 사람들도, 이해와 공감이 절실한 순간이 있으니까요. 만나고 돌아오면 조금은 마음이 편해질 때가 있습니다.

이성목 기자 건은 며칠 더 고민해 봐도 괜찮을까요. 아무래도 조금 더 생각할 시간이 필요할 것 같습니다. 늦어도 이번 달까지는 꼭 결정을 해서 말씀드리겠습니다.

여러 가지로 변호사님을 번거롭게 하는 것 같습니다. 혹시 제가 알아야 할 문제가 생기면 언제든지 알려 주세요. 저도 그렇게 하겠습니다. 그리고 한 가지 부탁드리고 싶은 것이 있는데요.

일전에 제가 여쭤 봤던 그 일은.

......

그녀가 외출 준비를 하고 집을 나선다.

거의 두 달 만의 외출이다. 운전석에 앉아 버튼을 누르자 부드럽게 시동이 걸린다. 그녀는 차를 몰고 골목을 빠져나온 뒤 조금씩 속도를 높인다. 집에서 멀어지고 있다는 사실이 그녀의 마음을 고요하게 만든다. 그녀는 운전대를 잡은 채 몸을 바로 세우고 탁 트인 넓은 도로를 주시한다. 고층 건물과 번쩍이는 광고판, 정신없이 오가는 사람들의 모습이 그녀의 시선을 사로잡는다.

그녀는 창을 조금 내린다. 창으로 흘러드는 빛과 공기, 소음 같은 것들이 이질적으로 느껴진다. 이것들은 완벽히 외부에 속한 것이다. 그녀가 한 번도 마주한 적 없는 낯선 것들이다. 그것이 그녀를 안도하게 한다.

그녀는 지금 자신의 세계로부터 달아나는 중일까. 자신으로부터 멀어지는 데서 오는 해방감을 즐기는 걸까.

상대방은 약속 장소에 이미 와 있다. 창가 자리로 다가가자 익숙한 얼굴이 그녀를 보며 자리에서 일어난다. 이승표. 그는 삼십 대 초반의 남자로 그녀가 두어 달에 한두 번씩 만나는 사람이다. 경솔하고 부주의한 말로 한 사람을 죽음으로 몰아넣은 파렴치한 중 하나다.

파렴치한들의 회동.

그런 이들이 모여 작당을 벌이기엔 바깥이 바로 내다보이는 이런 카페는 적절한 곳이 아닐지도 모른다. 아니, 수치를 느끼고 모욕을 배우기엔 더할 나위 없이 좋은 장소다. 아니다. 이런 곳이야말로 파렴치한들이 몸을 숨기기에 적당한 장소인지도 모른다.

아, 오셨어요? 수진 씨는 좀 늦는답니다.

승표는 지난번 만났을 때보다 얼굴이 좋다. 살이 붙고 혈색도 제법 돌아온 것 같다. 그녀는 승표 맞은편에 앉는다. 잔잔하게 흐르던 클래식 음악이 경쾌한 재즈 음악으로 바뀐다.

요즘에도 가끔 저를 알아보는 사람이 있긴 하거든요. 그래도 막 예전처럼 심하게 하는 사람들은 없어요. 그게 어디예요. 진짜 다행이죠.

승표는 커피를 홀짝이며 계속 주변을 두리번거린다. 그는 삼십 대의 평범한 직장인이었다. 아니, 그는 여전히 직장인이지만 더는 평범하다고 할 수 없다. 그를 바라보는 사람들의 시선도, 사람들을 보는 그의 눈빛도, 그가 다니는 회사도. 그곳에서 만나는 사람들의 결도 달라졌다. 그의 삶은 강등되었다. 적어도 그는 그게 자신의 탓이라고 말할 줄 아는 사람이다.

그는 이전의 자신에게로 돌아가는 법을 잊었다. 그는 과거의 자신을 잃었다. 그녀도 마찬가지다. 그들의 가장 큰 공통점은 바로 그것이다. 그들은 자신이 처한 지금의 삶과 화해해야 한다. 그럴 수 있는 방법을 찾아야 한다.

장수진은 이십 분 늦게 도착한다. 그녀는 제법 큰 쇼핑몰 업체를 운영하는 사십 대 여성이다. 그녀의 쇼핑몰 업체는 파산 직전이다.

세 사람이 모이자 본격적인 대화가 시작된다.

전 진짜 타격이 크거든요. 아침마다 홈피 들어가서 악플 지우는 게 일이에요. 무슨 말인지 아시죠? 한번은 누가 우리 한빈이 다니는 학교 이름을 써 놨더라고요. 우리 한빈이가 이제 겨우 열 살이거든요. 걔가 무슨 잘못이 있어요. 왜 지난번에 누가 제 차를 다 긁어 놨다고 말했죠? 그 일 있고부터는 일부러 집에서 멀리 떨어진 데다 주차하는데 어떻게 아는지 요즘도 한번씩 그런 일이 생겨요. 얼마 전에는 커버로 덮어 놨더니 그것도 다 칼로 찢어 놨더라고요.

수진의 이야기를 듣는 승표의 표정이 침통해진다. 그것이 자신에게 닥칠 미래라고 여기는 것 같다.

승표가 테이블 쪽으로 몸을 기울이며 입을 연다.

그런데요, 고소를 하면 어떻게 되는 거예요? 악플 단 사람들 다 처벌할 수 있어요? 그냥 벌금이나 조금 내고 마는 거 아니에요? 그게 악플인지 아닌지 누가 결정하는데요? 아니, 여기저기 알아보는데 사람들마다 다 얘기가 다르더라고요.

승표의 목소리가 점점 작아진다.

승표 씨, 내 말 잘 들어. 악플인지 아닌지가 중요한 게 아니라 더는 그런 글을 못 쓰게 하는 게 우리가 해야 하는 일이야. 언제까지 이렇게 당하고만 있을 건데? 그래, 처음엔 나도 참아 보려고 했지. 모른 척하려고 했고. 그런데 정말 끝이 없잖아. 아니, 사람들이 진짜 이렇게 집요한 수가 있나? 난 진짜 깜짝깜짝 놀란다니까 이렇게 가만히 있잖아? 그럼 끝이 안 나. 진짜 끝이 날 수가 없어. 나는 우리 한빈이 봐서라도 해야 돼. 진짜 우리 애가 무슨 죄야. 내 말 맞잖아.

수진의 상체가 테이블 쪽으로 조금씩 더 기운다. 승표와 수진의 이마가 닿을 정도로 가까워진다.

그녀는 수진이 조금 달라졌다고 느낀다.

그들은 일 년 전, 변호사 사무실에서 만났다. 그녀의 변호사가 그들 두 사람에게 연락한 직후였다. 공동 대응, 선제적 조치. 대처 방안. 세 사람은 가구가 거의 없어 허전하다 싶을 정도로 말끔한 회의실에 앉아 그런 이야기를 들었다.

구체적인 의미를 헤아리기 힘든 말들. 사전에서 지금 막 발견한 것과 다를 바 없는 단어들. 사는 동안 그녀가 언급한 적도, 언급할 필요도 없었던 용어들. 그녀는 멍한 얼굴로 그런 생경한 언어들에 둘러싸여 있었다.

괜찮으시면 잠깐 이야기할 수 있을까요? 진짜 잠깐이면 돼요.

변호사 면담이 끝난 뒤 먼저 말을 걸어온 건 수진이

었다. 그녀가 엘리베이터를 기다리고 있을 때였다. 승표는 몇 걸음 떨어진 곳에서 이러지도 저러지도 못한 채 서성거리다가 두 사람을 따라왔다.

어떻게 생각하세요? 어떻게 하실지 결정하셨어요? 최영진? 최경진? 이 변호사님은 누구한테 소개받으신 거예요? 잘 아시는 분인가요? 믿을 만한 분이에요? 죄송해요. 초면에 계속 질문만 하고 있네요. 그럼 이 변호사님은 오늘 처음 만나 보신 거죠? 최영진, 아니다. 최경진 변호사님이요.

수진은 빨대로 차가운 커피를 휘저으며 정신없이 말하고 또 말했다. 승표는 얼빠진 얼굴로 수진의 말을 빠짐없이 흡수하고 있었다. 그녀가 느끼기에 그들은 겁에 질려 있었다. 틀림없이. 그녀가 그랬듯이. 그날, 세 사람이 주고받은 건 두려움과 공포였다. 그들은 삶에 드리우기 시작한 비극적인 시간을 맞이할 준비를 하고 있었다. 아니, 그건 어처구니없는 실수를 저지른 허접한 인간들이 주고받을 만한 대화에 불과했는지도 모른다.

그럼에도 그녀는 기억한다. 그날 그 두 사람과 헤어져서 카페 밖으로 나왔을 때, 그녀의 눈에 들어온 건 지금껏 보던 고층 빌딩과 쭉 뻗은 도로, 자동차와 인파로 붐비는 도심의 전경이 아니었다. 그것은 지금껏 그녀가 한 번도 본 적 없는 어떤 것이었다.

붐비고 활기찬 풍경 너머에 숨죽이고 있는 동굴의 초입. 장면이 전환되기 직전, 무시무시할 정도로 캄캄한 페이드아웃.

그리고 이제 그녀는 수진에게 두려움의 기색을 느낄 수 없다.

박사님은 별일 없으세요? 요즘에는 센터 게시판에 악플 안 올라온대요? 왜 그때 홈피 다운되고 한동안 난리였잖아요. 최근에 뭐 따로 연락받으신 거 있으세요? 전 차라리 전화번호를 바꿔 버릴까, 하루에도 몇 번씩 고민하거든요. 그런데 거래처도 있고, 단골들도 있어서 진짜 쉽지가 않아요. 참, 승표 씨는 전화번호 바꿨어? 아직 안 바꿨지?

그녀는 상담 센터에서 받은 연락은 없다고 짧게 답한다. 그런 후엔 엉뚱한 이야기를 한다. 요즘 길고양이를 구조하러 다닌다는 이야기다.

고양이요? 길에 사는 고양이요? 고양이를 왜 구조하

시는데요?

병원에 데려가려고요. 상태가 많이 안 좋아요.

아, 치료해 주시려고요? 좋은 일 하시네요. 원래 그런 데에 관심이 있으셨어요? 참, 승표 씨는 결정했어? 변호사님이 모욕죄로 고소할 수 있다고 했잖아.

잠깐 호기심을 보이던 수진의 관심은 곧바로 승표에게로 옮겨 간다. 두 사람의 대화는 다시금 과거를 향해 거슬러 올라간다.

아, 어떻게 하는 게 좋을지 모르겠어요. 검색해 보니까 악플러들 처벌하는 거, 그거 쉽지 않다고 하던데요. 괜히 고소했다가 그 이야기 다시 불거지면 저만 곤란해지는 거잖아요. 아시죠? 저 지난해부터 결혼 미루고 있는 거. 올해는 진짜 상견례라도 해야 하는데. 저희 부모님이 난리예요. 여자 친구도 계속 불안해하고.

승표 씨, 내 말 잘 들어. 이대로 조용히 있으면 괜찮아질 것 같아? 언제까지 팔다리 다 묶인 채로 살 건데? 이게 사는 거야? 죽은 거나 다름없지. 계속 이렇게 살 거야? 살 수 있어?

당연히 살 수 없죠. 이렇게 어떻게 살아요? 근데 진짜 모르겠디니끼요. 어떻게 하는 게 좋을 겁지.

두 사람의 이야기는 계속 제자리를 맴돈다. 모르는 사람이 듣는다면 이걸 어떤 대화라고 생각할까. 무엇에 관한 이야기라고 생각할까. 그들은 피해자일까. 가해자일까. 피해자의 얼굴을 한 가해자일까. 가해자라는 오명을 뒤집어쓴 피해자일까.

박사님은 생각 좀 해 보셨어요? 어떻게 하실지 결정하신 거예요?

승표가 묻는다. 악플을 달고, 사실이 아닌 이야기를 퍼트리고, 악의적이고 지속적으로 공격을 해 대는 사람들의 행태를 두고만 볼 거냐는 질문이다. 단어와 문장은 다르지만 변호사가 한 이야기와 다를 바가 없다. 그녀는 다른 화제를 꺼낸다. 기온이 조금씩 오르고 있다는 이야기. 올해 여름은 아주 무더울 거라는 이야기. 이달 말에 태풍이 올라온다는 이야기. 그리고 마침내 용건을 꺼낸다.

죄송해요. 전 당분간 모임에 나오기 어려울 것 같아요. 뭐든 잘 고민해서 결정하셨으면 좋겠어요.

커피 잔을 정리하던 승표가 그녀와 눈을 맞추며 묻는다.

네? 왜요? 변호사님이랑 상의하신 거예요? 그럼 박사

님은 아무것도 안 하신다는 거네요? 왜요? 진짜 그렇게 결정하신 거예요? 제가 모르는 뭔가가 있는 건 아니죠? 박사님, 뭐 알고 계시면 저한테는 꼭 알려 주셔야 돼요.

아무것도 하지 않는 것이 선택일 수 있고, 때로는 뭔가를 하는 것보다 하지 않는 것이 훨씬 더 어렵다는 말을 그녀는 삼킨다. 그런 이유로 그녀가 이런 결정을 내린 건 아니니까. 이것은 결정이라기보다는 보류에 가까운 선택이니까.

그녀는 티슈로 테이블 위의 물기를 닦아 내며 답한다.

전 그냥 시간이 더 필요해요. 지금은 정신이 좀 없기도 하고요. 뭘 더 생각할 여유가 없어요. 고양이를 잡아야 하거든요.

그녀는 황당한 기색을 감추지 못하는 두 사람과 인사를 나누고 곧장 주차장으로 내려온다. 그런 후엔 운전석에 앉아 안전벨트를 한 뒤 시동을 건다. 돌아가야 할 시간이다. 그녀는 자꾸만 뒤를 돌아보려는 마음을 힘껏 붙잡고 자신의 세계로 복귀한다.

＊＊＊＊＊＊

그녀에게 은행나무 공터는 점점 예배당 같은 장소가
되어 간다.

그곳에서 순무를 기다리는 시간이 그녀의 마음을 차
분하게 만든다. 그 고요와 평화가 어디에서 기인하는 것
인지 그녀는 알지 못한다. 그녀가 공터에 머무는 시간은
점점 길어진다. 때로는 어스름이 내리고 사방이 어둑어
둑해질 때까지 자리를 지킨다. 그럴 때면 그녀는 순무를
기다리고 있다는 사실을 잠깐씩 잊는다.

고개를 들면 바로 은행나무가 올려다보인다. 그녀는
무서울 정도로 선명해지는 푸르른 빛깔에 자주 시선을
빼앗긴다. 이따금 그녀는 납작한 돌멩이를 높다랗게 쌓
아 올리고, 흩어진 나뭇가지들을 지그재그로 포개어 탑
을 만든다. 그런 뒤엔 신중하게 쌓아 올린 것들을 손가락
으로 단번에 무너뜨리는 것을 즐긴다.

뭐든 쌓는 건 어렵고 허물어뜨리는 건 쉽다.

삶이 신중하게 블록을 쌓아 올리는 것과 같다면 단
하나의 블록을 빼는 것만으로도 전체가 무너질 수 있다

는 걸 그녀는 배우는 중인지도 모른다. 교훈이라고 할 만한 것들이 이처럼 도처에, 발에 걸어차일 정도로 흔하다는 사실에 놀라면서.

순무는 잠깐씩 모습을 보인다.

주변을 경계하며 허기를 채우고, 갈증을 해결한 뒤에는 그녀와 눈을 맞추고 가까이 다가와 자그마하게 울음소리를 내기도 한다. 오전에 보는 순무는 나른하고, 오후에 보는 순무는 기진맥진하며, 밤에 보는 순무는 약간의 생기가 있다. 새벽은 그녀가 짐작하기 어려운 시간이다. 순무가 어디에서 무엇을 하며 새벽을 보내는지 그녀는 알지 못한다.

그럼에도 순무가 그녀를 알아보는 것만은 틀림없다. 아무에게나 다가가 눈을 맞추고 보드라운 볼을 내어주고 친근하게 구는 까미에게선 찾아볼 수 없는 조심스럽고 확실한 유대감. 순무는 그것을 아주 간접적인 방식으로 보여 줄 줄 안다.

한낮에 그녀가 알은체를 하면 순무는 그녀의 눈을 빤히 바라다보다가 천천히 다가와 그녀의 손끝에 코를 갖다 댄다. 고양이들의 인사. 새침하고 도도한 방식. 순무

는 그녀를 올려다보며 가느다란 소리를 내고, 그녀의 주
변을 느리게 어슬렁거린다. 기분이 좋을 땐 그녀의 신발
주변에 코를 갖다 대고 냄새를 맡기도 한다.

그러나 그런 순무를 지켜보는 그녀의 마음은 편해지
지 않는다. 오히려 점점 더 불안해진다. 절룩거리는 걸음
걸이, 엉망으로 뒤엉킨 털, 침이 매달린 젖은 입가, 전기
가 통한 것처럼 잠깐씩 고통으로 감기는 눈 때문만은 아
니다.

그녀는 순무에게 느끼는 감정이 무엇인지 알 수 없
다. 동정인지, 자신을 향한 끈질긴 연민인지, 인간으로서
갖는 얄팍한 우월감인지 구분할 수 없다. 그녀는 순무를
구조하려는 스스로를 이해할 수 없다. 아니, 때때로 그
작고 가여운 생명을 구원할 수 있다고 믿는 스스로가 가
소롭게 여겨지기까지 한다. 그러므로 이곳에서 그녀가
마주하고 있는 것은 그녀 자신이다. 그녀는 단 한순간도
자신에게서 벗어난 적이 없다. 조금도 벗어날 수가 없다.

어느 늦은 오후, 그녀는 지친 기색으로 잠깐씩 졸음
에 빠지는 순무에게 손을 뻗는다. 그 순간에는 뭔가에 이
끌린 듯 아무런 망설임도 없다. 순무의 털은 여기저기 뭉

쳐 있고, 젖어 있으며, 미끌거린다. 그녀의 손이 뒷덜미를 움켜쥐자 순무의 야생성이 깨어난다. 순무가 반사적으로 몸을 비틀며 저항하기 시작한다. 조금이라도 머뭇거린다면 이 시도는 실패할 것이다. 기회는 다시 오지 않을 것이다.

그녀는 목덜미를 움켜쥔 손에 힘을 준다. 그런 후엔 다른 손으로 순무의 작고 마른 몸을 제압해 보려고 한다. 이건 순차적으로 일목요연하게 설명할 수 없는 순간이다. 잡고, 몸부림치고, 버티고, 요동치고, 소리치고, 애원하고, 몰아붙이는 모든 끔찍한 순간들이 응축된 혼돈이다.

그녀는 벗어 둔 셔츠를 둘둘 말아 순무를 잡아 보려고 한다. 그 작은 생명체를 거의 바닥에 내리누르다시피하면서, 그만 포기하고픈 마음을 사력을 다해 붙잡으면서. 그녀는 한 발로 통덫의 문을 열고, 순무를 밀어 넣으려고 한다. 순무의 작은 몸에서 엄청난 기세가 뿜어져 나온다. 발버둥치는 순무의 몸 아래에서 자욱하게 흙먼지가 피어오르고, 사방으로 침이 튀고, 비명이 솟구친다.

거의 기적적으로 그녀는 순무의 몸을 통덫 안으로 밀어 넣을 수 있다. 아니, 그건 그녀의 착각이다. 그녀가 통덫

의 입구를 열기도 전에 순무는 재빨리 그녀의 손을 빠져나
간다. 달아나는 순무의 몸이 한쪽으로 기울어진 채 몇 번
이고 바닥에 처박힐 뻔한다. 넋이 나간 게 틀림없다.

순무야, 순무야.

그녀는 잠깐 몸을 일으켰다가 다시 그 자리에 주저앉
는다. 기운이 없긴 그녀도 마찬가지다. 그녀의 팔과 손등
이 붉은 핏자국으로 얼룩덜룩하다. 순무가 날카로운 발
톱으로 할퀸 상처다. 그녀는 난도질당한 것 같은 자신의
한쪽 팔을 셔츠로 감싼다. 얇은 셔츠 위로 붉은 피가 번
져나온다.

그녀는 셔츠로 팔을 여러 번 휘감은 뒤 가져온 짐들
을 챙기기 시작한다. 그런 뒤엔 은행나무 공터를 서둘러
빠져 나온다.

순무는 구하셨어요? 어머, 팔이 왜 그래요? 다쳤어요?

그날 저녁, 노란 통덫과 철제 통덫을 돌려주려 온 그
녀를 보고 마루맘이 놀란다. 셔터가 내려진 우유 배급소
앞은 방치된 우편물들로 엉망이다. 다시 보니 셔터 귀퉁
이에 임대 문의라는 종이가 붙어 있다. 오랫동안 영업을
하지 않은 모양이다.

이제 그만하려고요. 아무래도 제가 할 수 있는 일이 아닌 것 같아요.

어머, 개 구하다가 다치신 거예요? 그래요?

이리저리 밴드를 붙인 그녀의 한쪽 팔을 내려다보며 마루맘이 묻는다. 그 작고 연약한 고양이에게 겨우 이 정도 상처를 입었다고 곧바로 포기하는 거냐. 마루맘은 질책하고 싶은 것 같다. 아니, 마루맘은 충분히 예상했는지도 모른다.

그녀는 이런 말을 한다.

구조한다고 해도 제가 책임질 수가 없어요. 전 동물을 키워 본 적이 없어요. 치료가 끝난 뒤에 다시 길에 풀어 주는 것도 내키지 않고요. 이건 제가 할 수 있는 일이 아니에요. 죄송해요.

그녀는 바닥에 내려놓은 통덫 두 개를 내려다보며 말한다. 그런 후에는 작은 쇼핑백 하나를 건넨다. 근처 베이커리에서 사 온 쿠키 한 상자다. 그녀는 고맙다는 인사를 하고 덫을 깨끗하게 세척했다는 말을 덧붙인다.

그래요. 그렇게 결정하셨으면 할 수 없죠. 상처는 소독하신 거예요? 병원에 아직 안 가 보셨죠? 길에 사는 애들이라 파상풍 주사 맞아야 할 거예요. 혹시 모르니까 병원에 꼭 가 보세요.

마루맘은 무슨 말을 더 할 것처럼 그녀를 바라보다가 말없이 통덫 두 개와 쇼핑백을 챙겨 들고 돌아선다. 멀리 도로 쪽에서 사이렌 소리가 가까워졌다가 멀어진다. 그녀는 그 자리에 서서 슬리퍼를 끌며 멀어지는 마루맘의 뒷모습을 지켜본다.

이한성 대표님께

대표님, 안녕하세요.

오랜만에 연락드립니다.

다름이 아니라 꼭 부탁드리고 싶은 것이 있습니다. 제가 상담을 진행했던 내담자 중에 주한나 씨라고 있습니다. 한나 씨는 이십 대 후반의 여성으로 주기적으로 찾아오는 우울증에 시달리고 있습니다. 한나 씨는 저와 상담 치료를 일 년 이상 진행했고, 스스로 극복하려는 의지가 큽니다. 구체적인 상담 내용은 말씀드릴 수 없지만 한나 씨에게 도움을 줄 수 있는 상담사 몇 분을 추천해 주셨으면 합니다. 센터와 저를 신뢰하는 분인 만큼 그 정도의 성의와 배려는 보이는 게 도리라고 생각합니다.

한 가지 더 부탁하고 싶은 것이 있습니다.

제 거취를 결정하기 위해 열린 그 마지막 회의에서 조민영 씨가 했던 질문들 말입니다. 그 질문들은 그 자리에서 언급할 필요가 없는 부적절한 말이었습니다. 특히 상담사로서 제가 일하는 방식과 태도를 문제 삼은 것은 몹시 악의적이었다는 생각을 지울 수가 없습니다. 알고 계시겠지만 저는 결코 그런 식으로 일을 한 적이 없습니다. 설령 그게 사실이라고 하더라도 그 자리에서 논의될 문제는 아니었다고 생각합니다. 더욱이 조민영 씨에게 그런 말을 들을 이유는 없다고 생각합니다.

그날 회의가 공식적인 일정이었던 만큼 내부적으로 어떤 조율이 있었는지 궁금합니다. 조민영 씨의 질문들이 사전에 논의된 것인지, 단순히 개인적인 행동인지, 제 거취를 결정하는 데에 어느 정도 영향을 주었는지 알고 싶습니다.

저는 퇴사를 통보 받고, 그 과정이 어떻게 진행되었

늦지 알지 못하니다. 당사자로서 그 과정에 대한 정보를 요청하는 것은 당연하다고 생각합니다. 납득할 수 있는 이유를 찾지 않고서는 저 또한 이 결과를 받아들이기가 어렵습니다.

이것은 결코 무리한 요구가 아니며 어떤 목적을 염두에 둔 것이 아닙니다. 저는 다만.

그녀는 거기까지 쓰고, 끝까지 쓰기 위해 몇 개의 단어를 고쳐 본다. 내부적으로라는 말을 은밀하게로 바꾸고 비밀스럽게라는 단어를 추가한다. 조율이라는 단어를 모의, 작당, 공모, 같은 단어로 바꿔 보기도 한다. 무표정에 가까웠던 편지에 표정이라 할 만한 것이 어른거리기 시작한다. 그녀가 단 한 번도 내보이지 못했던 감정들. 부적절한 마음들. 드러내는 즉시 보복으로 돌아올 단어들.

그러므로 이것은 다시금 보낼 수 없는 편지가 되어 버린다.

......

아픈 길고양이의 반격이라고 하기에 그녀의 팔에 남은 상처는 깊고 심각하다.

다음 날 오전, 병원에서 그녀는 속살이 보일 정도로 찢어진 손등을 세 바늘 꿰매고, 파상풍 주사와 항생제 주사를 맞는다. 그녀의 팔은 울긋불긋하게 피부가 일어나고 맞은 것처럼 우둘투둘하게 부어올라 있다. 의사는 이틀에 한 번씩 드레싱 치료를 받아야 한다고 말한다. 그런 후엔 물이 닿지 않도록 하라고 주의를 준다.

접수대 앞에서 처방전을 기다리는 그녀에게 간호사가 묻는다.

다음 방문 예약해 드릴까요? 안 하시면 오래 기다리셔야 할 거예요.

그럼 많이 안 붐비는 시간으로 예약해 주세요.

이틀 후에 오시죠? 목요일이네요. 10시로 해 드릴게요. 오전 10시요.

엘리베이터가 없는 건물 2층에 자리한 병원. 누가 올까 싶은 이 허름한 병원이 매일 환자들로 붐비는 건 그녀기 예상하지 못한 일이다. 그녀는 병원을 나와 빠른 걸음으로 복도를 가로지르고 계단을 내려간다. 두 손으로 난간을 붙잡고 천천히 계단을 내려가던 여자 노인이 말을 건다.

아유, 여긴 매일 뭐 이렇게 사람이 많아. 여기만 오면 두 시간은 그냥 지나가 버려. 하긴 아픈 사람들이야 항상 있지. 병원은 원래 불경기가 없잖아요. 아픈 건 경기를 타지 않으니까.

그녀가 이렇다 할 대답을 하지 않는데도 노인은 한마디 더 한다.

그래도 의사가 양심적이야. 실력도 있고. 그게 아니면 다들 뭐하러 여기까지 오겠어. 무릎이 아파 죽겠는데 맨날 계단을 이렇게 오르내려야 하니. 그래도 걱정 말아요. 웬만한 건 눈 감고도 척척 고치는 양반이야.

그녀는 고개를 까딱하고 인사한 뒤 그대로 건물을 빠져나온다. 그녀가 염려하던 일은 한 주 뒤에 벌어진다. 드레싱 처치와 실밥 제거를 위해 그녀가 병원 대기실에 앉아 있을 때다.

어, 여기서 보네요? 저 알죠? 기억하죠?

누군가 그녀에게 말을 건다. 텔레비전 앞에 앉은 남자. 타원형 탁자를 사이에 두고 출입문 쪽에 앉은 그녀와 마주 보이는 자리다.

그녀가 모르겠다는 얼굴을 하자 남자가 말한다.

저 뒤에 벽돌집. 상담사 선생님 아니에요? 맞죠?

남자는 작정한 듯 조금 더 가까운 자리로 옮겨 온다. 소파에 앉은 사람들이 덩치가 큰 남자를 피해 이리저리 몸을 움직인다. 그는 누구일까. 아군일까, 적군일까. 그저 구경꾼에 지나지 않는 사람일까. 사람들은 무심하게 텔레비전 쪽으로 시선을 돌린다.

심장이 뛴다. 뜨거운 피가 얼굴로 몰린다. 그녀는 보던 잡지를 내려놓은 뒤 허리를 펴고 반듯하게 앉는다.

아니, 한동안 안 보이길래 나는 이사 가신 줄 알았네. 아직 이 동네 살아요? 병원에는 무슨 일로 왔어요? 손 다쳤어요? 아이고, 어쩌다가요?

괜찮아요. 이제 거의 다 나았어요.

그녀는 조심스럽게 반응한다. 과하지도 모자라지도 않은 몸짓으로. 호의도 적의도 드러나지 않는 무표정한 얼굴로. 남자는 습관처럼 주먹을 쥐었다 폈다 하며 계속 말한다. 남자의 손은 크고 두껍다. 뭉툭하고 둥근 손톱 주변이 기름때로 새까맣다. 그리고 마디 하나가 없는 남자의 새끼손가락을 보는 순간, 그녀는 그가 누구인지 알아차린다.

몇 해 전 겨울, 그녀의 집을 방문했던 남자. 빨간 오토바이에 온갖 장비와 부품을 싣고 와서, 집 내부와 외부를 꼼꼼히 살핀 뒤 누수탐지기로 단번에 동파 지점을 찾아낸 기술자. 마당 한쪽에서 땀을 뻘뻘 흘리며 언 땅을 파고 배관을 교체하던 사람. 그는 수도가 얼어서 터졌을 때 그녀가 불렀던 사람이었다. 땅을 파고 계량기를 교체하고, 새 배관을 묻고 시멘트로 말끔하게 마무리하기까지 채 몇 시간이 걸리지 않았다.

아, 그렇지 않아도 언제 한번 보게 되면 이 말을 꼭 해주려고 했어요. 주제넘는 말이라고 생각하지 말고 들어둬요. 왜 막 대놓고 욕하고 악플 달고 그러는 사람들, 그 사람들 고소하겠다고 했다면서요? 어제인가, 오늘인가, 인터넷 기사에 떴던데요?

얼마 전 그녀가 만났던 수진과 승표에 관한 이야기일까. 수진과 승표 말고 다른 누군가의 이야기일까. 그 일이 여전히 사람들의 관심을 끄는 걸까. 그 남자를 죽음으로 몰고 간 말은 셀 수 없을 정도이고, 그녀는 넘쳐 나는 그 수많은 말들 중 주인으로 밝혀진 몇 안 되는 사람이다.

네, 그런데요.

그녀가 답한다. 아직까지는 적군인지 아군인지 분간할 수 없는 말들. 남자는 참지 못하겠다는 듯 곧장 다음 말을 한다.

아니, 그 심정이야 나도 백번 이해는 가지. 하루 이틀도 아니고 속이야 상하겠지. 그런데 사람이 죽었잖아요. 그렇게 하는 게 그쪽한테 뭐가 좋겠어요. 양심 없는 사람이라고 손가락질이나 당하지. 모르는 사람들은 원래 아무 말이나 하는 법입니다. 이럴 땐 그냥 가만히 있는 게 똑똑한 거예요. 잠잠할 때까지 딱 엎드려서 나 죽었다 하고 기다리는 수밖엔 없다니까요.

이 남자는 자신이 뭘 안다고 생각하는 걸까. 자신이 하는 말은 뭐가 다르다고 여기는 걸까.

섭섭하게 생각할 거 하나도 없습니다. 한동네 사람이고 오면가면 한번씩 본 적이 있어서 그래요. 생판 남이면 이런 말도 안 해요. 아니, 할 필요도 없지.

시나치게 소곤거리는 듯한 남자의 목소리가 사람들의 호기심을 자극한 것 같다. 사람들의 조심스러운 시선이 그녀를 향한다. 그녀는 탁자 위에 놓인 잡지들을 내려다보며 말을 아낀다.

그녀는 갇혔다고 느낀다. 수많은 말 속에. 의미와 맥락이 무한히 확장되고, 왜곡되고, 중첩되는 언어 속에. 결코 단 하나의 의미만을 가리키지 않는 모국어 속에. 어쩌면 그녀에게는 새로운 언어가 필요한지도 모른다. 다른 언어가 주어진다면 그녀는 적절한 단어를 찾고 완전히 낯선 배열을 통해 반박이라 할 만한 것을 할 수 있을지도 모른다.

그러는 동안에도 남자는 말을 그치지 않는다. 저쪽에 앉은 여자 노인이 주의를 준다.

이봐요. 아저씨, 조용히 합시다. 여기 다들 아픈 사람들이고 가뜩이나 예민한데 시끄럽게 떠들면 되나요?

노인의 시선이 그녀의 눈과 스치듯 만난다.

떠들다니요? 그렇지 않아도 조용히 이야기하고 있는데 뭐가 시끄럽다는 겁니까? 그렇게 점잔 빼면서 모른 척할 거 없어요. 아니, 한동네 사는 이웃이 뭡니까? 어려울 때 서로 도움되는 이야기도 해 주고 그러는 거지. 불구경 하듯이 입 다물고 있는 거. 그거 피차 아무 도움도 안 돼요.

남의 일에 입 대는 게 무슨 도움 되는 이야기야. 다 저 좋자고 하는 이야기지.

뭐요? 나 좋자고 하는 이야기라니. 이게 어딜 봐서 나 좋자고 하는 이야깁니까? 그렇게 함부로 말씀하시면 안 되죠.

함부로? 여기 함부로 말하는 사람이 누구야? 다 입 다물고 잠자코 있는데 이러쿵저러쿵 떠드는 게 누구야?

뭐라고요?

남자의 언성이 높아진다. 노인도 물러설 기미가 없다. 몇 사람이 더 가세하면서 이야기는 구체적이고 본격적으로 진행된다. 이건 그녀가 결코 원하지 않는 방식이다. 실수와 용서, 반성과 자살, 정의와 혐의, 피해와 무죄 같은 단어들이 튀어나오고, 이제는 죽고 없는 유명 정치인과 연예인의 이름이 따라 나온다.

그녀는 진료실 쪽을 바라본다. 문이 열리고 간호사가 자신을 호명해 주길 바라면서. 그러나 그녀의 차례는 아찍 틸다.

그녀는 판결을 기다리는 사람처럼 침묵을 지키고 있다. 지금껏 피고인석에 앉은 수많은 사람들이 보여 준 것처럼. 약간은 구부정한 자세로, 고개를 숙이고, 끓어오르는 말과 감정을 죽을힘을 다해 내리누르면서, 예측할 수 없고 기대할 수도 없는, 이리저리로 휘몰아치는 격랑 같은 여론의 판결을 기다리는 것 같다.

그녀는 꿰맨 손가락 끝을 힘껏 누른다. 묵직하고 저릿한 통증이 느껴진다. 그녀는 조금 더 힘을 준다. 피부로 오는 단순하고 선명한 아픔에 집중하겠다는 듯이. 무자비하게 내면을 관통해 가는 말들에 휘둘리지 않겠다는 듯이.

그럼 본인한테 한번 물어봅시다. 이렇게 떠들 거 없이 본인한테 물어보자고요.

누군가 결심한 듯 지지부진하게 이어지는 대화를 끊고 그녀를 본다.

그들은 변론의 기회를 주는 걸까. 마지막으로 하고 싶은 말이 있으면 해 보라는 걸까. 그녀는 긴장한 기색을 내보이며, 떨리는 목소리로, 누가 봐도 감정적일 만한 말들을 쏟아 내고 싶다. 그런 식으로 정신없이 떠들면서 그들이 보길 원하고, 듣길 원하는 것을 내주고 싶다.

그러나 그녀는 그렇게 하지 않는다.

도덕이니 정의니 하는 말 뒤에 자신의 치부를 안전하게 감춰 둔 채, 발가벗겨진 누군가의 치부를 요리조리 돌려 보는 즐거움이 얼마나 큰지도 묻지 않는다. 적어도 그런 질문에 관해서라면 자신도 자유롭지 않다는 걸 모르지 않으니까. 힘껏 던지면 던질수록 빠르게 되돌아오는 부메랑 같은 말들을 내뱉을 정도로 그녀는 정신을 잃지 않았다.

임해수 님, 임해수 님 들어오세요!

마침내 진료실 문이 열리고 간호사가 그녀의 이름을 부른다. 그녀는 선고를 받는 사람처럼 벌떡 일어나 진료실로 간다.

......

며칠 후 저녁에 인터폰이 울린다.

인터폰 속 화면은 온통 어둠이다. 대문 현관등이 고

잔나 탓이다. 오래전 전구를 갈아 끼우겠다던 태주와 실랑이를 벌였던 기억이 난다. 그녀는 전등을 새것으로 교체하고 싶었다. 침침한 노란 불빛이 새어나오는 전등 말고 환한 불빛이 자동으로 켜지는 센서 등을 설치하려고 했다.

그녀는 그 사실을 오래도록 잊고 있었다는 것을 깨닫는다. 그럴 정도로 이 집을 찾아오는 방문객이 전무했었다는 게 새삼스럽게 느껴진다.

누구세요?

그녀가 묻고 어두운 화면 속에서 가느다란 목소리가 흘러나온다.

아줌마, 아줌마, 전데요. 세이요.

대문을 열자 아이가 서 있다. 옆구리에 공을 끼고 서 있는 세이의 얼굴이 땀으로 번들거린다.

문자 보내려고 했는데 폰이 망가져서요. 변기에 빠뜨렸거든요. 근데 아줌마, 이제 순무 안 구하세요?

어디선가 매콤한 양념 냄새가 난다. 그녀는 끈이 늘어나서 땅에 끌리다시피 하는 아이의 보조 가방을 내려다보며 답한다.

그래. 안 하기로 했어. 못할 거 같아. 미리 말 못해서 미안해.

왜요? 왜 구조 안 하는데요?

글쎄, 내가 할 수 없는 일인 것 같아서. 순무도 그걸 원하는 거 같지 않고.

아줌마 손 다쳤다는 이야기 들었어요. 마루 아줌마가 말해 줬어요. 순무 구하다가 그랬다고요. 괜찮으세요?

걱정할 정도는 아니야. 거의 다 나았거든.

그녀는 다친 손을 가볍게 흔들어 보인다. 아이는 돌아서지 않는다. 하고 싶은 말이 남은 사람처럼 몸을 이리저리 흔들며 가만히 주변을 살피고 있다.

순무 봤니?

네, 거기 공터에 갔는데 덫도 없고 해서요. 순무는 거의 매일 봤어요. 어제는 츄르를 줬는데 잘 안 먹더라고요. 입이 많이 아픈가 봐요.

세이가 한쪽 발로 중심을 잡고 운동화 한쪽을 벗는다. 그런 후에는 운동화를 탁탁 턴다. 돌멩이와 모래 같은 것들이 떨어지는 소리가 들린다. 그녀는 이 대화를 계속할 마음이 없다. 순무를 구조하겠다는 결심이 왜 신기

루처럼 사라져 버린 것인지 제대로 선명할 자신도 없다.

그녀는 다른 화제를 꺼낸다.

요즘도 피구 연습하니?

네. 요즘은 거의 매일 해요.

그 질문이 아이의 어떤 부분을 건드린 것 같다. 무너지듯 아이의 얼굴에 표정이라 할 만한 것들이 깃들기 시작한다. 아이는 울고 싶은 것 같다. 그녀는 그렇게 느낀다.

학교에서 바로 오는 길이야? 저녁은 먹었어? 부모님이 걱정하실지도 모르겠다. 괜찮으면 잠시 들어와도 돼.

아이는 망설이는 기색 없이, 이렇다 할 대답도 없이, 곧장 그녀를 따라 집으로 들어온다.

그녀는 지치고 피곤하고 기력이 없다. 손등의 상처는 여전히 쓰라리고, 부족한 잠 때문에 두 눈이 따끔거린다. 그녀는 냉장고를 열어 먹을 것을 찾기 시작한다. 아이가 화장실로 들어가는 소리가 들린다. 곧 물소리가 흘러나온다. 냉장고는 유통기한을 넘긴 식품들로 넘쳐 난다. 채소 칸에는 물컹해진 채소와 과일 들이 썩어 가고 있고, 뭐가 들어 있는지 알 수 없는 반찬 통들로 다른 칸들도 복잡하긴 마찬가지다. 포장을 뜯지 않은 인스턴트 음식들, 알록달록한 소스 병들, 성분과 효과를 알 수 없는 각종 영양제들. 허기를 잊고 사는 그녀의 일상이 환하게 입을 벌리고 있다.

마침내 그녀가 찾아낸 건 토마토 두 개와 계란 세 개, 치즈 몇 장뿐이다. 화장실 문이 열리는 소리가 난다. 그녀는 그것들을 다시 냉장고 한쪽으로 밀어 넣고 세이에게 묻는다.

세이야, 뭐 좋아하는 거 있어? 아줌마랑 맛있는 거 시켜 먹을까? 아줌마도 저녁을 아직 못 먹었거든. 일단 부모님한테 연락부터 해야겠지?

그녀가 큰 소리로 묻고 화장실 안에서 아이가 고함치듯 대답한다.

좋아요. 연락은 이따가 해도 돼요!

주문한 피자는 금방 배달된다. 두 사람은 소파에 나란히 앉아 특별할 것도 대단할 것도 없는 피자를 맛본다. 도우는 따뜻하고 자극적인 소스 향이 입맛을 돌게 한다. 그녀는 허겁지겁 피자를 씹고 삼키는 아이를 곁눈질하며 피자를 아주 조금씩만 맛본다.

햇볕에 그을린 듯한 세이의 모습은 살이 빠진 것 같

기도, 긴장에진 깃 끝기도 히디. 그녀는 텔레비전을 끄고 볼륨을 낮춘다. 손뼉을 치며 박장대소하는 사람들의 모습이 클로즈업된다.

아줌마, 근데 저 이 피자 먹어 본 적 있어요. 엄마랑 백화점에 갔을 때요. 맛이 완전 똑같아요.

그래? 그럼 다른 걸 시켜 볼 걸 그랬다.

아이의 얼굴에서 긴장이 걷힌다. 아이는 입가에 묻은 치즈 조각을 야무지게 입안으로 밀어 넣으며 중얼거린다.

아뇨. 그건 엄청 옛날이에요. 저 진짜 어릴 때요. 지금은 엄마랑 같이 안 살거든요. 한 달에 한 번만 만날 수 있어요. 근데 지난달에도, 그 지난달에도 못 봤어요. 바쁘대요. 맨날 그 말만 해요.

그래? 세이가 속상하겠구나.

그녀는 피클을 집어 먹으며 대답한다. 그녀는 놀라지 않는다. 더 질문하지도 않는다. 측은하다거나 애처롭다거나 하는 기색도 내보이지 않는다. 아이는 다시금 피자를 먹는 데에 정신이 팔린다. 상담사로서 놀랍고 더 놀랍고, 점점 더 놀라워지는 내담자들의 고백에 충분히 단련된 것을 다행으로 여겨야 할까. 자신의 비밀이 상대를 놀라게 하지 않는다는 사실에 아이는 당황한 걸까, 얼마간 안도한 걸까.

그녀의 무심한 태도가 아이의 입을 연 것 같다. 아이는 더 말한다. 잔잔한 호수 위로 돌멩이를 던지듯 아이의 말이 그녀의 마음에 느리고 부드러운 파동을 만든다.

아직 엄마 집에도 못 가 봤어요. 원래는 지난번에 데려간다고 약속했는데 지금은 또 안 된대요. 엄마 집 주소도 몰라요. 주소만 알면 집은 볼 수 있는데. 거리뷰로요. 아줌마도 알죠? 인터넷 지도요.

그녀는 리모컨으로 채널을 돌리며 고개를 끄덕인다. 화면이 빠르게 바뀐다. 아이가 좋아할 만한 프로그램은 없는 것 같다. 그녀는 한 무리의 코끼리 떼가 광야를 가로지르는 화면에 채널을 고정시키고 볼륨을 조금 더 낮춘다.

엄마가 무슨 사정이 있으신가 보다. 엄마를 좀 기다려 주렴.

그녀가 하는 말은 고작 그 정도다. 그녀가 피자 한 조각을 더 덜어 주려고 하자 아이가 말한다.

제가 할 수 있어요.

세이는 토핑이 떨어지지 않도록 야무지게 피자를 제 접시에 덜고는 다시 씹고 삼키는 데 열중한다. 그러면서 자신이 신경 쓰고 있다는 얼굴로 자주 그녀를 올려다본다. 그런 아이의 모습이 이상한 방식으로 그녀를 위로하는 것 같다.

아줌마도 어떤 아저씨랑 이 집에 같이 살았거든. 얼마 전까지. 근데 이젠 따로 살아. 같이 사는 거보다 따로 사는 게 더 좋은 사람들도 있어.

그녀의 입에서 그런 말이 흘러나온다.

왜요?

같이 있으면 자꾸 상처를 주게 되니까. 그건 서로한테 너무 힘든 일이잖아.

아줌마, 근데요. 따로 사니까 더 좋아요? 진짜로요.

아이가 피망 조각을 집어 먹으며 묻는다. 그 순간 세이는 철없는 아이가 아니고 속을 훤히 들여다보는 노인 같다. 그녀는 좋다는 말에 내포되어 있는 의미를 하나씩 끄집어낸다. 편하다. 홀가분하다. 수월하다. 자유롭다. 고요하다. 평온하다. 태주와 헤어질 때 그녀가 했던 생각들. 그녀가 기댈 수밖에 없던 가치들. 그녀는 그런 말들

뒤편에 숨죽이고 있는 그림자 같은 말들은 언급하지 않는다. 비겁함, 포기, 외로움, 고독. 그리고 완전한 무너짐.

글쎄. 시간이 조금 더 지나면 확실하게 답을 할 수 있지 않을까?

거봐요. 완전 좋은 건 아니잖아요.

아이가 새침한 표정으로 대꾸한다.

이런 대화를 뭐라고 불러야 할까. 그녀가 한동안 경험하지 못했고 다시는 경험할 수 없을 것 같았던 장벽 없는 소통. 두 사람의 대화에는 장애물이 없다. 대화는 앞으로 나아가고 부드럽게 방향을 틀고 서로의 마음속을 자유롭게 활보한다. 말들이 완강하게 닫힌 내면의 문을 열고, 서로의 내면 깊숙이 진입하고, 그 안에서 자신과 꼭 닮은 말을 길어 올린다.

꾸밈이 없는 말. 거추장스러운 장식을 걸치지 않은 말. 의도도, 저의도, 악의도 없는 말. 한 번도 바깥으로 나오지 못한 말. 아무런 빛깔도 모양도 부여받지 못한 채 지금껏 웅크리고 있던 말들.

아줌마, 근데 오늘 피구 연습할 때요. 그냥 집에 오고 싶었어요. 얘들이 또 계속 공에 맞았다고 해서요. 진짜 안 맞았거든요. 소리가 머리카락에 스쳤다고 계속 소리 질렀어요. 우리 반에 유소리라는 애가 있거든요. 애들이 소리를 엄청 좋아해요. 제 말은 듣지도 않아요.

세이가 기분이 나빴겠구나. 소리가 잘못 본 걸까?

아뇨. 지난번에도 그랬고, 지지난번에도 그랬어요.

소리가 일부러 그러는 걸까? 그런 거 같니?

아이가 동그란 페퍼로니 조각을 베어 물며 그녀를 본다. 그녀는 아이의 컵에 콜라를 조금 더 따라 준다. 그러면서 대답하고 싶지 않으면 하지 않아도 된다고 말한다. 답은 이미 들은 것이나 마찬가지니까. 아이가 곤경에 처해 있는 건 틀림없어 보인다.

아줌마, 근데요. 그럼 그냥 듣기만 할 수 있어요? 아무 말도 안 하고요.

아이가 묻고 그녀가 답한다.

그럼. 그냥 듣기만 할 수 있지.

대화는 조금씩 더 깊어지고 넓어진다. 불신과 두려움 같은 것을 밀어내며 스스로 반경을 넓힌다. 이렇게 말해도 좋다면 그녀는 아이의 마음속에 불이 켜진 것 같다고 느낀다. 두 사람 모두 불이 켜진 서로의 마음을 들여다보고 있다고 느낀다. 아이의 마음은 그녀의 마음과 얼마간 닮아 있는 걸까. 아이의 세계는 그녀의 세계와 얼마나 다른 걸까. 그녀는 대화를 나누는 상대가 열 살 남짓한 어린아이라는 사실을 잠깐씩 잊는다.

아줌마, 순무 말인데요. 한 번만 더 구해 보면 안 돼요?

집을 나설 때 아이가 묻는다. 빗방울이 듣고 있다. 그녀는 우산 두 개를 챙긴 다음 아이에게 하나를 건네준다.

순무 구하면 제가 키울 수 있어요. 아빠한테 말해 보면 돼요. 아빠가 안 된다고 하긴 했는데 순무를 보면 아빠 마음이 바뀔 수도 있잖아요.

그럴 수 있을까?

네. 실제로 보면 엄청 귀엽고 예쁘잖아요.

그래, 한번 생각해 보자.

그녀는 자신을 올려다보느라 자꾸 삐뚤어지는 아이의 우산을 바로 세워 주며 그렇게 말한다.

......

한 주가 지나고 목요일이 된다.

순무를 따 한 번만 더 구조해 보겠다고 약속했지만 그 약속이 지켜질 리 없다. 그녀는 벌써 나흘째 은행나무 공터로 출근하고 있다. 마루맘에게 빌린 통덫 두 개를 길목에 내려놓고, 멀찌감치에 앉아서 순무를 기다리는 것이다. 아이는 수업이 끝나고 피구 연습까지 마치면 곧장 공터로 온다.

어느 날은 숨이 턱까지 차오른 모습으로 뛰어오고, 어느 날은 몰래 살금살금 다가와서 그녀를 와락 놀라게 한다. 어디서 났는지 모를 캐러멜이나 사탕을 건네줄 때도 있다.

날은 조금씩 더 무더워진다. 한낮이 지나도 자욱하게 깔린 열기가 식지 않는다.

기다림의 시간은 고요하게 흐른다. 그러나 활기차고 유쾌한 순간이 전혀 없는 것은 아니다. 그녀는 아이가 혼자 공을 튕기는 모습을 지켜보고, 아이와 공을 주고받기도 하고, 아이가 시키는 대로 공을 힘껏 던져 줄 때도 있다.

오늘 아이는 배구공보다 더 작은 공을 가져왔다. 표면이 오돌토돌하고 폭신폭신한 주홍색 공이다.

아줌마, 이거 던져 주세요. 저기서요. 저 맞춰야 돼요.

이 공으로?

그녀가 묻자 아이가 답한다.

작은 공으로 연습해야 더 잘 피할 수 있잖아요. 빨리
요!

그녀는 아이가 요청한 대로 공을 던지고, 아이가 던
진 공을 받고, 굴러가는 공을 주우려고 이리저리 바쁘게
움직인다. 금세 땀이 흐른다. 누군가 이 모습을 본다면
뭐라고 할까. 타인을 비극으로 몰아넣고 아무렇지도 않
게 일상의 즐거움을 누리는 무뢰한이라고 할까. 피도 눈
물도 없는 철면피라고 할까.

그러나 이 순간은 이 순간일 뿐이다. 그녀가 과거에
겪은 어떤 일의 결과도, 원인도, 이유도 아니다. 시간은
곧게 나아가지 않는다. 삶의 모든 순간들이 인과의 직선
을 따라가지 않는 것처럼. 그녀 자신이 단 하나의 얼굴로
만 살아갈 수 없는 것처럼.

공을 주고받으면서 그녀가 배우는 건 그런 것인지도
모른다. 아니, 그건 아이가 자신도 모르게 그녀에게 가르
쳐 주는 것인지도 모른다.

순무는 이른 오후에 올 때도 있고, 두 사람이 덫을 챙

기고 돌아갈 준비른 한 무렵 슬그머니 모습을 보이기도 한다. 순무 곁에는 늘 까미가 있다. 고양이들이 나타나면 두 사람은 하던 일을 멈추고 그 둘을 주시하게 된다.

노을이 깔릴 무렵 멀리 순무의 모습이 보인다. 두 사람의 공놀이는 중단된다. 공놀이라는 말은 적절하지 않을지도 모른다. 이것이 생존을 위한 아이의 필사적인 노력이라는 걸 그녀가 모르지 않기 때문이다.

아줌마, 저기 보여요? 순무 입이요. 인터넷에 찾아봤는데 저거 구내염이래요. 고양이들이 엄청 잘 걸리는 병이래요. 쟤도 어쩌면 이빨 다 뽑아야 될지도 몰라요.

순무는 제자리에서 공을 튕기는 세이를 올려다보고, 그녀를 주시하며 사료 그릇이 있는 곳으로 간다. 까미는 사료를 삼키는 순무 뒤에서 자신의 차례를 기다린다. 은행나무 위에서 까치 여러 마리가 한꺼번에 우짖는 소리가 들린다.

기약 없는 기다림. 단념하는 즉시 실패할 시도.

그녀는 다시금 가망 없는 일에 뛰어들었다는 사실을 깨닫는다. 아이와 그녀가 하는 이 행위는 길 위에 사는 저 아픈 고양이를 구조하는 것과는 아무런 상관이 없는 것 같다.

그러나 정확히 이틀 뒤, 순무는 구조된다. 늦은 오후. 그녀가 잠시 자리를 비운 사이. 세이가 순무를 잡은 것이다. 그녀가 근처 편의점에서 화장실을 빌려 쓰고 시원한 캔 음료 두 개를 구입해서 돌아왔을 때, 공터를 지키던 세이가 달려 나온다. 조용히 하라는 듯 검지에 입술을 갖다 대고 다른 손을 흔들면서다.

아줌마, 아줌마 놀라지 마세요.

그렇게 소곤거리는 아이의 얼굴에 숨길 수 없는 흥분의 기색이 어린다.

왜? 왜 그래? 무슨 일인데?

그녀가 묻고 아이가 나무 아래 통덫을 가리킨다. 통덫은 커다란 담요로 덮여 있다.

아줌마, 저 순무 구조했어요, 제가 잡았다고요!

세이가 소곤거린다.

정말? 진짜야?

사실이다. 그녀가 담요를 들추자 두 귀를 납작하게 젖힌 순무가 웅크린 채 송곳니를 드러낸다. 아이의 말대로 순무의 입은 엉망이다. 빨갛게 부은 잇몸 탓에 입이

제대로 디물어지지도 않는다. 가슴파은 흘러내린 친으로 흥건하고, 전체적으로 희고 노란 털은 잿빛에 가깝다. 까미는 그런 순무 곁에서 천연덕스럽게 앞발을 뻗으며 장난을 친다. 까미의 작고 보드라운 분홍색 발바닥이 보였다가 말다가 한다.

어떻게 했어? 어떻게 잡은 거야? 어디 다친 데는 없어?

하나도 안 다쳤어요. 그냥 까미를 덫에 넣었는데 순무도 들어가려고 해서요. 순무가 조금 들어갔을 때 담요로 밀어 넣었어요. 잘했죠?

그렇게 말하는 아이의 목소리는 자신에 차 있다. 약간 으스대고 싶은 것 같기도 하다. 어떻게 그런 마법 같은 일이 일어났을까. 절대로 가능하지 않을 것 같은 일이 어쩜 이렇게 별안간 이뤄졌을까. 그녀는 아이의 말이 믿어지지 않는다.

아줌마, 놀랐어요? 놀랐죠? 진짜 엄청 놀랐죠?

그래, 너무 놀랐어. 진짜 대단해. 정말 잘했어.

그녀는 아이에게 말한다.

......

　동물 병원 건물은 통유리여서 밖에서 안이 훤히 들여다보인다. 안에서도 밖이 그대로 내다보이는 건 마찬가지다. 그녀와 세이가 철제 통덫을 들고 병원 안으로 들어서자 사람들이 대기실을 누비고 다니는 자신의 강아지를 서둘러 안아 든다.

　저희 병원 처음 오셨어요?

　접수대를 지키는 간호사가 묻는다. 그녀가 그렇다고 답하자 몇 가지 질문을 더 한다. 그런 후엔 고양이들의 이름과 증상을 묻는다.

　순무요! 순무하고 까미요. 노란 애가 순무고 까만 애가 까미예요. 아픈 건 순무고요. 입이 많이 아픈 거 같아요.

　대답은 세이가 한다.

　간호사는 접수대에서 나와 잠시 통덫 안을 살핀다. 그러고는 난처한 표정으로 그녀와 눈을 맞춘다. 수월하지 않은 환자의 방문이 달갑지 않은 기색이다. 간호사는 형식적으로 몇 가지를 더 물은 뒤 기다리라는 말을 남기고는 접수대 뒤편으로 사라진다.

그녀의 아이는 담요로 감싼 철제 통덫을 내려놓고 간호사를 기다린다. 두 사람은 불청객 같다. 어색하고 불편한 침묵이 두 사람을 에워싼다. 사람들의 시선이 그녀와 아이, 철제 통덫을 조심스럽게 오간다. 강아지 한 마리가 다가와 통덫 주변의 냄새를 맡는다. 누군가 다가와 재빨리 강아지를 안아 든다. 강아지가 주인의 품을 빠져나가려고 발버둥을 친다. 그 강아지가 끙끙거리며 짖기 시작하자 또 한 마리가 짖고 순식간에 대기실이 개 짖는 소리로 가득 찬다.

길고양이인가요?

한참 만에 접수대로 나온 의사가 묻는다.

네.

의사는 통덫 가까이 다가와 담요를 들추고 잠시 안을 들여다본다. 무미건조한 표정. 최소한의 성의를 보이려는 행동. 의사는 고개를 들고 그녀에게 말한다.

저희 병원에서는 치료가 어렵겠는데요. 구내염이 심해서 고양이 전문 병원으로 가시는 게 좋을 겁니다.

전문 병원이 따로 있나요?

네, 저희 병원은 주로 강아지를 보는 곳이라서요.

근처에 있을까요?

글쎄요. 그것까진 잘 모르겠네요.

문전 박대. 은근한 추방. 그녀와 세이는 통덫을 들고 그곳을 나온다. 아이는 당황한 듯 말이 없다. 불안한 눈으로 그녀를 올려다보기만 한다.

안 아픈 애들은 받아 주고 진짜 아픈 순무는 치료해 주지도 않고. 진짜 짜증 나요. 재수 없게. 병신들. 존나 멍청이들.

마침내 순무를 치료해 주겠다는 병원을 찾은 뒤에야 세이는 그렇게 중얼거린다. 그러나 그녀와 눈이 마주치자 아이의 시선이 도망치듯 다른 곳으로 향한다. 그것은 울분일까, 두려움일까, 순간적으로 솟구친 감정일까. 아니, 어쩌면 오래도록 아이 내면에 숨죽이고 있던 어떤 마음일까.

순무는 괜찮을 거야. 걱정 안 해도 돼.

그녀는 그렇게 말하며 금방이라도 눈물이 떨어질 것 같은 아이의 두 눈을 못 본 척해 준다.

두 사람은 가까스로 진료 시각에 맞춰 병원에 도착한다. 아담한 대기실은 사람들로 붐비지만 놀라울 정도로 고요하다. 대기실 여기저기 흩어져 앉은 사람들은 두 사람에게 관심이 없다. 그 둘에게 관심을 보일 여유가 없어 보인다. 사람들의 표정은 심각하고 진지하다. 삶과 죽음, 상실과 이별 같은, 평소에는 그저 허상에 불과한 단어들의 실체를 비로소 실감하는 중일까. 사람들을 둘러싼 엄숙한 분위기가 그녀를 긴장하게 만든다. 그녀는 등을 펴고 자세를 바르게 한다.

순무 보호자분, 들어오세요.

마침내 그녀와 아이의 차례가 된다. 두 사람이 통덫을 들고 진료실로 들어간다.

어디 보자.

두꺼운 안경을 쓴 의사는 테이블 위에 통덫을 올려놓고 천천히 담요를 들춘다. 통덫 끝에 몸을 바짝 붙이고 웅크린 순무와 약간은 겁을 먹은 듯한 까미의 모습이 차례로 드러난다. 길고 좁은 덫은 고양이 두 마리가 머물기엔 비좁은 공간임이 틀림없다. 그러나 둘은 불편함이 없어 보인다. 아직은 체구가 작아서인지도 모른다. 아니, 다시 보니 까미의 체구가 순무의 그것보다 훨씬 크다.

의사는 장갑을 끼고 덫의 입구를 연 다음 손을 밀어

넣는다. 어떤 망설임도, 주저함도 없이. 그녀는 순간적으로 고개를 돌린다. 다행히 그녀가 염려했던 일은 벌어지지 않는다. 순무도, 까미도, 얌전하기만 하다.

어디 보자. 일단 얘는 꺼낼게요.

의사는 그렇게 중얼거리며 능숙하게 까미를 먼저 끄집어낸다. 까미는 기지개를 켜고, 의사의 손에 볼을 비빈다.

요 녀석은 사람을 아주 좋아하네요. 일단 너는 여기서 잠깐 기다리자. 문제는 앤데, 순무라고요? 순무야. 어디 한번 보자. 괜찮아. 자, 선생님이 한번 볼게. 아이고, 많이 아팠겠구나.

순무의 눈이 자꾸 감긴다. 몰려오는 공포와 싸우느라 순무는 거의 탈진 상태다. 송곳니를 드러내며 위협할 기운조차 없어 보인다.

밥은 제대로 먹던가요? 이런 상태로 뭘 먹기가 쉽지 않았을 텐데.

의사가 묻고 아이가 답한다.

순무가 츄르를 엄청 좋아하거든요. 근데 얼마 전부터는 잘 못 먹었어요. 사료도 주면 조금 먹긴 했는데 지금은 그냥 다 뱉어 내요. 고개를 막 이렇게 흔들면서요. 막

반짝히는 것처럼요.

입이 아파서 그랬을 거야. 여기 앞발도 다친 것 같은데, 언제부터 이랬는지 아니?

처음엔 이렇게 엄청 심하지는 않았어요. 겨울에 처음 봤을 때는요.

지난겨울? 정확히 언제인지 기억할 수 있을까?

음, 크리스마스 근처였던 것 같아요. 아니, 근처 아니고 그때쯤이요.

의사가 순무의 몸 여기저기를 살핀다. 의사의 손이 닿을 때마다 감춰져 있던 상처가 선명하게 드러난다. 귀 뒤쪽 곪은 부분은 터질 듯 부풀어 올랐고, 납작하게 눌린 앞발은 엉킨 털로 엉망이다. 콧잔등에도 빗금이 간 것처럼 가느다란 상흔이 여러 개다.

어쩌다가 이렇게 다친 걸까요?

그녀가 묻고 의사가 답한다.

글쎄요. 고양이들끼리 영역 싸움을 했을 수도 있고, 사람이 그랬을 수도 있죠. 여기 이 발은 어디 올무에 걸렸던 자국 같은데요? 뭐 아주 드문 일도 아니에요. 고양이 싫어하는 사람들은 쫓아내려고 뭐든 하잖아요. 가엾죠, 뭐.

의사의 말이 끝나자마자 아이가 항변하듯 말한다.

왜요? 왜 싫어해요? 얘들은 아무 짓도 안 하는데요.

의사는 순무에게서 눈을 떼지 않은 채 나지막하게 중얼거린다.

그러게 말이다. 싫은 데에 이유가 없으니 답답하지? 참, 이 상태로 지금껏 살았다는 게 기적 같구나.

아이의 표정이 침울해진다.

까미가 통덫 안의 순무를 향해 자꾸만 얼굴을 디민다. 앞발로 통덫을 가볍게 짚으며 나지막한 울음소리를 내기도 한다. 순무를 안심시키려는 것 같다. 순무는 아무런 반응이 없다. 이 고양이들은 무슨 일이 벌어지고 있는지 아는 걸까. 어떤 이유로 이곳에 와 있는지 짐작하는 걸까. 까미가 책상 위를 두리번거리며 마우스와 볼펜, 청진기 같은 것들에 관심을 보인다. 세이가 손을 뻗자 까미가 친근하게 볼을 비빈다. 아이가 팔을 벌리면 금방이라도 품 안으로 뛰어들 것 같다.

우선 자세히 검사를 해 봐야 알겠지만 입안의 염증이 많이 심각해 보이긴 하네요. 그래도 지금 당장 수술하기는 어려울 거예요. 체력이 많이 약해진 상태여서 무리하게 하다간 잘못될 가능성이 있거든요.

의사의 손이 순무의 얼굴 쪽으로 다가간다. 장갑을 낀 손이 능숙하게 입을 벌리자 피가 맺힌 잇몸이 드러난다. 순무는 저항하지 않는다. 모든 걸 체념한 듯 느리게 두 눈을 깜빡일 뿐이다.

선생님, 근데요. 그럼 순무는 수술 못 받아요?

세이가 묻는다. 그녀는 아이를 진료실 밖으로 내보내야 할지, 그대로 둬야 할지 결정하지 못한 채 의사의 다음 말을 기다린다.

일단은 입원하고 기운을 좀 회복한 뒤에 고민해야 할 것 같구나. 둘 다 네가 돌보던 애들이니? 그래도 이만하면 정말 잘 돌본 거야. 수술하면 엄마랑 같이 키울 생각이니?

아줌마는 우리 엄마가 아니에요. 아줌마는 그냥 제 친구예요. 순무는 다 나으면 제가 키울 거고요. 근데, 선생님. 수술하면 순무 나을 수 있어요?

아이의 목소리가 가느다랗게 떨린다. 그녀는 아이의 어깨를 감싸 주고픈 마음을 억누른다. 그렇게 하면 틀림없이 울음이 터지고 말 것이다. 기력 없이 축 늘어져 있는 순무가 아이의 울음소리를 듣게 될 것이다. 그 소리가 불안과 공포를 키울 것이다. 그녀는 이런 생각을 하는 스스로에게 놀란다. 인간이 아닌 동물에게, 어떤 감정이라고 할 만한, 예감이라고 할 만한 것이 깃들어 있다고 생각하는 자신이 낯설게 느껴진다.

입원 먼저 시키고 경과를 보죠. 요 녀석은 어떻게 하실래요? 집으로 데려가실 거면 지금 기본적인 검사를 하고요. 여기 두시겠다고 하면 저희가 추후에 검사 진행하고 알려 드릴게요.

진료실을 나오기 직전 의사가 묻고 그녀가 답한다.

까미도 여기 같이 둘게요. 그게 더 좋을 것 같아요.

......

노은아 씨에게

안녕하세요.

임해수라고 합니다.

일전에 최경진 변호사를 통해 몇 차례 연락을 드린 적이 있는데 기억하고 계시겠지요. 시일이 꽤 지난 일이어서 갑작스럽다고 여기실 수 있을 것 같습니다.

무례한 부탁일 수 있지만 한번 뵙고 싶어서 연락드렸습니다.

이렇게 연락을 하기까지 고민이 깊었습니다. 그래도 직접 얼굴을 뵙고 말씀을 드리는 것이 도리라고 생각했습니다. 이제 와서 무슨 의도일까, 의심하는 것도 무리는 아니라고 생각합니다. 괘씸하다고 여기실 수도 있습니다. 그러나 다른 뜻은 없습니다. 어떤 목적을 염두에 둔 것도 아닙니다.

다만 제가 직접 뵙고 꼭 하고 싶은 말이 있습니다. 바쁘시겠지만 짧게라도 시간을 내 주셨으면 합니다.

솔직히 말하면. 처음 그 일이 벌어졌을 때. 변호사를 통해.

그녀는 한밤에 영화를 본다.

영화의 첫 장면은 이렇게 시작된다.

중년으로 보이는 한 여자가 승합차 짐칸에 짐을 싣고

있다. 짐칸엔 냉장고, 식탁, 침대 같은 여러 사람이 달라붙어야 옮길 수 있는 큰 짐은 전무하고 고만고만한 종이 상자들뿐이다. 승합차 뒤편으로 아담한 시골집의 모습과 눈 쌓인 들판이 보였다 말다 한다. 저곳은 겨울이다. 한겨울. 추위가 점령해 버린 세계. 분주하게 상자를 옮기는 여자의 입에서 하얗게 입김이 새어 나온다. 털모자 아래로 삐져나온 여자의 귓불이 빨갛게 얼어 있다.

지금 떠나는 거요?

어디선가 흙길을 디디는 발소리가 이어지고 여자에게 다가오는 한 남자의 모습이 보인다. 남자는 여자보다 나이가 많다. 여자는 바닥에 놓인 상자를 짐칸에 하나씩 올리며 고개를 끄덕인다. 바람이 분다. 멀리 개 짖는 소리가 들린다. 남자는 잠자코 여자를 돕기 시작한다. 마지막 상자는 두 사람이 힘을 합쳐 들어야 할 정도로 크고 무거워 보인다.

어디로 갈지는 정했어요?

남자가 묻고 여자가 말한다.

그럼요.

두 사람은 잠시 마주 선다. 덤덤한 표정으로 서로의 눈을 잠깐 들여다보고 아수를 나눈다. 시시한 정도로 단배한 작별. 차가 출발한다. 여자는 떠나고 남자는 남는다.

화면이 바뀐다.

모닥불 주변에 사람들이 모여 있다. 멀찌감치에 자신의 차를 세워 둔 채로. 그들에게는 집이 없다. 그들은 최소한의 생필품을 싣고 다니며 차에서 산다. 돈이 필요하면 파트타임으로 일하고, 안전하고 조용하게 밤을 보낼 주차 공간을 찾아 떠돈다. 그들은 공중화장실에서 몸을 씻고, 코인 세탁소에서 빨래를 한다. 처음 보는 사람에게 농담을 건네고 내밀한 사연을 털어놓으며 외로움을 물리칠 줄도 안다. 그런 식으로도 얼마든지 살아갈 수 있다는 것을 보여 준다.

모닥불을 응시하는 사람들의 표정이 잠깐씩 클로즈업된다. 장작이 타는 소리, 사람들의 말소리, 바람 소리, 새 울음소리, 나지막한 흥얼거림 속에서 여자는 침묵을 지키고 있다. 여자는 생각에 잠긴 것 같다.

카메라는 진입할 수 없는 한 사람의 내면. 결코 다다를 수 없는 타인의 시간.

여자의 두 눈이 타오르는 불길을 주시한다. 여자는

무엇을 보고 있는 것일까. 저 중년 배우가 진정으로 가닿으려 하는 주인공 여자의 진짜 얼굴은 무엇일까. 어쩌면 저 배우는 자신을 응시하고 있는 게 아닐까. 길고 긴 자신의 삶 속에서 지금 주인공 여자를 사로잡은 감정을 정확하게 찾아낸 것이 아닐까.

그러므로 그녀 역시 다만 한 편의 영화를 보고 있는 게 아닐지도 모른다. 그녀는 이 영화에서, 주인공 여자에게서, 여자를 연기하는 저 배우에게서 무엇을 보는 것일까. 무엇을 보려고 하는 것일까.

춥죠? 차 한잔 마실래요? 드릴까요?

키가 크고 깡마른 남자가 사람들에게 따뜻한 차를 권한다. 여자도 자신의 스테인리스 컵에 차 한 잔을 받는다. 카메라가 천천히 물러나며 여자의 뒷모습을 담는다. 조그마한 캠핑 의자에 앉은 여자의 뒷모습이 점점 작아지다가 보이지 않게 된다.

이런 장면도 있다.

여자가 터무니없을 정도로 작은 위생 모자를 쓰고 일하는 장면이다. 새하얀 타일과 은빛 스테인리스 조리 기구로 채워진 주방은 차갑다 싶을 정도로 깔끔하고 사람들은 그 8히고 신속하게 움직인다. 알람이 울리면 누군가 대형 오븐에서 음식을 꺼내고, 또 다른 누군가는 연기가 무럭무럭 피어나는 그릴 앞에서 열심히 고기를 굽는 중이다. 여자는 커다란 개수대 안으로 쉴 새 없이 밀려드는 그릇을 세척하고 있다. 거품이 차오르는 개수대 안에서 여자의 두 손이 바쁘게 움직인다.

휴식 시간, 여자는 사람들과 함께 대형 음식물 쓰레기통 앞에서 담배를 피운다.

웃기지 않아? 난 여기 레스토랑 주방이 이렇게 클 거라곤 상상도 못했어. 워크인에 그렇게 어마어마한 식재료가 있는지 누가 알겠어? 여긴 전쟁이 나도 끄떡없을걸. 전쟁 터지면 다 여기로 모이자고. 죽기 전에 고기나 배 터지게 먹어 보는 거지.

누군가 말하고 다른 사람이 대꾸한다.

난 인간들이 매일 저녁 이렇게 고기를 쉬지 않고 먹어 치우는 줄 몰랐네. 세상에. 그중 한 명이 나였다는 거 아냐?

자조 섞인 농담들 사이로 씁쓸하고 고단한 웃음소리가 끼어든다. 여자가 힘껏 필터를 빨아들인다. 담배 끝이 빨갛게 타 들어간다.

나도 한 가지 알게 된 걸 말해 줄까요? 난 설거지 후에 피우는 담배 한 대가 이렇게 맛있는 줄 몰랐어. 이 좋은 걸 왜 아무도 가르쳐 주지 않은 거야?

여자는 그런 말도 할 줄 안다. 여자가 어떤 사람이었는지 그녀는 알 수 없다. 여자가 어떤 삶을 살았는지, 어디서부터 어떻게 여자의 삶이 바뀌었는지. 여자가 달라진 지금의 삶을 어떻게 받아들이고 있는지. 모든 게 오리무중이다. 영화는 그런 것에는 관심이 없다. 이 영화는 그런 것에 대한 이야기가 아니다.

장면이 바뀌고 여자는 운전하는 중이다.

여자의 눈앞으로 부드럽게 구부러지는 사 차선 도로가 이어진다. 그곳엔 아무도 없다. 여자뿐이다. 여자의 차는 미끄러지듯 앞으로 나아간다. 풍경이라 할 만한 것은 모두 눈 속에 뒤덮였다. 무섭도록 새하얀 색이 다른 모든 빛깔을 집어삼켰다.

차가 멈춘 곳은 끝이 보이지 않는 들판 한가운데다.

여자는 시동을 끄고 운전석 의자를 젖힌 뒤 눈을 감는다. 휴식을 취하는 것 같다. 날이 저물고 있다. 주변이 이둑이둑해진다. 흰칩 만에 어지기 승합치 뒷좌서에서 조그마한 랜턴을 꺼낸다. 그런 후엔 차 뒤편에 쪼그리고 앉아 오줌을 눈다. 그러곤 성큼성큼 걷기 시작한다.

랜턴 불빛에 잠깐씩 드러나는 전방은 텅 비어 있다. 흔한 나무 한 그루 보이지 않는다. 높이도 너비도 없는 어둠. 여자는 씩씩하게 걷는다. 뭔가를 찾는 사람처럼. 목적지가 있는 사람처럼. 여자의 걸음걸이에는 어떤 머뭇거림도, 망설임도 없다. 마침내 여자가 멈춘 곳은 어둠의 한가운데다. 여자는 그 자리에 서서 멍하니 앞을 내다본다.

카메라는 여자 뒤에 머무른다. 카메라는 여자의 얼굴을 보여 주지 않는다. 움직임이 거의 없는 여자의 뒷모습만을 고집스럽게 주시할 뿐이다. 불현듯 화면 속 여자를 둘러싼 것들이 그녀에게 몰려온다. 모든 게 너무나 생생하게 느껴진다. 화면 너머의 바람과 기온, 소리와 냄새 같은 것들이 단번에 그녀를 압도해 버린다.

여자는 울고 있는 것일까.

여자는 울고 있다. 그녀는 확신할 수 있다. 왜 갑자기 눈물이 나오는지 알지 못한 채로. 왜 나지막한 흐느낌이 통곡으로 번지는지 납득하지 못한 채로. 이 장면 속엔 서사가 없다. 감정을 자극할 만한 감응도, 비감도 없다. 극적인 요소는 그 어떤 것도 남아 있지 않다. 그런데도 여자가 힘껏 붙잡고 있던 스스로를 놓아 버린 이유는 무엇일까.

그러므로 우는 건 소파에 앉아 영화를 보는 그녀가 아니다. 그녀는 울지 않는다. 우는 건 화면 속 여자다. 그녀가 만난 적 없고, 만날 수도 없는 영화 속 누군가에 불과하다.

다시 장면이 바뀐다.

......

노은아 씨에게

안녕하세요.

저는 임해수라고 합니다.

최경진 변호사를 통해 몇 차례 연락한 적이 있는데 기억하시는지요. 변호사에게 마지막으로 했던 말씀은 추후에 전에 들었습니다. 이 일과 관련해서는 더는 어떤 연락도 받고 싶지 않다고 하셨다고요.

그럼에도 불구하고 다시 연락을 드리게 되었습니다.

갑작스럽고 당황스러우실 줄 알지만 직접 뵙고 이야기를 나누고 싶습니다. 시일이 꽤 지난 일이고, 감정이 좋을 수 없다는 건 저도 잘 알고 있습니다. 어떤 불순한 의도가 있다고 의심하는 것도 당연합니다. 그러나 의도 같은 건 없습니다. 만약 그런 게 있었다면 변호사를 통하지 않고 이렇게 직접 연락을 드리진 않았을 것입니다.

짧게라도 시간을 내 주셨으면 합니다.

편한 날짜와 시간을 알려 주시면 계신 곳으로 제가 가겠습니다. 그럼 답변을 기다리겠습니다. 혹시라도 염려되는 부분이 있다면.

그녀는 하루에 한 번 동물 병원에 들른다.

가끔은 두 번. 많으면 세 번까지 들를 때도 있다. 집에서 병원까지는 걸어서 삼십 분 남짓이고, 십 분만 걸어도 이마에 땀이 맺힌다. 그녀는 선크림 바르는 걸 자주 잊고, 그런 날에는 빨갛게 올라오는 알레르기 때문에 잠을 설친다.

이제 그녀는 양산을 가지고 다닌다.

구조한 애는 어떻게 됐어요? 상태는 좀 나아졌나요?

이따금 마루맘이 메시지를 보내면 그녀는 점점 나아지고 있다고, 금방 회복될 것 같다고 대답한다. 거짓말이다. 순무에게는 별다른 차도가 없다.

얼핏 정사각형 입원실에 누운 순무는 거리를 떠돌 때보다 훨씬 편안해 보인다. 흙먼지 탓에 거의 잿빛에 가까웠던 털은 노랗게 제 빛깔을 되찾는 중이고, 젖은 입가와 이런저런 상처도 천천히 아무는 것 같다. 넥카라를 한 채수액을 맞는 순무는 평화롭게 잠든 것처럼 보인다.

그러나 그건 보이는 것에 불과하다. 이곳에선 그런 게 통하지 않는다. 이곳은 드러나지 않은 것들을 밝혀내는 곳이니까. 지금은 멀쩡해 보이는 것들 너머의 가망 없음을 진단하는 곳이니까. 세이의 말처럼 병원은 뭔가를 치료해 주는 곳이 아닐지도 모른다. 이곳은 볼 수 없는 것을 보고, 들을 수 없는 것을 듣고, 마침내 모두가 입 밖으로 꺼내길 꺼리는 최후를 선고하는 장소에 불과한지도 모른다.

글쎄요. 워낙 몸이 약해서 회복이 늦네요. 수액 치료를 계속하고는 있는데 조금 더 기다려 보죠. 어쨌든 지금 상태로는 수술을 해도 좋은 결과를 기대하긴 어려워요. 마취도 해야 하고, 몸에 부담이 되는 일이잖아요. 그걸 견딜 수 있을 정도로 컨디션이 올라와야 하는데. 며칠만 더 지켜보죠.

그녀가 할 수 있는 일은 별로 없다. 입원실에 누운 순무를 지켜본 뒤 의사에게 달라지지 않는 순무의 상태를 전해 듣는 게 전부다. 의사는 그녀를 위로하듯 몇 마디를 더 건네고는 얼른 자리를 뜬다. 아픈 동물들이 쉬지 않고 들어오기 때문이다.

그녀는 세이가 언제 병원에 오고 와서는 얼마나 머무는지 알지 못한다. 아이가 요청하면 그녀는 아이와 함께 병원에 오고, 아이의 요청이 없을 땐 혼자 온다. 그녀는 아이에게 부담을 줄 생각이 없다. 그럼에도 용무가 끝난 뒤엔 대기실에 앉아 잠시 시간을 보낸다. 그런 식으로 세이를 기다리는 것이다.

금요일 오후에 그녀는 병원 앞에서 세이와 마주친다.

아줌마!

그녀가 돌아보자 아이가 가방을 고쳐 메며 뛰어온다.

아줌마, 저 폰 샀어요!

아이가 호주머니에서 제 손보다 훨씬 큰 스마트폰을 꺼내 보인다. 배경화면은 알록달록한 구슬 사진이다. 아니, 다시 보니 아이스크림이다. 아이스크림 뒤로 브이 자를 한 아이의 손과 그보다 더 큰 손이 보인다. 살구색 매니큐어를 바른 손톱. 아이의 엄마 같다.

진짜? 한번 봐도 돼? 엄청 좋아 보이네. 잘됐다. 세이, 너 휴대폰 망가져서 속상해했잖아.

네. 이번엔 엄청 조심할 거예요. 이거 진짜 비싼 거거든요.

아이는 티셔츠로 휴대폰을 닦은 뒤 야무지게 호주머니에 넣는다.

두 사람은 나란히 병원으로 들어선다. 출입문을 열자마자 세이가 까미의 이름을 부른다. 몇 차례 입원실 밖으로 탈출을 감행했던 까미는 이제 병원 대기실을 마음대로 누비고 다닌다. 병원에서 키우는 강아지와도 거리낌 없이 지내는 것 같다. 아이가 손짓하자 까미는 알은체를 하고 가까이 와서 볼을 비빈다. 그러나 거기까지다. 까미의 관심은 끝끝 다른 사람, 다른 동물에게고 옮겨 간다.

까미는 새로운 것들로 북적거리는 이 낯선 세계가 마음에 드는 것 같다.

아줌마, 전 순무가 남자인 줄 알았어요. 까미가 여자고요. 아줌마는요?

순무는 투명한 입원실 안에 고요히 누워 있다. 아이가 손을 흔들어도 이렇다 할 반응이 없다.

글쎄. 성별은 생각을 안 해 봤네.

순무가 여자고, 까미가 남자라니. 완전 반전이에요. 근데 전 애네가 그래도 한 살은 넘었을 거라고 생각했거든요? 근데 의사 선생님이 10개월밖에 안 됐다고 해서 진짜 깜짝 놀랐어요. 9개월이었나? 아무튼 너무 아기예요. 그죠?

아기라니. 그 말을 듣는 그녀의 얼굴에 미소가 번진다. 아이는 순무를 들여다보는 데에 정신이 팔려 있다. 이제 열 살인 아이와 8개월의 순무 중 누가 더 어린 걸까. 이 애들이 처한 상황은 어린 이 애들에게 합당한 것일까. 상황으로만 본다면 이 애들이 그녀보다 훨씬 더 어른에 가까운 게 아닐까.

순무에게 손을 흔드는 아이의 손바닥에 상처가 있다. 빨갛게 까진 자국이다. 왼쪽 팔꿈치에는 기다란 생채기가 남아 있고, 팔목에는 시퍼런 멍 자국이 선명하다.

손바닥은 왜 그런 거야? 다친 거니?

네, 넘어졌어요. 연습하다가요.

아이의 표정이 미세하게 경직된다.

그녀는 생각한다. 아이들이 세이를 담벼락 쪽으로 몰아세우며 빈정거리고, 윽박지르고, 다그치고, 닦달하는 모습을. 세이를 코트 한가운데 몰아넣고 외곽으로 공을 돌리며 위협적인 리듬을 즐기는 표정을. 발소리와 말소리, 웃음소리 같은 것에 둘러싸인 세이의 마음을.

그녀는 다분히 악의적으로 구는 그 아이들을 가만두지 않겠다고 말하고 싶다. 찾아가서 호되게 꾸짖고, 두 번 다시 그러지 못하도록 하겠다고 약속하고 싶다. 그러나 그녀는 그렇게 하지 않는다. 그녀는 기다린다. 아이가 더 말할 때까지. 더 말하고 싶어질 때까지.

아줌마, 근데 저 왜 휴대폰 새로 샀는지 아세요?

병원을 나올 때 세이가 묻는다. 사탕을 문 아이의 한쪽 볼이 볼록하다.

예진에 쓰던 폰을 번기에 빼뜨러서?

아뇨. 원래 그거 그냥 고쳐쓰려고 했는데 새로 산 거 잖아요.

그래? 글쎄.

이제 예선 경기 시작하거든요. 다음 주? 아니다! 그다음 주요. 피구요. 엄마가 그때 온댔어요. 그래서 이거 사준 거예요. 응원 선물로요.

그래?

아줌마, 못 봤어요? 학교 앞에 엄청 큰 플래카드 걸려 있는데요.

흐리던 날이 개고 있다. 뜨겁고 강렬한 햇살이 내리쬐기 시작한다. 그녀는 그것을 좋은 신호로 받아들인다.

그래? 못 봤는데. 지난번에 너랑 약속했잖아. 학교에 안 가기로.

아이의 얼굴에 웃음기가 어린다.

목표는 우승이야?

그녀가 묻고 아이가 답한다.

아뇨.

아이는 입술에 힘을 주고 새침하게 그녀를 올려다보

며 한마디 더 한다.

비밀이에요.

......

장마가 시작될 거라는 예보가 몇 주째 빗나가고 있다.

월요일 오전, 그녀는 출입구가 바로 보이는 식당 한쪽에 자리를 잡는다. 맑은 날이다. 통유리 너머로 환한 거리가 바로 내다보인다.

월요일 오전. 결심과 다짐으로 마음이 단단해지는 첫날. 지난주의 실패와 과오를 잊고 다시금 출발하기 좋은 순간. 희망과 기대에 불을 지필 시간.

그녀는 태주와의 만남이 이런 월요일 오전에 이뤄지는 것에 아무런 불만이 없다. 이제 그들은 긴장이 느슨해지고, 모든 게 감정적으로 기울어지는 주말에 만날 필요가 없는 사이니까. 서로에게 너무나 절실한 위로나 격려를 더는 속삭일 수 없는 관계니까. 멀리 출입문을 열고 들어오는 태주의 모습이 보인다.

언제 왔어? 일찍 왔네.

조금 전에.

두 사람은 어색함을 느끼는 서로를 모른 척하며 자연스럽게 인사를 나눈다. 종업원이 메뉴판을 들고 온다. 주문은 그녀가 한다. 음료가 먼저 나오고 태주가 그녀의 유리잔에 음료를 따라 준다. 불편하고 껄끄러운 순간을 만들지 않겠다는 듯 두 사람 모두 일사불란하게 움직인다.

그들은 한동안 집에 대한 이야기를 나눈다. 주로 분할과 관련된 내용이다. 오래전, 합의에 이른 그 사안에 대해 두 사람은 어떤 이견도 없다. 문제는 시기다. 지금은 기다릴 수밖에 없는 상황이라는 것을 그들은 모르지 않는다. 선을 넘는 배려, 비합리적인 의심, 떨쳐 버릴 수 없는 이기심과 언제나 거기에 못 미치는 이타심. 그런 것들이 불쑥 튀어나오지 않도록 두 사람은 주의를 기울인다.

음식이 나오고 화제가 바뀐다.

센터 일은 어떻게 하기로 했어?

태주가 묻고 그녀가 답한다.

아직.

태주가 빨대로 음료를 젓는다. 얼음들이 컵 표면에 부딪히며 달그락달그락 소리를 낸다.

이 대표랑 의논한다고 하지 않았어? 난 센터로 이미 복직한 줄 알았는데.

센터에서 결정한 거야. 난 그냥 통보만 받은 거고. 결정 과정에 대한 정보는 요청해 놨어. 조민영, 그 여자가 했던 말에 대해서도 해명을 들을 생각이야.

하마터면 그녀는 욕설을 내뱉을 뻔한다. 조민영이라는 인간에 대한 배신감이 치민다. 그녀는 나이프로 두꺼운 샌드위치를 자른다. 칼날이 샌드위치를 반으로 가르고 접시 표면을 신경질적으로 긁어 댄다. 태주가 주의를 주듯 그녀를 본다. 그녀는 개의치 않는다.

너무 그럴 거 없어. 이 대표 입장에서도 부담되는 일이잖아. 그 정도는 생각해 줘야지. 상담 센터가 거기 하나뿐인 것도 아니고. 그렇게 자신을 계속 몰아붙이는 거. 그거 안 좋아. 당신한테 안 좋은 거라고.

나한테 좋은 게 남아 있긴 한가?

없으면 지금부터 만들면 돼. 그럴 수 있어.

무엇을, 어떻게, 얼마나. 그녀는 그런 질문들을 삼킨다. 누구에게나 들을 법한 그럴싸한 위로를 듣자고 여기 앉아 있는 게 아니니까. 멀찌감치에서 이런 속 편한 충고니 건네는 저 사람이 한때 자신의 배우자였다는 사실을 새삼스레 상기할 이유가 없으니까.

현실적으로 생각해. 받아들일 건 받아들이고 잊을 건 잊어. 그래야 뭐든 시작할 수 있어.

너는 무엇을 받아들이고, 무엇을 잊고, 그래서 무엇을 새로 시작했느냐는 질문을 그녀는 삼킨다. 태주의 말을 곧이곧대로 들을 수가 없다. 그녀는 곡해하고, 따지고, 빈정거리고, 시비를 걸고 싶다.

살다 보면 누구나 한번씩 힘든 일을 겪잖아. 그런 시기라고 생각해. 쉽지 않겠지만 지나고 나면 또 얻어지는 게 있겠지. 이 말 당신이 상담하면서 자주 하던 말 아닌가?

오늘 이 남자는 왜 이렇게 말이 많은 걸까. 결국 그 말이 그녀의 인내심을 무너뜨린다. 그녀는 하필 이렇게 힘든 시기에 이런 결별을 감행한 이유가 무엇이냐고 묻는다. 정확히 그렇게 말하진 않지만 태주는 말뜻을 금방 알아차린다.

괜한 얘기 꺼내지 마. 이건 별개의 문제야.

나지막하게 선을 긋는 태주의 목소리. 그녀의 목소리

가 조금 더 커진다.

아니. 당신이 그 말을 꺼낸 순간 별개의 문제가 아니게 되어 버렸어. 적어도 날 조금이라도 생각했다면, 지금, 이런 식으로, 이렇게 끝장을 내진 않았겠지. 당신은 그냥 싫었던 거야. 사람들이 나에 대해, 당신에 대해, 쑥덕거리는 꼴을 더는 볼 수가 없었겠지. 도덕이니 예의니 하는 말을 밥 먹듯 하는 당신 와이프가 왜 그런 어처구니없는 실수를 저질렀는지 설명하고 다니는 게 버거웠겠지. 더 말해 볼까?

그 문제랑 상관없는 일이야. 별개의 일이라고. 당신이 생각하는 거랑 달라.

그래? 그럼 말해 봐. 힘들다느니 버겁다느니 그런 말만 하지 말고 진짜 이유를 말해 보라고.

그만해. 당신이랑 말싸움하려고 나온 게 아니야.

제발 솔직해질 수 없니?

솔직하라고? 뭘?

한 번이라도 속 시원하게 말을 해 봐. 내가 한 말이 다 맞다고 인정이라도 하든가. 솔직하게 말하는 게 겁나? 이렇게 된 마당에 겁날 게 뭐가 있어?

나한데서 무슨 말을 듣고 싶은 거지 모르겠지만 다 끝난 일이야. 다시 들먹여서 좋을 게 없다고.

대화가 급물살을 탄다. 태주는 물러서고 그녀는 다가선다. 거리는 좁혀지지도 멀어지지도 않는다. 갈등이 최고조에 이르렀을 때 두 사람이 지겹도록 목격했던 서로의 바닥이 드러날 것 같다. 상대를 향한 격렬한 분노, 거센 비난, 지치지 않는 공방. 저 밑바닥엔 아직 그런 게 남아 있을까. 아니, 그런 흔적이 조금이라도 남아 있긴 한 걸까.

그녀는 오기가 난다. 거기엔 원망과 책망 같은 감정만 있는 것이 아니다. 분명히 어떤 애원과 간청에 가까운 감정이 깃들어 있다.

한 번쯤은 터놓고 이야기해야 한다고 생각하지 않아? 월요일 오전에 비즈니스하는 사람들처럼 이렇게 차려입고 앉아서 좋아하지도 않는 샌드위치나 씹고 있는 게 웃기지 않아?

좋아하지 않는다니? 난 좋아해. 샌드위치.

태주가 무표정한 얼굴로 그녀를 보며 한마디 더 한다.

내가 뭘 좋아하는지 당신이 몰랐던 것뿐이지.

그 말이 그녀의 말문을 막아 버린다. 종업원이 다가와 유리컵에 물을 채워 준다. 두 사람은 말없이 식사에 집중한다. 양상추, 살라미, 올리브. 그런 것들을 하나씩 집어 먹으며 그녀는 말을 아낀다.

태주의 충고에는 일리가 있다. 그의 입장엔 나름대로의 이유가 있다. 태주의 결정은 그의 몫이다. 끝내는 그녀가 관여할 수 없는 문제다. 그녀가 그것을 모르는 게 아니다.

한참 만에 그녀는 다른 이야기를 한다.

당신은 요즘 어때? 별일 없어?

그녀는 정신을 차린다. 처음 만난 것처럼 대화를 다시 시작해 보려고 한다. 태주는 기꺼이 응한다. 두 사람은 이제 아무런 상관이 없는 각자의 가족들에 대한 안부를 묻고, 일상을 확인하며, 직선처럼 가지런하게 뻗어 나가는 대화를 무력하게 지켜본다.

엄밀하게 따지면 태주와의 관계는 그녀가 겪은 사건과 무관한지도 모른다. 그 사건은 두 사람 사이에 미세한 균열을 낸 것에 불과할지도 모른다. 그들이 모른 척하고, 얕잡아 보고, 무시했던 수많은 문제들이 터져 나오는 빌미를 제공한 것뿐인기도 모른다.

참, 이거. 중요한 것만 챙겼어.

식사가 거의 끝날 무렵 그녀가 가져온 것을 건넨다. 태주의 일기장과 앨범, 졸업장과 임명장 따위가 담긴 쇼핑백이다.

굳이 가져다줄 필요 없다니까. 아무튼 고마워.

태주는 짧게 답하고 손목시계를 들여다본다. 먼저 일어나려는 것 같다.

다음에 나한테 상담하러 와. 나중에. 힘든 일 생기면 말이야.

그녀의 입에서 불쑥 그런 말이 튀어나온다. 태주는 엉거주춤 몸을 일으키고 알 수 없다는 눈빛으로 그녀를 본다.

나한테는 시시콜콜 설명 안 해도 되잖아. 내가 당신 잘 아니까. 시간도 절약할 수 있고. 상담비는 비싸게 안 받을게.

그녀는 자연스럽게 웃으려고 애쓴다.

물론 그런 일은 일어나지 않을 것이다. 태주의 삶은 미지의 영역으로 떠나고 있다. 그에게 어떤 힘든 일이 닥

친다면 그건 그녀가 알 수 없는 곳에서 발생할 것이다. 그녀는 태주에 관해 무지하고 더 무지한 상태가 될 것이다. 두 사람의 삶은 어떤 접점도 없는 상태로 멀어질 것이다.

태주는 몸을 일으키고 먼저 자리를 뜬다. 이렇다 할 대답도 하지 않고, 인사 한마디 없이, 벌을 주듯 그녀를 그곳에 남겨 두고 가게를 나가 버린다.

......

주현에게

날씨가 점점 더워지네. 잘 지내지.

내가 말한 적 있지. 아픈 고양이를 잡으러 다닌다고. 얼마 전에 그 고양이를 드디어 잡았어. 내가 잡으려고 할 때 죽어도 안 되더니 동네 꼬마 애가 단번에 구조했어. 신기하지. 아이 말로는 덫 안으로 들어가는 고양이를 살짝 밀어 넣었다는데, 어떻게 그럴 수 있었을까. 내가 시도했을 땐 다 실패했었거든.

아는지 모르겠지만 고양이들은 흥분하면 정말 사나워져. 다가가기가 어려울 정도로. 그런데 그렇게 쉽게 덫에 넣었다니. 생각할수록 놀라워. 어쩌면 그 고양이는 살고 싶었던 게 아닐까. 제발 살려 달라고 스스로 덫에 들어간 게 아니었을까. 그런 생각도 해 보게 되네.

요즘은 병원에 있는 그 고양이를 매일 보러 간다. 차도는 거의 없어. 의사 말로는 당장 죽어도 이상할 게 없대. 물론 이렇게 직접적으로 이야기하진 않지만. 어쨌든 고양이는 살아 있어. 가끔씩은 그냥 살아 있는 게 아니라, 살려고 몹시 애를 쓰는 것 같기도 하고. 어쩌면 그래서 지금껏 죽지 않고 살아 있는 건지도 모르지.

나도 내가 왜 이런 일을 하고 있는지 모르겠다. 내가 그 고양이를 구조한 게 맞는지. 돕고 있는 게 맞는지도 모르겠고. 이런 말을 들으면 너는 내게 스스로를 돕는 게 먼저라고 말하겠지. 고양이를 핑계로 내 문제를 회피하는 거라고 말할지도 모르겠다.

주현아, 나 '그 사람' 어머니에게 연락했었어. 박정기 씨 어머니. 이메일도 보내고, 문자도 보냈는데 답이 없네. 답은 오지 않을 것 같아. 그때, 너랑 복지관에 갔을 때, 뭐든 하는 게 좋았을까. 신분을 밝히고, 사죄를 하고, 무슨 말이든 해야 했을까.

그러나 내가 무슨 말을 어떻게 할 수 있었을까. 난 아무 준비도 되어 있지 않았는데. 내가 할 수 있는 말이 뭐였을까. 그런 게 있긴 했을까.

순무의 얼굴에서 가장 인상적인 것은 눈이다.

순무가 눈을 뜨면 새까만 동공을 감싼 청록빛 홍채가 또렷해진다. 볼록하게 솟아오른 눈동자는 유리구슬 같고, 반짝이는 행성처럼 느껴지기도 한다. 가면처럼 양쪽 눈가를 감싼 노란 털 덕분에 순무는 익살스러워 보이고, 콧잔등 옆에 커다란 얼룩 탓에 심통이 난 것처럼 보이기도 한다.

순무야, 괜찮니?

오늘 순무의 컨디션은 나쁘지 않다. 맥을 못 추고 누워 있던 다른 날들과 달리 순무는 반듯하게 앉아 그녀를 올려다본다. 혓바닥으로 자신의 앞발을 핥고, 뒷발로 귀를 긁는다. 하품을 하는 순무의 입가가 말라 있다. 자신을 끈질기게 괴롭히던 고통을 얼마간 물리친 것 같다.

그녀는 입원실 유리에 일굴을 내고 순무와 눈을 맞춘다. 순무는 천천히 눈을 깜빡인다. 간접적이지만 확실한 호의의 표시. 그녀는 용기를 낸다. 동그란 숨구멍으로 검지를 밀어 넣는다. 순무는 놀라지 않는다. 가까이 다가와서 냄새를 맡고 코를 갖다 댄다. 순무는 알고 있는 것일까. 그녀가 자신을 왜 이곳에 데려왔는지, 무엇을 하려고 하는지, 마침내 이해한 것일까.

그녀는 순무가 그저 동물에 불과하다는 사실을 잠깐씩 잊는다. 아니, 사람들이 동물이라고 말할 때, 짐승이라고 부를 때, 그 단어 속에 담긴 의미가 얄팍하고 한정적이라는 생각을 지울 수가 없다. 언어가 생략된 순무와의 교감이 그녀에게 이상한 안도감을 준다. 수없이 많은 말들로 소란스럽던 세계에서는 느낄 수 없던 감정이다.

헤아림과 공감, 위로와 포용.

그런 것들은 이처럼 완전한 침묵 안에서만 가능해지는 것일까.

말에 관해서라면 그녀는 두려움을 느껴 본 적이 없다. 그녀는 말의 세계를 완벽하게 이해한다고 믿었다. 그녀는 해석하고, 설명하고, 반박하고, 동의하고, 고백하면서 보이지 않는 자신의 내면을 정확하게 표현한다고 생각했다. 그런 식으로 모든 사람의 마음을 들여다볼 수 있다고 자신했다.

그리고 그녀는 깨닫는다. 자신은 그저 넘쳐 나는 말들에 둘러싸여, 불필요한 말들을 함부로 낭비하는 인간에 지나지 않았다는 것을. 자신이 한 말이 언제 탄생하고 어떻게 살다가 어디에서 죽음을 맞이하는지 단 한 번도 상상해 본 적이 없다는 것을.

오셨어요? 오늘 순무 상태 나쁘지 않죠? 조금씩 좋았다가 나빴다가 하는데, 하루 이틀만 더 지켜보고 결정하죠. 이러다가 또 갑자기 안 좋아지는 경우도 있거든요.

의사가 큰 소리로 알은체를 한다. 그런 후에는 고개를 까닥하고 곧장 진료실 쪽으로 가 버린다.

그녀는 병원에 조금 더 머무른다. 아홉 개의 입원실은 만원이다. 고양이가 두 마리, 나머지는 개들이다. 순무 바로 옆 칸의 얼룩 고양이는 빨간 목걸이를 하고 있다. 손톱만 한 펜던트에 싱고라는 글자가 적혀 있다. 싱고. 고양이의 이름 같다.

그녀는 천천히 동물들의 상태를 살펴본다.

기저귀를 찬 몰티즈는 쉬지 않고 짖어 대고, 퍼그는 숨을 헐떡이며 계속 기침한다. 푸들은 개껌을 베고 힘없이 졸고 있다. 그녀가 손을 흔들자 개들이 꼬리를 흔들며 반응한다. 혀를 내밀고 제자리에서 빙글빙글 돌며 흥분을 감추지 못하는 개들도 있다.

그녀가 보기에 순무처럼 상태가 심각한 동물은 없는 것 같다. 적어도 이 애들은 모두 주인이 있다. 치료가 끝나면 돌아갈 곳이 있다는 의미다. 그녀가 입원실을 나올 때 보니 순무는 다시 기력 없는 모습으로 축 늘어져 있다. 그녀가 손을 흔들어도 아무런 반응이 없다.

며칠간 비가 내린다.

역대 가장 마른장마가 될 거라는 예보는 빗나간 모양이다. 비는 실시간으로 바뀌는 예보를 비웃듯 내렸다가 그쳤다가 한다.

다음 날 오후에 그녀는 마트에 간다. 더위를 피해 나온 사람들로 마트는 북적인다. 그녀는 가전제품과 가구가 진열된 3층을 둘러보고, 생필품과 화장품 매장이 입점한 2층으로 내려온다. 스포츠용품과 동물용품 매장은 지하에 있다.

그녀는 파란색 무릎 보호대와 팔꿈치 보호대를 고른다. 보라색 헤어밴드 한 세트도 구입하기로 한다. 그러곤 곧장 동물용품이 있는 매대로 이동한다. 다양한 크기의 사료들, 알록달록한 포장들, 성분과 맛이 다른 간식들, 어디에, 어떻게 사용하는지 알 수 없는 장비와 앙증맞은 장난감들이 즐비하다.

필요한 게 있으면 말씀하세요.

매대를 정리하던 직원이 사무적으로 말한다.

그녀는 깃털이 달린 막대와 생선 모양의 인형, 소리가 나는 방울 공과 폭신한 쿠션 같은 것들을 살펴보다가 직원에게 말을 건다.

저기요. 여기 있는 걸 사 주면 동물들이 알아서 가지고 노나요?

매대 가장 아래쪽에 물품을 채워 넣던 직원이 그녀를 올려다보며 묻는다.

개요, 고양이요?

고양이예요.

장난감 처음 사시는 거예요?

네.

직원이 몸을 일으키고 장갑을 벗는다. 그런 후에 인기 상품이라는 팻말이 걸린 제품을 중심으로 짧게 설명을 이어 나간다. 그녀에게 도움이 되는 건 고양이의 나이와 성격, 취향에 따라 호불호가 갈린다는 이야기 정도다. 그녀는 순무에 대해 아는 게 별로 없다. 지금으로선 순무가 이런 장난감들을 통해 자신의 취향을 찾아낼 수 있을지조차 의문이다. 어쩌면 순무에게는 그런 기회가 주어지지 않을지도 모른다.

동물 키우는 것도 아이 키우는 거랑 똑같더라고요. 얼마나 손이 많이 가고, 힘이 많이 드는지. 고양이 키우세요?

직원이 묻는다. 그녀는 그렇다고 답하고 장난감 몇 개를 더 고른다. 붉은 깃털이 달린 막대와 방울 소리가 나는 폭신한 공, 생선 모양의 인형이다. 다 합쳐도 만 원을 넘지 않는다.

태그 제거하지 않으시면 환불돼요.

직원은 나지막한 목소리로 그렇게 일러 준다. 그녀가 돌아보자 직원은 한마디 더 한다.

물론 교환도 되고요.

......

　학교는 시장 근처에 있다.

　비좁고 복잡한 시장 골목을 빠져나오면 편의점과 문구점이 나타나고, 꽃과 나무가 그려진 담벼락이 보인다. 거기서부터는 다른 세상이다. 시장을 에워싸고 있던 소음과 냄새 같은 것들이 전혀 다른 차원의 것으로 바뀐다.

　신나게! 즐겁게! 우리 모두 피구 운동회!

　세이의 말대로 교문 앞에 커다란 플래카드가 걸려 있다. 사랑과 지혜가 샘솟는 배움터. 이곳은 주정차 금지 구역입니다. 안전한 스쿨 존이 어린이를 보호해요. 그런 플래카드도 있다. 학교 폭력 예방의 날. 학교 폭력 자진 신고 및 피해 신고 기간. 붉은 글씨로 적힌 플래카드도 보인다.

　어떻게 오셨습니까?

　교문 앞을 지키던 경비가 묻는다. 그녀는 다른 사람들처럼 피구 경기를 응원하러 왔다고 답한다. 경비는 들어가도 된다는 듯 고개를 끄덕인다. 그녀가 학부모일 거라고 여기는 모양이다. 그녀는 학부모로 보이는 사람들과 함께 자리를 잡는다. 흙먼지가 날리는 운동장 한 귀퉁이, 커다란 느티나무 아래다.

아이들을 지켜보는 어른은 열 명이 채 되지 않는다. 아직은 예선 경기에 불과하기 때문인지도 모른다. 운동장 어디에서도 달아오른 분위기는 찾아보기 어렵다. 사람들은 나지막한 목소리로 아이의 이름을 부르고, 손을 흔들고, 사진을 찍는다. 기다란 응원봉과 직접 만든 피켓을 수줍은 듯 흔드는 사람도 있다. 몇몇 사람들은 재빠르게 담임교사를 찾고, 살며시 다가가 인사를 건네기도 한다.

그녀는 어떻게 해야 할지 정하지 못한 채 자리를 지킨다. 세이에게 보호대와 헤어밴드, 음료수 같은 걸 건네주기에는 애매한 상황이다. 알은체를 하면 아이가 어떻게 반응할지 그녀는 가늠할 수 없다. 그것이 이 경기에 어떤 영향을 미칠지도 예상할 수 없다. 그녀는 기다린다. 기다리기로 한다.

오늘 경기는 흙먼지가 날리는 운동장이 아니라 새파란 잔디 위에서 진행된다. 아이들끼리 연습할 때는 한 번도 허락되지 않았던 장소. 짙은 초록빛 잔디 위에 하얀색 코트가 선명하다. 호루라기 소리가 들린다. 계단에 앉아

대기하던 학생들이 뛰어 내려온다. 계단에 앉은 나머지 아이들이 손뼉을 치고 함성을 지른다. 싱그럽고 활기찬 소음이 솟아오른다.

파란색 단체복과 노란색 단체복이 무질서하게 뒤엉켰다가 빠르게 나뉜다. 그녀는 4학년 2반이라는 글자가 적힌 노란색 티셔츠들을 눈으로 좇는다.

거기 세이가 있다.

분주하게 움직이는 아이들 사이에서 세이의 모습이 보였다가 말다가 한다. 그녀는 몇 걸음 더 다가간다. 아이는 그녀가 서 있는 쪽은 돌아보지 않는다. 응원하는 아이들이 모여 있는 계단 쪽도 쳐다보지 않는다. 아이의 시선은 자신이 서 있는 자리를 벗어나지 않는다.

경기가 시작된다.

사실 경기라고 할 것도 없다. 그녀가 보기에 그건 아이들의 시시한 공놀이에 가깝다. 거기엔 전문적인 지식도, 고도로 훈련된 기술도, 치밀한 작전도 없다. 아이들은 그저 이리저리 오가는 공을 따라 이쪽에서 저쪽으로 와르르와르르 몰려다닌다. 상대편에서 공이 날아올 땐 잔뜩 몸을 웅크렸다가 자기편이 공을 가지게 되면 기세

둥둥해진다. 거기에 실력이나 재능이 끼어들 틈이 없다. 공의 향방은 갑작스럽고 충동적이며 철저하게 우연에 기대어 있다.

빠르게 움직이는 하얀 공이 차례로 아이들을 맞추고, 코트 밖으로 내보낸다. 경기를 지켜보던 어른들의 나지막한 탄식이 이어진다. 공에 맞은 아이들은 상대편 코트 외곽으로 이동한 뒤 같은 팀의 공격을 돕는다. 코트 안에 남은 아이들이 줄어들수록 응원은 거세진다. 계단에 앉은 아이들은 친구들의 이름을 부르고, 손뼉을 치고, 소리를 지른다.

그녀는 다른 생각을 한다.

생활. 생계. 직장. 상담. 일을 해야 한다는 생각이다. 지난 일 년여간 그녀는 퇴직금과 실업 급여, 모아 둔 예금으로 살았다. 아무 일도 하지 않고 지내기에 일 년은 긴 시간일까. 터무니없이 짧은 시간일까. 어느 쪽이든 그녀는 이제 한계에 다다랐다는 것을 잘 안다. 돈 때문만은 아니다. 그녀는 세상으로부터 격리되어 정체불명의 존재가 되어 가는 스스로를 더 두고 볼 자신이 없다.

더는 이렇게 살 수 없다.

응원 오셨어요?

옆에 서 있던 여자가 다가와 묻는다. 그녀가 고개를 끄덕이자 여자가 다시 묻는다.

몇 반 응원하세요? 저희 애는 5반이에요.

2반이요.

저희 애가 2반에 잘하는 애들이 많다고 하더라고요. 연습 게임에서 한 번도 이긴 적이 없대요. 아무래도 우리 규인이 반이 오늘도 질 것 같아요. 그죠?

그녀는 대답 대신 부드럽게 웃어 보인다.

코트 안에 남은 아이들은 대략 네댓 명 남짓이다. 심판을 맡은 교사가 호루라기를 불고 잠시 경기를 중단시킨다. 그런 뒤엔 아이들을 불러 모으고 뭔가 이야기한다. 주의를 주는 것 같다. 교사는 세이와 또 다른 아이를 가리키며 무슨 말을 더 한다. 둘은 서로 다른 쪽으로 고개를 떨군 채 말이 없다.

저 애가 소리라는 아이일까. 친구들의 인기를 등에 업고 세이를 골탕 먹인다는 그 애일까. 하지만 진실이 그렇게 단순할 리 없다. 세이의 진실과 소리의 진실은 각자 다른 방향에서 날을 벼리고 있을 것이다.

쟁기가 새개된다.

다시 공이 돈다. 왁자지껄한 분위기가 되살아난다. 내 편과 네 편, 우리 편과 너희 편의 구분이 견고해지고, 모두가 이기기 위해 몰두하기 시작한다. 경기에 임하는 아이들도, 응원을 하는 아이들도 지지 않으려고 최선을 다한다.

멀리서 보면 천진하고 또 얼마간 절실하게 느껴진다. 어쩌면 이건 모든 게임이 지닌 속성인지도 모른다. 편을 가르고, 공격을 하고, 상대를 무너뜨려야만 승부가 나는 스포츠의 본질인지도 모른다. 어떤 흥분 속에서, 어떤 열기 속에서, 아이들은 이토록 자연스럽게 야만적이고 맹목적인 순간을 경험하는 걸까.

세이는 몸의 중심을 잃고 몇 번이고 넘어질 뻔한다. 그걸 지켜보는 그녀의 마음이 조마조마하다. 그러나 세이는 민첩하고 능숙하게 공을 피해 다닌다. 세이는 살아남은 세 명의 아이 중 하나다. 그리고 마침내 세이가 공을 잡는다. 상대 코트엔 단 한 명뿐이다. 세이는 두 손으로 공을 쥐고 신중하게 센터라인 가까이 다가간다. 아이의 모습에 긴장한 기색이 역력하다.

경기를 끝낼 수 있는 일격. 승리를 거머쥘 수 있는 기회.

그러나 아이는 어이없이 공을 놓치고 만다. 세이의 손에서 미끄러진 공이 바닥으로 떨어지고 야속하게 상대편 코트로 넘어가 버린다. 상대편 아이가 재빨리 다가와 공을 가로챈다. 그런 후엔 곧바로 공을 던진다. 공이 센터라인 앞에서 우물쭈물하던 세이의 오른쪽 어깨를 때린다.

......

노은아 씨에게

안녕하세요.

저는 임해수라고 합니다.

최경진 변호사를 통해 몇 번 연락을 드린 적이 있습니다. 다름이 아니라 직접 뵙고 드릴 말씀이 있어서 연락드렸습니다. 바쁘시겠지만 짧게라도 시간을 내 주셨으면 합니다.

이 일과 관련하여 어떤 연락도 받고 싶지 않다고 하신

진 일고 있습니다. 저는 무슨 이야기를 들으려는 것이 아닙니다. 뭔가를 논의하거나 협상하려는 것도 아닙니다. 부탁을 드리려는 건 더더욱 아닙니다. 저는 다만 제 이야기를 하고 싶습니다.

방송에서 제가 했던 말은 부적절한 것이었습니다. 그러나 제가 악의를 가지고 그런 말을 한 것은 아닙니다. 대본을 받기 전까지 저는 그런 논란이 있다는 것도 알지 못했습니다. 그 대본을 처음 받았을 때, 저는 심각하게 생각하지 않았습니다. 그때 저는.

수요일 오후에 그녀는 집을 나선다.

자동차로 한 시간 거리. 그녀는 차를 몰고 가는 대신 대중교통을 이용하기로 한다. 돌아올 때를 대비한 것이다. 돌아올 때의 마음이 지금과 같을 리 없다. 아니, 얼마간 손상되고, 훼손될 게 틀림없다. 그녀는 너덜너덜해진 자신의 마음을 이끌고 귀가해야 한다. 그녀는 그 마음의 무게와 상태가 어느 정도일지 예상할 수 없다.

그녀는 지하철역까지 걷고, 지하철에서 내린 뒤에는 버스를 탄다. 그녀는 서두르지 않는다. 그녀의 걸음걸이는 차분하고 그래서 여유를 만끽하는 것처럼 보일 정도다.

그녀가 도착한 곳은 주거 단지 안에 위치한 카페다. 간판도, 조명도 없는 카페는 밖에서 보면 평범한 주택 같다. 그러나 대문을 통과하자 널찍한 마당과 원목 테이블 여러 개가 눈에 들어온다. 마당이라기보다는 정원에 가깝다. 잘 가꿔진 화단과 싱그러운 정원수들이 눈길을 사로잡는다.

그녀는 실내로 들어간다. 그런 후엔 바깥이 보이는 창가 테이블에 자리를 잡는다. 대형 화분들로 가득한 실내는 풀 냄새로 자욱하고, 가게 한가운데 천장을 뚫고 자라나는 나무가 묵직하고 웅장한 분위기를 자아낸다.

그녀가 기다리는 사람은 정시에 온다. 노은아. 박정기의 아내. 그녀가 막 잔에 남은 커피를 다 마셨을 때다.

임해수 씨?

누군가 다가와서 묻는다. 반듯한 어깨와 곧은 자세 덕분에 여자는 실제보다 키가 더 커 보인다. 나이가 들어 보이지도 않는다. 그건 밝은 톤의 재킷 덕분인지도 모른다.

안녕하세요. 처음 뵙겠습니다.

그녀는 반사적으로 몸을 일으키고 인사를 한다. 여자

는 의자에 가방을 내려놓고, 지원을 부른 다음 그녀 맞은
편에 자리를 잡고 앉는다. 아주 멀지도, 가깝지도 않은,
그녀의 표정을 섬세하게 살필 수 있는 거리다. 그녀는 여
자의 얼굴을 마주 본다. 과하다 싶은 느낌은 없다. 눈썹
모양, 피부 톤, 립스틱 색깔까지. 모든 게 자연스럽다. 여
자가 움직일 때마다 희미하게 시트러스 향이 난다.

　마주 앉은 두 사람의 시선이 비스듬히 어긋난다. 커
피 두 잔이 나온다. 여자는 커피 한 모금을 마시고 준비
가 되었다는 듯 그녀와 눈을 맞춘다.

　시간 내 주셔서 고맙습니다.

　그녀가 말하고 여자가 답한다.

　그래요, 할 말이 있으시다고요.

　여자에겐 표정이라고 할 만한 게 없다. 어떤 호의도,
적의도 없는 얼굴이다. 슬픔도, 분노도 느껴지지 않는다.
그것이 그녀를 당혹스럽게 한다.

　늦었지만 죄송하다는 말씀을 드리고 싶어요. 제가 한
말이 이런 결과를 가져올 거라곤 정말 생각도 못 했어요.

　여자의 손이 찻잔의 손잡이를 만지작거린다. 잔이 컵
받침대와 부딪히며 달그락거리는 소리를 낸다. 그녀는

말을 그만 멈추고픈 충동을 억누른다. 그녀는 죄송하다는 말로 이 모든 과정을 생략할 마음이 없다. 그럴 거였다면 시간을 내 달라고 사정하고, 대면을 고집하면서, 이런 자리를 마련하지 않았을 것이다.

그녀는 말해야 한다.

가슴속에서 지금 자신이 할 수 있는 말과 해야 하는 말을 찾아야 한다. 인내심을 갖고, 하나씩, 순서대로 그 말들을 길어 올려야 한다. 말하자면 그녀는 그런 난관에 봉착해 있다.

솔직히 말씀드릴게요. 사실 전 박정기 씨에 대해 잘 몰랐어요. 그분의 얼굴도, 나이도, 배우라는 사실도 당일에 알게 됐어요. 방송 직전에 대본을 받고 나서 알게 된 거죠. 그런 이슈가 있는지도 몰랐고요. 뭐든 조금이라도 알았다면 대본을 그렇게 생각 없이 읽지는 않았을 거예요.

여자가 그녀와 눈을 맞춘다. 그녀는 잘못된 말을 꺼낸 것일까. 하지 말아야 할 말을 내뱉은 것일까. 그녀는 여자의 눈에 담긴 감정을 정확하게 읽어 낼 수 없다.

그래서 지금은 뭘 알게 됐나요? 박정기라는 사람에 대해서.

의사가 묻는다.

그녀가 아는 건 그가 배우였다는 사실 하나뿐이다. 여자가 그녀의 대답을 기다리고 있다. 그녀는 그가 출연했던 드라마와 영화 제목을 더듬거린다. 용감한 사내들, 가을 찬가, 황혼의 언덕. 그중엔 무라치, 홍미, 같은 의미를 알 수 없는 제목들도 있다.

어땠던가요?

네?

배우 박정기를 본 거잖아요. 어땠어요, 배우로서? 궁금하네요. 상담사는 그런 걸 보면서 무슨 생각을 하는지.

대화가 방향을 튼다. 여자가 대화의 고삐를 쥔다. 여자는 그녀를 시험하고 싶은 것일까. 그녀가 시험에 걸려드는지 확인하고 싶은 걸까. 그녀는 기꺼이 그럴 준비가 되어 있다.

조금 더 비중 있는 역할이었으면 어땠을까, 그런 생각이 들었어요. 배역들이 전체적으로 작다는 느낌이 들었거든요.

그러게요. 왜 그 사람한테는 비중 있는 역할을 안 준 걸까요? 사람들이. 이상하죠? 사실 뭐 좋은 기회가 아주 없지는 않았어요. 생각해 보면 그때마다 뭐가 잘 안 됐죠. 잘될 것 같고, 잘할 것 같고, 그런 마음이 크면 클수록 더 잘 안 됐죠.

여자의 시선이 테이블의 한 지점을 주시한다.

「단 하나의 노래」. 그 영화에서 맡은 배역이 좋았어요.

문득 그녀의 입에서 그런 말이 튀어나온다. 그 영화에서 그가 나온 장면은 손에 꼽을 정도로 적었다. 그럼에도 눈 쌓인 들판에 서 있던 그의 모습이 오래 기억에 남았다. 우스꽝스러울 정도로 큰 점퍼를 입고, 온몸을 덜덜 떨면서, 멀어지는 승합차를 지켜보던 그 사람의 눈빛이 되살아난다.

맞아, 그 영화. 그 역할 괜찮았죠. 그 사람은 동의하지 않았지만 그게 그 사람이랑 가장 닮은 캐릭터였어요. 왜 결정적인 순간마다 이상하게 일이 어그러지는 사람들 있잖아요. 그 역할 속에 그 사람 인생이 들어 있다고 해야 하나. 그래서 그 영화가 참 기분 나쁘기도 했지만.

말이 끊긴다. 대화가 길을 잃은 것 같다. 개 짖는 소리가 난다. 창 너머로 하얀 강아지 한 마리가 정원을 활보하는 모습이 보인다. 여자가 다시 입을 연다.

그 사람이랑 나랑은 이혼 소송 중이었어요. 엄밀히
말하면 법적으로 지금은 아무 사이도 아니죠. 이 자리에
그 사람 어머님이 나왔다면 나처럼 이야기하고 있지는
않을 거예요.

죄송합니다.

어머님께 몇 번 연락했다는 얘기는 들었어요. 많이
늦었다는 생각은 안 해 봤어요?

더 일찍 찾아뵙고 사과를 드렸어야 했는데 죄송합니다.

그녀는 머리를 숙인다.

그때 변호사 통해서 들었죠? 우리 쪽에서 고소한다
고. 그거 내가 하겠다고 한 거예요. 명예훼손이든 사자
명예훼손이든 할 수 있는 건 전부 다 하려고 했거든요.
그런데 정기 씨 어머니가 그러더군요. 자기 아들은 뭣도
모르는 사람들이 멋대로 떠든 말 때문에 죽을 애가 아니
라고요. 고작 그런 말 때문에 그런 선택을 할 애가 아니
라고요.

여자가 그녀를 본다. 그 순간, 그녀는 말들을 길어 올
리던 끈을 놓친다. 침묵이 그녀를 사로잡는다. 그녀는 정
신을 차리고 다시 정중하게 사과한다.

죄송합니다.

죄송하다는 말 말고 다른 할 이야기는 없나요?

그녀는 더 하고 싶은 이야기가 있는 걸까. 그녀가 반드시 해야 하는 어떤 말이 있는 걸까. 그녀는 알지 못하는 누군가에 대해 함부로 말했던 지난날을 후회한다고 토로한다. 그 말이 불러온 이런 비극과 비통에 대해 참담함을 느낀다고 털어놓는다. 그녀는 깊이 뉘우치고 있다고 고백한다.

뉘우친다고요? 어떻게요?

여자가 묻고 그녀가 되묻는다.

어떻게 반성하냐는 말씀이신가요?

순간적으로 그녀는 보상과 배상 같은 단어를 떠올린다. 보이지 않는 마음을 확실히 보이는 방법. 분쟁에 마침표를 찍는 수순. 이런 상황을 예상하지 않은 건 아니다. 그녀는 간접적이고 우회적인 단어를 동원해 여자의 의중을 파악하려고 애쓴다.

전혀 이해를 못 하시네요.

여자가 선을 긋는다. 그런 후엔 커피 한 모금을 마시고 다시 입을 연다.

전 가끔 그런 생각해요. 요즘 사람들은 다 반성에 미쳐 있는 게 아닌가. 어디서나 반성하라고 난리잖아요. 반성해라. 왜 반성 안 하냐. 진심으로 반성하고 있냐. 정말 지긋지긋한 데가 있죠. 그런데 생각해 보면 실은 반성은 본인을 위한 거 아닌가요? 같은 실수를 두 번 하고 싶은 사람은 없을 테니까. 그럴 정도로 인생이 길지 않은 건 알 만한 나이 아닌가요?

여자가 계속 말한다.

그 사람은 좋은 남편은 아니었지만 좋은 배우이고, 좋은 아들이었어요. 그때 그 사람은 여러모로 어려운 상황이었어요. 그쪽에게 다 설명할 이유는 없지만 어머님 말씀이 맞아요. 사람들이 생각 없이 한 허접한 말 때문에 그런 선택을 할 사람이 아니에요. 그래서 어머님도 그쪽 사과를 받을 필요가 없다고 하신 거겠죠.

그녀는 생각한다. 박정기라는 사람은 어떤 사람일까. 그가 동료 배우와 시비가 붙고, 촬영장을 쑥대밭으로 만들고, 현장 영상이 공개되고, 주변인들의 구체적인 목격담과 피해 증언이 쏟아지고 있다는 기사를 보았을 때, 그녀는 그 사람을 다 알 것 같았다. 그런 부류의 사람. 그런 종류의 남자. 술에 취한 듯 휘청거리며 삶을 위태롭게 만드는 인물. 그러나 영화와 드라마 안에서 그의 모습은 그렇게 단순하지 않았다. 그리고 여자의 이야기 속에서 박정기라는 사람은 점점 더 알 수 없는 사람이 된다. 그녀가 결코 다 알 수 없는 한 사람의 생이 무시무시한 속도로 그녀를 덮쳐 온다.

그녀는 허리를 세우고 반듯하게 고쳐 앉는다.

오해는 하지 말아요. 그쪽 죄책감을 덜어 주려고 하는 이야기가 아니니까. 그쪽 잘못이 없다고 말하는 게 아니에요.

여자의 얼굴에 경멸의 기색이 어린다. 차분한 표정 뒤에 감춰져 있던 미움과 원망의 감정이 드러나기 시작한다. 그건 그녀의 착각인지도 모른다. 건너편 테이블에서 사람들의 웃음소리가 터져 나온다. 서로의 이름을 부르고 장난을 치는 목소리가 엎치락뒤치락한다.

이 일로 해수 씨도 타격을 입었겠죠. 억울하다는 생각이 들 테고 해명도 하고 싶겠죠. 자기 입장, 자기 처지. 사람들이 말하려는 건 결국 그런 거잖아요. 난 그런 거, 반성이라고 생각 안 해요. 차라리 입을 다무는 게 반성에

더 가깝지 않나요? 이제 와서 어떤 말을 하는 게 무슨 수
용일까요? 해수 씨도 감당해야 하는 것이 하나쯤은 있어
야 하잖아요.

모든 것이 분명해진다. 여자는 그녀의 말에 귀를 기
울일 생각이 없다. 처음부터 그녀의 말을 들으려고 나온
것이 아니다. 그녀가 하는 모든 말은 모두 자기 변명에
불과하다. 그녀가 어떤 말을 하든 그것은 침묵보다 하찮
을 것이다.

그 순간, 그녀는 마음속 깊이 가라앉은 말들을 꺼내
고 싶은 충동을 누른다. 하지 못했고, 할 수도 없는 그 말
들이 철저히 자신의 몫으로 남았다는 것을 받아들인다.
그것들은 그녀가 감당해야 하는 몫이다. 결코 누군가와
나눌 수 있는 것이 아니다. 박정기가 그랬던 것처럼. 지
금 자신과 마주 앉은 저 여자가 그런 것처럼. 말할 수 없
는 것들에 대해선 입을 다물어야 한다. 그녀는 언어로만
이해하던 그 말의 의미를 비로소 아프게 깨닫는다.

네, 무슨 말씀이신지 알겠어요.

그녀가 답한다. 여자는 용건이 끝났다는 듯 몸을 일
으키고 가방을 챙긴 뒤 카페를 나간다. 그녀의 시선이 정

원을 빠져나가는 여자의 뒷모습을 뒤따라간다.

문득 그녀의 머릿속에서 이런 기억이 떠오른다.

모멸, 모멸요? 그게 뭐 대단한 겁니까? 길 가다가 발에 채는 게 모멸 아닙니까? 그런 흔해 빠진 게 모멸 아니에요?

울분에 찬 목소리. 조소를 머금은 얼굴. 언젠가 영화 속에서 들었던 말. 그건 어느 장면에서 박정기가 했던 대사였다. 그리고 그것은 그의 마지막 영화가 되었다. 그녀 때문에. 그녀가 내뱉은 말 때문에. 아니, 그건 그녀가 절대 알 수 없는 어떤 이유 때문인지도 모른다. 아니다. 이유 같은 건 처음부터 없는지도 모른다. 그게 무엇이든 그녀는 알 수 없다. 알 수 없으므로 더 말할 수도 없다.

노은아 씨에게

저는 방송에서 말했습니다.

박정기 씨가 동료 배우와 싸움을 벌이고 촬영장을 엉망으로 만든 것은 무책임한 행위라고요. 그것이 잘못된 행동임을 깨닫지 못했기 때문에 다른 동료 배우들이 증언과 폭로가 추가로 쏟아져 나오는 것이라고요. 연기력 부족, 채무 불이행, 인성 논란까지. 박정기 씨에게 제기된 혐의들은 분명히 그럴 만한 이유가 있다고요. 박정기 씨가 처한 상황은 본인이 초래한 것이고 분명히 책임을 져야 한다고요. 심리적으로 불안한 상태임을 고려하더라도 사람들에게 이해받기는 어려울 거라고요.

솔직히 말씀드리면 저는 그 사건을 잘 알지 못했습니다. 그날 오전, 대기실에서 대본을 확인한 후에야 그런 일이 있었다는 걸 알게 되었습니다. 그럼에도 저는 대본에 적힌 글을 그대로 읽었습니다. 정말이지 아무런 생각 없이, 마치 다 아는 사람처럼. 거기 적힌 말들을, 다른 패널들과 함께.

그녀는 그곳에 잠시 더 머무른다. 그녀는 마음속으로 여자에게 썼던 모든 편지를 폐기한다. 정확한 단어로, 분명한 문장으로, 자신의 입장을 전할 수 있을 거라는 희망을 버리기로 한다. 그녀는 자신 안의 말들을 다시는 찾을 수 없는 깊고 어두운 침묵 속으로 던져 버린다.

그런 다음 그녀는 자리에서 일어난다.

......

그녀는 사람들로 붐비는 버스와 지하철을 번갈아 타고 집으로 돌아온다.

대문을 열고 마당 안으로 들어서자 아슬아슬하게 균형을 잡고 있던 마음이 한쪽으로 기울어진다. 힘이 빠지고 긴장이 풀어진다. 마음이 어디론가 줄줄 새어 나가는 기분이다. 그녀는 자신을 훑고 가는 그 서늘한 느낌에 집중한다.

후텁지근한 날이다.

그녀는 집 안의 창을 모두 열고 잠시 소파에 앉는다. 거실 수납장과 텔레비전. 무늬 없는 벽지와 자그마한 테이블. 그녀의 시선이 집 안 여기저기를 느리게 오간다. 모든 건 그대로다. 그럼에도 어딘가 분명히 달라졌다는 생각이 떨쳐지지 않는다. 낯선 느낌이 가시지 않는다.

멀리서 매미 소리가 물결처럼 다가왔다가 멀어진다. 모든 게 비현실적으로 느껴진다. 어쩌면 그녀는 배우처럼 고중의 여할을 수행하고 있는 것일까. 그렇다면 지금 그녀가 맡은 배역은 무엇일까. 지금 그녀가 연기해야 하는 사람은 어떤 인물일까.

돌이킬 수 없는 잘못을 저지른 악인. 용서받지 못한 가해자. 아니, 어쩌면 가혹한 누명을 뒤집어쓴 피해자. 역경에 굴복한 패배자. 시련 속에서 스스로를 잃어버린 얼간이.

그녀는 나지막하게 라디오를 켜고, 주방으로 가서 냉장고를 연다.

채소 칸에서 물러진 토마토와 버섯, 쪼그라진 사과와 오렌지를 꺼내고, 무엇이 들어 있는지 모를 반찬 통을 하나씩 끄집어낸다. 유통기한이 지난 소스 통과 양념 병을 골라내고, 포장을 뜯지도 않은 즉석식품들을 폐기한다. 썩어 가는 것들로 넘쳐 나던 냉장실에 조금씩 빈 공간이 생겨나기 시작한다.

냉동실은 상황이 더 심각하다. 그녀는 땀을 뻘뻘 흘리며 포장을 풀고, 단단하게 언 내용물을 확인하고, 커다란 쓰레기봉투에 그것들을 담는다. 언제, 어디서, 얼마나 구입했는지 모를 정체불명의 것들이 이렇게 깊숙한 곳에 차곡차곡 쌓여 있었다는 사실이 놀랍게 느껴진다.

그녀는 그 단순한 행위에 몰두하려고 애쓴다. 뒤지고, 찾고, 확인하고, 버리는 그 행위가 위안이 되는 것 같다. 그것은 차라리 교훈에 가까운 것인지도 모른다. 아니다. 남길 것은 남기고, 버릴 것은 버리고. 다시 새로운 것들로 빈 공간을 채워야 한다는 자기암시에 불과한지도 모른다.

냉장고 청소가 거의 끝나 갈 무렵 전화가 온다.

바른 동물 병원입니다. 순무 보호자님이시죠?

전화를 건 사람은 간호과장이다. 커다란 개에게도, 사나운 고양이에게도 겁 없이 다가가던 사람. 능숙하게 의사의 진료를 돕고, 스케줄을 꼼꼼하게 확인하던 여자. 과장은 순무의 상태가 좋아졌다는 소식을 전한다. 기본적인 검사를 마쳤고, 이대로라면 다음 주쯤 수술을 할 수 있을 거라고도 한다.

그렇지 않아도 저녁에 병원을 들를 생각이었어요.

그럼 지금 오실 수 있으세요? 이후엔 원장님이 계속 수술이 잡혀 있어요. 지금 오셔서 상담하시는 게 좋지 않을까요?

개들이 짖는 소리를 이기느라 과장은 거의 소리를 지르다시피 말한다. 그녀는 그러겠다고 한 뒤 채비를 하고 집을 나선다.

어스름이 깔린 거리에 천천히 어둠이 내리기 시작한다. 동물 병원은 한산하다. 까미는 반쯤 배를 보인 자세로 창가 의자에 잠들어 있다. 그녀는 까미를 깨우지 않으려고 살며시 출입문을 열고 들어간다. 그녀는 접수대를 지키는 직원에게 인사한 뒤 곧장 2층으로 올라간다. 순무의 입원실이 있는 곳이다.

입원실 바로 옆에 위치한 진료실에 불이 켜져 있다. 투명 창 너머로 책상에 엎드린 의사의 모습이 보인다. 간호과장이 노크하자 의사가 얼른 몸을 바로 세우고 그녀에게 들어오라는 손짓을 한다.

금방 오셨네요. 앉으세요.

의사는 고단한 얼굴로 마우스를 딸깍거리며 모니터를 그녀 쪽으로 돌려 준다. 거기 순무의 차트가 있다. 의사는 졸음을 쫓으려는 듯 크게 눈을 뜨며 구체적인 설명을 덧붙인다. 혈액, 적혈구, 급성 염증, 심장사상충, 범백, 외이염, 양성과 음성, 보균과 항체. 의사의 입에서 생경한 단어들이 흘러나온다. 그녀는 의사의 말에 귀를 기울인다.

의사의 안경 위에 노란 털이 붙어 있다. 동물 털인 것 같다. 의사가 고개를 움직일 때마다 가느다란 털이 떨어져 나갈 것처럼 곤두섰다가 부드럽게 휘어지길 반복한다.

뭐 궁금하신 거 있으세요?

의사가 묻는다. 그녀는 다른 질문을 한다.

수술을 하면 괜찮아지는 건가요? 치료할 수 있는 거예요?

그럼요. 마취하고 입안을 직접 봐야 하겠지만 아마 이빨 몇 개만 뽑으면 될 거예요. 지금은 염증 수치도 낮아졌고 염증도 많이 가라앉았고요. 수술하고 꾸준히 치료하면 괜찮아질 겁니다. 체구가 작아서 조금 걱정이긴 한데 어제부터 스스로 밥을 먹으려고 하더라고요. 의지가 있으면 금방 나아요.

의사는 수술과 진료 일정으로 빼곡한 탁상 달력을 내려다본다. 그런 후엔 다음 주 화요일에 수술하자고 말한다. 그녀는 고개를 끄덕인다.

그녀가 진료실을 나오기 직전 의사가 묻는다.

아, 그리고 까미 말인데요. 입양하겠다는 분이 계세요. 저희 병원에 자주 오시는 분인데 애가 너무 이쁘다고, 괜찮으시면 데려가고 싶다고 하시더라고요. 어떠세요?

까미를요?

레트리버 한 마리를 키우고 계시는데 믿을 만한 분이에요. 까미, 다시 길에 방사하실 건 아니잖아요. 저희 병원에 계속 두는 것도 어렵고요. 혹시 직접 키우실 거예요?

세이랑 의논하고 말씀드려도 괜찮을까요?

아, 그때 그 꼬마요? 지난주 토요일에 순무 간식을 잔뜩 들고 왔다는데, 저희 간호사가 못 먹이게 했다고 하더라고요. 이제 괜찮으니까 와서 얼마든지 먹여도 된다고 전해 주세요.

그녀는 인사를 하고 진료실을 나온다. 그런 뒤엔 잠시 순무에게 들른다. 하루 사이에 순무는 기력을 제법 되찾은 것 같다. 그녀를 발견한 순무가 나지막하게 우는 소리를 낸다. 그녀가 숨구멍으로 손가락을 밀어 넣자 코를 갖다 대고, 가볍게 볼을 비비기까지 한다. 앙증맞은 분홍색 코가 촉촉하다.

그녀 옆에서 텅 빈 입원실을 청소하고 있던 간호과장

이 소곤거린다.

만져 보셔도 돼요. 손을 타더라고요.

그래요?

그녀가 머뭇거리자 과장이 다가와 입원실 문을 열고 보란 듯이 순무를 쓰다듬기 시작한다. 그녀도 손을 뻗어 본다. 순무는 저항하지 않는다. 겁이 나는 듯 눈을 감고 몸을 움찔하지만 그뿐이다. 부드럽고 따뜻한 감촉이 손 안에 들어온다.

고작 이렇게 이마를 쓰다듬는 데에 정말 긴 시간이 걸렸구나. 그녀는 생각한다. 이 애는 왜 갑자기 사람의 손길을 허락한 걸까. 이런 생각도 한다. 갑작스러운 변화 가 예상치 못한 결과를 가져오지는 않을까. 불안한 것도 사실이다.

그러나 그 순간, 그녀가 느끼는 가장 강력하고 확실 한 감정은 감격에 가깝다. 고마움과 감동, 안도와 희열 같은 것들이 그녀의 어두운 내면을 잠시 환하게 만든다.

여기 있던 고양이는 퇴원했어요?

그녀는 한 손으로 순무를 쓰다듬으며 그렇게 묻는다. 바로 옆 입원실이 비어 있는 탓이다. 과장은 텅 빈 입원실 구석구석에 소독제를 뿌리며 닦는다. 알싸한 소독약 냄새가 퍼진다.

수술이 어려워서 어제 퇴원했어요.

그녀는 더 묻지 않는다. 구체적인 이야기를 더 듣고 싶은 마음도 없다. 어떤 이야기들은 앞으로의 일에 부정적인 영향을 미칠지도 모른다. 순무에게, 그녀에게, 어쩌면 세이에게까지. 그건 지나친 걱정이고 터무니없는 불안일지도 모른다.

순무는 수술이 끝나면 바로 퇴원할 수 있나요?

입원실을 나오며 그녀가 묻고 과장이 답한다.

원장님한테 여쭤 봬야 하는데, 아마 가능할 거예요. 너무 걱정하지 마세요.

......

연일 폭염이 계속된다.

숨이 막힐 정도로 뜨거운 뙤약볕이 내리쬐다가 한순간 폭우가 쏟아지고, 먹구름이 몰려오다가 거짓말처럼 날이 갠다. 그녀의 내면은 그런 바깥의 날씨와는 무관하게 조금씩 더 서늘해지고 차분해진다. 수시로 끓어오르며 그녀를 초조하게 하던 것들이 마침내 멀리 물러나는 것 같다. 가슴 저 깊은 곳에서 말들은 기세를 잃고, 몸부림치며, 서서히 죽어 가는 게 틀림없다.

토요일 오전에 그녀는 병원으로 간다. 까미의 입양자를 만나기 위해서다. 먼저 와서 기다리던 세이가 출입문 쪽으로 다가와 알은체를 한다.

아줌마! 아까 제가 츄르 줬는데 순무가 받아먹었어요. 이제 만져도 가만히 있어요. 고개도 안 흔들고요. 아세요?

그래?

만져 보니까 엄청 조그마해요. 뼈가 막 만져져요. 엄청 말랐어요.

햇볕에 그을린 세이의 얼굴이 건강해 보인다. 그녀는 며칠 사이 또 한 뼘 자란 것 같은 세이와 눈을 맞추며 고개를 끄덕인다. 대기실 의자에 앉은 두 사람은 까미와 마지막이 될지도 모르는 작별 인사를 나눈다. 입양자는 정시에 온다. 엄마와 아이로 보이는 두 사람이다. 출입문이 열리고, 한쪽 어깨에 민트색 이동장을 멘 아이가 먼저,

커다란 종이봉투를 든 여자가 뒤따라 들어온다.

까미야!

까미, 잘 있었어?

두 사람이 동시에 까미를 부르자 세이 옆에 머무르던 까미가 그쪽으로 가 버린다. 세이의 얼굴에 감출 수 없는 서운함이 어린다.

고양이는 원래 사람을 잘 따르지 않잖아요. 그런데 애는 사람을 너무 좋아하더라고요. 하는 짓이 너무 예뻐서 원장님께 살짝 여쭤 봤는데 이렇게 승낙하실 줄은 몰랐어요. 고맙습니다. 사실 혼자 몰래 오려고 했는데, 저희 애가 계속 같이 가겠다고 졸라서 같이 왔어요. 병원에서 몇 번 까미를 같이 봤거든요. 인사해, 민아.

안녕하세요. 김민이에요.

그녀의 예상이 맞다. 두 사람은 가족이다. 여자의 목소리는 부드럽고 말투는 상냥하다. 제 엄마 곁에 앉은 아이의 얼굴에도 구김이 없어 보인다. 원장의 말대로 이들은 좋은 사람 같다. 적어도 이유 없이 고양이에게 소리를 지르고, 쓰레기를 던지고, 위협을 가하는 부류의 사람들은 아닌 것 같다. 그러나 그걸로 충분하다고 할 수 있을까. 충분하지 않다면 무엇이, 얼마나 더 필요한 걸까. 그것을 지금 이 자리에서 어떻게 확인할 수 있을까.

개를 키우신다고 들었어요. 개랑 고양이가 같이 지내는 게 괜찮을까요?

아, 그건 걱정하지 않으셔도 돼요. 예전에 고양이 몇 마리를 맡아서 보호한 적이 있었거든요. 그때도 별문제 없이 잘 지냈어요. 저희 푸우가 워낙 순하기도 하고, 나이가 많아서 요즘은 거의 잠만 자요.

그럼 댁에 세 분이 사시는 거예요?

아, 아니에요. 모두 네 명이죠. 애 아빠랑 저랑 민이, 그리고 시어머니가 계세요. 집이 비는 경우는 거의 없으니까 걱정하지 않으셔도 돼요.

실례지만 몇 가지 더 여쭤 봐도 될까요? 걱정되는 게 많아서요.

그럼요, 당연히 그렇게 하셔야죠.

까미는 아예 민이라는 아이 곁에 자리를 잡고 앉는다. 이들의 가족이 되겠다는 의사를 분명하게 밝히려는 것 같다. 그녀는 마루맘이 조언한 대로 몇 가지 질문을 더 한다. 모든 가족들의 동의를 얻었는지, 고양이의 습성

을 얼마나 아는지, 까미가 아플 때 치료를 해 준 능력이
있는지. 그중에는 직업과 주소, 집의 형태와 너비 같은
민감한 질문들도 있다.

생각해 보면 우습기 짝이 없는 질문들이다. 난생처음
보는 사람에게 호구조사나 다를 바 없는 이런 무례한 질
문을 퍼붓고 있는 꼴이라니. 게다가 그녀는 이런 질문을
할 만큼 고양이의 삶과 습성에 대해 잘 알지 못한다. 동
물을 돌보는 것에 관해서라면 이들 가족이 그녀보다 훨
씬 더 전문가에 가까울지도 모른다.

여자는 불쾌한 기색 없이 그 모든 질문들에 성실하게
답한다.

따로 계약서 같은 건 안 쓰셔도 돼요? 쓰시는 게 안심
되면 그렇게 하셔도 돼요.

오히려 그렇게 되묻기까지 한다. 그녀는 계약서를 쓰
지 않는 대신 종종 까미의 소식을 전해 달라고 부탁한다.
여자는 흔쾌히 그러겠다고 한다.

세이는 뭐 하고 싶은 말 없어?

그녀가 세이를 돌아보며 말한다. 세이는 민트색 이동
장을 내려다보며 말이 없다. 그녀가 세이의 어깨를 부드

럽게 감싸 안으며 소곤거린다.

괜찮아. 뭐든 부탁할 게 있으면 말씀드려도 돼.

세이는 무슨 말을 하려는 듯 입을 열었다가 고개를 젓고 만다. 입양 절차는 그것으로 마무리된다. 민이가 조심스럽게 이동장 문을 열자 까미가 기다렸다는 듯 이동장 안으로 들어간다.

까미, 너 인사도 없이 이렇게 가는 거야? 건강하게 잘 지내. 아프지 말고.

그녀는 경쾌한 목소리로 까미에게 인사를 건넨다. 그럼에도 섭섭한 마음은 다 숨겨지지 않는다. 그건 세이도 마찬가지다.

참, 이거 고양이 간식이에요. 까미랑 같이 구조된 애가 아직 입원 중이라고 들었어요. 얼른 회복할 수 있게 저도 민이랑 기도할게요. 아, 안에 약과도 있어요. 저희 집 근처 떡집에서 산 건데 한번 드셔 보세요. 달지 않고 맛있어요.

여자가 노란 종이봉투를 건넨다. 세이가 그것을 받아 든다. 봉투 안에 고양이 캔과 츄르, 약과 두 상자가 들어 있다. 여자와 아이가 인사를 하고 병원을 나선다. 이번에는 이동 링을 멘 엄마가 앞장서고, 아이가 그 뒤를 따라간다. 두 사람이 천천히 횡단보도 쪽으로 걸어가는 게 보인다.

그녀와 세이는 나란히 서서 그들 모녀의 모습을 지켜본다.

그럼 우리는 순무에게 가 볼까?

그리고 그녀가 세이를 돌아보자 아이가 못 참겠다는 듯 바깥으로 뛰어나간다. 그녀가 서둘러 세이를 쫓아가지만 역부족이다. 세이는 초록불이 깜빡거리는 횡단보도를 전속력으로 가로지른다. 그렇게 길을 건넌 두 사람을 금세 따라잡는다. 신호가 바뀐다. 그녀는 횡단보도 앞에 멈춰 서서 세이를 지켜볼 수밖에 없다.

쉬지 않고 오가는 차들 사이로 세이의 모습이 잠깐씩 보이다가 말다가 한다. 길 건너편에 멈춰 선 세 사람은 무슨 이야기를 주고받는 것 같다. 아니, 다시 보니 말하는 건 세이다. 세이가 민이에게 뭔가를 건네는 모습이 보인다.

다시 신호가 바뀐다. 세이는 갈 때처럼 뛰어서 길을 건너온다.

길 건널 땐 차 조심해야 하는 거 알지? 신호가 깜빡일 땐 다음 신호를.

그녀가 말을 끝내기도 전에 아이가 그녀의 품으로 달려든다. 숨을 몰아쉬는 아이의 몸이 요란하게 들썩거린다. 아이는 흐느끼고 있는 것일까. 그렇다면 이건 영원한 이별이 아니라고, 언제든 까미의 안부를 물을 수 있다고, 원하면 까미를 보러 갈 수 있다고. 지키지도 못할 약속으로 아이를 달래야 하는 것일까. 그러나 고개를 든 아이의 얼굴에 울먹이는 기색 같은 건 없다. 세이의 표정은 어느 때보다 다부지다.

무슨 이야기하고 왔어?

그녀가 묻고 아이가 답한다.

쪽지 주고 왔어요. 어젯밤에 제가 쓴 거요.

쪽지? 편지를 쓴 거야?

아뇨. 편지는 아니고, 그냥 세 가지는 꼭 지켜 달라고 쓴 거예요.

세 가지?

아이는 망설이는 표정으로 잠시 입술을 깨물고 있다가 답한다. 까미 방 만들어 주기. 잠들기 전에 잘 자라고 인사해 주기. 한 달에 한 번은 좋아하는 간식 마음껏 먹게 해 주기. 그건 까미를 위한 것이라기보다는 아이가 원하는 것인지도 모른다. 그녀가 그것을 모를 리 없다.

그래. 잘했어. 너무 잘했어.

그녀는 그렇게 말하며 아이의 머리를 쓰다듬어 준다. 두 사람은 다시 병원으로 향한다. 수술을 앞둔 순무의 상태를 확인하고, 의사에게 대략적인 수술 절차와 방법을 듣는다. 그러고 나자 더는 그곳에 머무를 이유가 없다. 병원을 나서는 길에 아이가 묻는다.

아줌마, 근데 다음 주에 우리 학교에 놀러 와도 돼요. 아줌마 심심하면요. 저 경기할 때요.

그녀가 지난번 마트에서 구입한 물건들을 건네주었을 때다. 아이는 팔꿈치 보호대와 무릎 보호대, 헤어밴드를 요리조리 돌려 보며 잠깐씩 그녀와 눈을 맞춘다.

피구 시합 아직 하고 있어? 거의 끝난 줄 알았는데.

아, 비 오거나 너무 더우면 못 하거든요. 그래서 계속 미뤄졌어요.

그래, 시합이 언젠데?

다음 주 금요일이 준결승이에요. 4시요.

금요일 4시? 좋아. 갈게. 이건 마음에 드니? 마음에 안 들면 아줌마랑 같이 가서 바꿔도 돼.

음, 솔직하게 말해도 돼요?

그녀가 고개를 끄덕이자 아이가 뜸을 들이듯 말을 아낀다. 그런 후엔 장난스럽게 미간을 찌푸리며 답한다.

사실, 완전 마음에 들어요. 저 보라색 엄청 좋아하거든요. 예뻐요.

그녀는 아이와 함께 대로변을 지나 골목으로 접어든다. 아이는 가끔씩 그녀를 올려다보며 말할 수 없이 친근한 표정을 짓는다. 이런 걸 뭐라고 불러야 할까. 우정, 유대감, 순수한 동지애. 한 단어로 정의할 수 없는 감정이 이미 그녀의 마음속에도 새겨져 있다.

아이와 함께 겪은 일련의 일들이 그녀를 달라지게 한 걸까. 아이와 보낸 이 계절이 그녀의 일상에 어떤 영향을 준 걸까. 먼 훗날 아이는 이 시절의 일을 어떻게 기억할까. 그녀와 아이가 주고받은 것은 무엇일까.

아줌마, 근데 순무 구조하고 나서는 거기 공터에 안 가 봤죠?

골목이 나뉘는 지점까지 왔을 때 아이가 묻는다. 멀리서 개 짖는 소리가 들린다.

응. 인 가 봤지. 세이, 니는 기 봤이?

거기 새끼 고양이가 세 마리나 나타났대요. 지난번에 마루 아줌마가 말해 줬어요. 엄청 아기래요. 엄청 엄청 귀엽대요.

그래?

다음에 보러 갈래요? 오늘 받은 이 캔도 나눠 주고요.

그래. 그러자.

......

그 일은 갑자기 일어났다.

누군가 잔잔한 호수 위에 작은 돌멩이를 던지듯, 누구도 주목하지 않은 곳에서, 느닷없이 튀어 올랐다. 아니, 이렇게 말하는 건 모순이 있다. 어떤 일도 갑자기, 느닷없이 벌어지진 않는다. 그렇다면 그 일이 어떤 긴 인과의 고리 속에서 연쇄적으로 발생했다고 이해해야 할까. 모든 일이 다른 모든 일의 원인이자 결과라고 한다면, 어떤 것이든 지금보다는 수월하게 받아들일 수 있는 걸까.

금요일 오후, 그녀는 학부모로 보이는 사람들과 간이

천막 아래에 자리를 잡는다.

무더운 날이다. 설치할 때는 그늘이었을 천막 아래로 뜨거운 햇살이 비스듬하게 밀려든다. 그러나 사람들은 아랑곳하지 않는다. 땀을 뻘뻘 흘리면서도 어떻게든 자신의 아이를 잘 볼 수 있는 자리를 찾아 이리저리 분주하게 움직인다. 큰 소리로 파이팅을 외치거나 아이의 이름을 부르는 사람도 있다. 그녀는 그런 들뜨고 상기된 분위기로부터 멀리 떨어져 있다.

1반과 7반의 경기가 끝나자 대기하고 있던 2반과 6반 아이들이 코트로 내려온다. 세이는 무리 지어 등장하는 아이들 뒤편에 서 있다. 다른 아이들처럼 무릎 보호대와 팔꿈치 보호대, 헤어밴드까지 야무지게 착용한 모습이다.

자, 두 팀 정렬!

심판을 맡은 교사가 아이들을 집중시킨다. 아이들이 재빠르게 코트 안으로 이동한다. 두 팀은 각자의 코트 안에서 다 같이 손을 포개고 구호를 외친 뒤 열을 맞춰 선다. 결의를 다지는 행위. 결속을 위한 퍼포먼스. 아이들의 표정이 진지해진다.

교사가 호루라기를 분다. 공이 높이 솟아오르고 센터

다인에 신 두 이이기 힘껏 점프한다. 7반이 먼저 공을 갖는다. 공격이 시작된다.

오늘 날씨 정말 뜨겁네요. 경기 보러 오셨어요? 몇 반 응원하세요?

그녀 곁에 선 누군가가 말을 건다. 그녀보다 서너 살 아래로 보이는 여자다. 그녀가 2반을 응원하러 왔다고 말하자 여자의 얼굴에 반가운 기색이 어린다. 여자는 반 걸음쯤 더 다가와 목소리를 낮춘다.

7반에 덩치 큰 애들이 많더라고요. 7반이 우승 후보 라는데, 우리 2반은 대진 운이 너무 안 좋은 것 같아요. 이럴 줄 알았으면 엄마들 모아서 말이라도 한번 해 보는 건데. 말이라도 하면 그나마 신경은 쓰잖아요. 아무튼 너무 후회되는 거 있죠.

오늘 세이의 움직임은 나쁘지 않다. 공을 피해 다니는 아이의 몸은 가볍고 민첩하다. 그녀는 아이에게서 눈을 떼지 않는다. 한번쯤 눈이 마주치고, 자신이 여기 있다는 걸 아이가 알게 되었으면 좋겠다.

다들 말로는 그러잖아요. 애들한테. 그냥 즐기라고, 꼭 안 이겨도 된다고. 그런데 부모 마음이 어디 그런가요. 그래도 내심 이겼으면 싶지. 지면 얼마나 속상하겠어요. 벌써부터 걱정돼요.

여자는 계속 말한다. 그녀처럼 코트 쪽에서 눈을 떼지 못하면서다. 공이 코트 양쪽을 빠르게 오간다. 한 번씩 공이 오고 갈 때마다 몇 명의 아이들이 코트 밖으로 쫓겨난다.

이기는 사람이 있으면 지는 사람이 있죠. 지는 사람이 있으면 이기는 사람도 있고요. 이겨도 보고, 져도 보면서, 아이들이 배우는 게 있지 않을까요.

그녀가 답한다. 그건 거짓말이다. 그녀는 세이가 속한 2반이 이기길 바란다. 세이의 활약으로 팀이 승리한다면 세이를 대하는 아이들의 태도가 달라질지도 모른다. 지금은 하찮고 별 볼 일 없는 아이의 자리가 조금은 나아질지도 모른다. 죽을힘을 다해 공을 피해 다니는 아이의 목표가 그것임을 그녀는 모르지 않는다.

어머, 잠깐만. 그런데 그 방송에 출연하시는 박사님 아니세요? 임해수 박사님?

순간적으로 여자의 목소리가 커진다.

어머, 맞죠? 어쩐지 계속 어디서 뵌 분 같더라고요.

이 동네 사세요? 아이가 있으신 준 몰랐어요.

난데없는 기습. 잊었다 싶으면 또다시 찾아오는 악몽. 반사적으로 온몸의 신경이 곤두선다. 뜨거운 피가 두 귀로 몰린다. 그러나 그녀는 그런 비틀거리는 두려움에 휩쓸리지 않는다. 되살아나는 과거의 자신을 똑바로 마주 보려고 애쓴다. 적어도 그것이 자신의 모습이 아니라고 강변할 마음이 그녀에겐 남아 있지 않다. 할 수 있다면 그녀는 그때의 자신을 힘껏 껴안아야 한다. 결국엔 그렇게 할 수밖에 없다.

네, 맞아요. 오늘은 동네 꼬마 친구 응원하러 온 거예요. 전 아이가 없어요.

그녀는 차분하게 답한다.

세상에. 여기서 이렇게 유명한 분을 뵙게 되다니 너무 신기하네요. 그 꼬마 친구가 누구예요? 박사님과 친하다는 애가 2반이에요? 저희 소리랑 같은 반이네요.

호루라기 소리가 들린다. 교사가 경기를 중단하고 아이들에게 뭔가 지시를 한다. 주의를 주는 것 같다. 다시 호루라기 소리가 들리고 경기가 재개된다. 양쪽 코트엔 이제 네댓 명의 아이들만이 남아 있다.

황세이라는 아이인데. 저기, 보라색 헤어밴드 한 아이. 보이세요?

그녀가 요리조리 공을 피해 다니는 세이를 가리킨다.

황세이? 세이? 아, 세이요. 세이 응원하러 오신 거구나.

여자의 목소리가 시큰둥해진다. 소리에게 무슨 이야기를 들은 걸까. 자신의 딸이 친구들과 합세하여 세이를 괴롭힌다는 사실을 이 여자도 알고 있는 걸까. 그녀는 억측과 오해 같은 것들이 무섭게 번져 나가지 않도록 마음을 다잡는다. 선인과 악인, 호의와 악의. 그렇게 이름을 붙이고 판단을 내린 뒤, 높다란 경계를 세우는 것만은 하지 않으려고 한다.

여자가 다시 명랑한 목소리를 낸다.

그럼 오늘은 쉬는 날이세요? 상담 센터 말이에요. 아직 상담은 하시는 거죠? 저도 언제 꼭 한번 가 보고 싶었는데. 그때 박사님 방송하실 때, 사람들한테 솔루션 주는 게 도움이 많이 됐거든요. 정말 좋았는데. 이제 안 하셔서 너무 아쉬워요.

이 여자는 뭐가 궁금한 걸까. 왜 어떤 호기심들은 이토록 무례한 방식으로 들이닥치는 걸까.

그녀는 아무런 내색도 하지 않는다. 누구에게도 흔들에 가까운 자신의 내면을 보일 필요가 없다는 걸 이제 그녀는 잘 안다. 때론 말을 꺼내고 삼키는 것 또한 뜻대로 할 수 없음을 냉정하게 깨우치게 된다.

방송을 하기엔 여러모로 제가 부족한 사람이더라고요. 그래도 그렇게 말씀해 주서서 고마워요. 상담 일은 당분간 쉬고 있어요. 언제 다시 시작할 수 있을지, 아직은 잘 모르겠어요.

다시, 호루라기 소리가 들린다.

경기가 중단된다. 웅성거리던 말소리가 그치고 주변이 조용해진다. 2반 코트 안에서 문제가 생긴 것 같다. 아이들은 바닥에 떨어진 공을 주울 생각도 않고 둥그렇게 모여서 있다. 웅성거리는 아이들의 목소리가 점점 커진다. 급기야 7반 아이들까지 2반 코트로 몰려가기 시작한다.

야, 똑바로, 세이, 죽었잖아, 황세이, 돌대가리, 똑바로, 황재수.

아이들의 고함 속에서 그런 단어들이 들렸다가 말다가 한다. 세이에게 무슨 일이 생긴 것일까. 아이들이 다시금 세이를 곤경 속으로 밀어 넣은 것일까. 학부모들이 못 참겠다는 듯 하나둘 천막 밖으로 걸어 나간다. 교사가 호루라기를 불며 학부모들에게 다가오지 말라는 손짓을 한다.

교사 두 명이 더 달려온다. 모여 서 있던 아이들이 천천히 물러나면서 이윽고 실상이 드러난다. 두 아이가 코트 바닥에 주저앉아 있다. 세이와 세이보다 체구가 작은 여자아이. 둘은 교사의 지시대로 몸을 일으킨 뒤 옷에 묻은 흙먼지를 털어 낸다.

소동은 그렇게 일단락되는 것처럼 보인다. 아니, 그럴 리가 없다. 고개를 숙이고 있던 세이가 그 아이에게 달려든다. 못 참겠다는 듯이. 가만두지 않겠다는 듯이. 세이는 손에 움켜쥐고 있던 모래를 던지며 몸을 날린다. 흙먼지와 함께 두 아이가 다시 바닥으로 나동그라진다. 교사들이 만류해 보지만 역부족이다. 두 아이는 서로 뒤엉킨 채 바닥을 구른다. 시끄러운 비명과 고함 사이에서 고집스럽게 입을 다문 세이의 모습이 보였다 말다 한다.

어머, 세상에. 이게 무슨 일이야.

가 봐야 하는 거 아니에요? 쟤 누구예요?

같은 반 애들 아니에요? 2반이죠? 맞죠?

학부모들 사이에서 잉기된 무ㅗ리기 오긴디. 그녀는 두 손으로 해를 가린 채 조금 더 코트 가까이 다가선다. 거기까지다. 그녀는 본다. 지켜보고 있다. 그 순간 그녀의 눈에 들어오는 건 아이들 사이에서 흔하게 벌어지는 몸싸움이 아니다. 그건 오래도록 아이를 괴롭히던 울분, 아이의 내면을 갉아먹던 외로움, 그리고 마침내 그런 것들에 휩쓸려 버린 자포자기의 마음이다.

마침내 몇 사람이 아이의 이름을 부르며 코트 쪽으로 뛰어간다. 몇 사람이 뒤쫓아가고, 몇 사람이 더 가세한다. 천막 아래 남아 있는 사람은 그녀 혼자다.

......

주현에게

날씨가 점점 무더워지네. 잘 지내지.

얼마 전 그 사람을 만났어. 노은아 씨. 박정기 씨의 부인. 중요한 용무가 있는 사람들처럼 카페에 마주 앉아서 그 사람과 대화를 나눴다고 하면 너는 믿을까. 그래, 사실 그건 대화는 아니었지. 그런 걸 바라고 나간 것도 아니었고. 그래도 어쩌면 대화라는 걸 할 수 있지도 않을까. 잠깐은 그런 게 가능하지 않을까. 생각한 기억이 난다. 그런 기대조차 하지 않았다면 거짓말이겠지.

내가 하고 싶은 말들. 해야 하는 말들. 나는 그 말들을 다 할 수 있을 거라고 믿은 건지도 모르겠다. 순진하고 어리석게도. 한 번쯤은 내 이야기를 들어 줄 거라고 생각한 건지도. 그러나 한편으로 네가 한 말들을 조금은 이해할 수 있을 것 같다. 그때, 네가 왜 그 사람의 가족들을 만나라고 했는지, 그것이 왜 나를 위한 일이라고 했는지. 이제는 정말 조금은 알 것도 같다.

실은 이런 이야기를 하려던 건 아니었는데.

주현아, 오늘은 조금 다른 이야기를 하려고 한다.

그때 그 일이 일어났을 때. 내가 끔찍한 혼돈 속에 있다고 생각했을 때. 너에게 저질렀던 잘못들, 실수들. 늦었지만 진심으로 사과하고 싶어. 그럴 수밖에 없었던 사정을 설명하려는 게 아니야. 그건 내 잘못이니까. 내가 잘못한 거니까. 지금에서야 당시 너의 마음을 헤아려 보게 된다.

그동안 네가 나에게 보여 준 마음들. 진심들. 그 모든 깃들을 니는 너무나 당연하게 여겼네. 고마운 줄도 모르고. 친구로서 너는 지금껏 단 한 번도. 나는 그렇게. 말을 하지 못한 것들.

모든 것들을 너무나 당연하게 여겼어. 고마운 줄도 모르고. 너는 한 번도. 지금껏 너는 단 한 번도 나에게. 그럼에도 불구하고, 고맙다는 말을 하지 못했던.

종일 비가 내린다.

그녀가 동물 병원 근처 카페에 도착했을 땐 바지 밑단과 신발이 흠뻑 젖어 있다. 걸음을 옮길 때마다 젖은 신발에서 물기가 새어 나온다.

어서 오세요!

출입문을 열고 들어가자 커피 머신 앞에 서 있던 직원이 인사한다. 테이블이 네 개뿐인 작은 실내엔 아무도 없다. 아니다. 조금 더 들어가자 안쪽에서 몸을 일으키며 알은체를 하는 남자가 있다. 세이의 아빠. 열 살짜리 여자애를 혼자 키우는 남자. 세이의 이야기 속에서 늘 축약되거나 생략되던 사람.

임해수 선생님이시죠? 안녕하세요. 저 세이 아빱니

다. 바쁘실 텐데 시간 내 주셔서 정말 고맙습니다.

안녕하세요. 처음 뵙겠습니다.

남자의 셔츠 칼라가 안쪽으로 말려 있다. 카키색 면 바지도 여기저기 구김이 가 있다. 남자가 몸을 움직일 때마다 매운 나프탈렌 냄새가 난다. 그녀는 물이 떨어지는 우산을 대충 정리하고 자리에 앉는다. 남자가 카운터로 가서 커피 두 잔을 가져온다.

세이도 같이 나오는 줄 알았는데요.

그녀가 묻고 남자가 답한다.

아, 저기 동물 병원에서 잠깐 기다리라고 했어요. 애가 없을 때 몇 가지 여쭤 보고 싶은 게 있어서요.

에어컨 바람 탓에 실내는 서늘하다 싶을 정도지만 남자는 계속 티슈로 이마와 얼굴의 땀을 닦아 낸다. 그런 후에는 축축한 티슈를 어떻게 해야 할지 모르겠다는 듯 한 손에 움켜쥐고 있다. 그가 움켜쥔 건 그것뿐만이 아니다. 그는 뜨거운 커피가 담긴 컵을 매만지며 말이 없다. 말을 힘껏 쥐고 있는 사람 같다.

세이는 어때요? 좀 괜찮아요?

결국 그녀가 대화를 시작한다.

세이요? 모르겠어요. 물어보면 대답을 잘 안 해요. 어떤 때는 괜찮은 것 같은데 또 어떤 때는 무슨 생각을 하는지 도통 모르겠어요. 제가 둔해서 그런 건지, 저한테는 말을 하기가 싫은 건지. 애가 크면 클수록 점점 더 어려워지네요. 아, 그날 경기할 때 옆에 계셨다고 들었어요. 거기 계셨다고요.

네, 맞아요. 세이가 시합을 보러 오라고 해서 갔던 거예요. 저는 다른 학부모들이랑 천막 아래 서 있었고요. 그 아이 부모님이랑은 이야기해 보셨어요?

남자의 얼굴이 침통해진다. 이마를 문지르는 남자의 손이 굵고 거칠다. 바짝 자른 손톱 주변은 까맣고, 불거져 나온 핏줄 주변으로 붉은 흉터 자국이 선명하다.

알고 계신지 모르겠지만 세이 엄마랑 저는 별거 중이에요. 지금은 제가 일이 또 정신없이 많을 때라서. 일단 애 엄마한테 말을 해 놓긴 했는데, 그쪽 부모랑 대화하는 게 쉽지가 않은 모양이에요. 우리 애도 똑같이 다쳤는데 대놓고 왜 죄인 취급을 하는지 모르겠어요. 솔직히 전 그 사람들이랑 얘기할 엄두도 안 납니다. 무슨 말이 통해야 이야기를 하죠.

심각한 상황인가요?

처음 통화할 때 대번에 진상 조사니, 학폭이니 그런 정신 나간 소리를 했다고 하더라고요. 우리 애를 대놓고 괴물 취급하는데 그걸 가만히 듣고 있을 부모가 몇이나 되겠어요. 보셔서 아시겠지만 세이는 정말 그런 애가 아닙니다. 걔가 그랬다면 무슨 이유가 있겠죠. 아무 이유도 없이 그럴 애가 아니니까요.

남자는 치솟는 감정을 억누르듯 잠시 말을 멈춘다. 남자의 목울대가 고요히 오르내린다. 그녀는 차분하게 남자의 다음 말을 기다린다.

아무래도 애가 따돌림을 받고 있었던 모양이에요. 한 번도 이런 일이 없었는데. 자기 딴에도 얼마나 속이 상했으면 그랬을까 싶고. 정말 마음 같아선 찾아가서 학교고 뭐고 그냥 끝장을 볼까 싶은 마음이 하루에도 몇 번씩 드는데. 죄송합니다. 이런 하소연이나 하자고 뵙자고 한 게 아닌데.

남자는 흘러나오는 말을 막듯 다시 입을 다문다. 그러나 커피 한 모금을 마신 뒤에는 못 참겠다는 듯 비슷한 이야기를 반복한다.

그쪽 부모는 세이가 먼저 달려들었다고 난리랍니다. 선후를 그렇게 따지는 사람들이 우리 애가 왕따 당한 건 별일 아니라는 식으로 취급하고. 솔직히 진짜 이해가 안 갑니다. 애 엄마가 없어서 이렇게 무시하나 싶고. 가뜩이나 별거 시작하고 기가 죽어 지내는 애인데. 이 일로 또 얼마나 상처를 받을지도 모르겠고. 아, 죄송합니다. 제가 자꾸만.

남자는 움켜쥔 티슈로 계속 땀을 닦는다. 남자의 마음도 손에 쥔 그 티슈 뭉치와 다를 바가 없다. 남자는 자신의 마음을 구겼다가 펼치고, 펼쳤다가 다시 구겨 버린다. 그의 마음은 이제 똑바로 읽을 수 없을 정도로 너덜너덜하다. 남자의 얼굴이 일그러진다.

그녀는 다른 이야기를 한다.

세이한테 고양이 이야기는 들으셨죠?

예? 고양이요? 아, 네. 들었습니다. 아픈 고양이를 구했다고 하더군요.

보셨어요? 지금 병원에 있는데요.

아직요. 이따가 가서 보려고요. 사실 그것도 고민인데. 집에서 동물을 키운다는 게 쉬운 일이 아니잖아요.

집도 좁고, 애 하나 돌보기도 버거운데 아픈 고양이까지.

대화가 잠시 끊긴다. 그녀는 식은 커피를 조금씩 맛본다. 그러면서 이런 생각을 한다. 이 남자는 왜 자신을 만나자고 한 걸까. 세이에게 무슨 이야기를 들은 걸까. 세이를 위해서, 그녀가 이 남자에게 반드시 해야 할 말은 무엇일까. 반대로 결코 해서는 안 되는 말은 무엇일까.

전 상담사였어요. 세이한테 들으셨죠?

네, 압니다. 유명하신 분이라고, 인터넷에 이름도 뜬다고. 어느 날 세이가 그러더군요.

세이가요?

예.

그녀는 그 대답에 약간 충격을 받는다. 아이는 그녀에 대해 얼마나 알고 있는 걸까. 언제, 어디에서, 무엇을 어떻게 알게 된 걸까. 그녀가 일일이 확인할 수 없는, 뜬소문 같은 정보를 얼마나 찾아본 걸까.

그녀는 뻗어 나가는 생각을 물리치며 말한다.

그럼 편하게 말씀드릴게요. 전 박정기라는 배우에 대해 말한 적이 있어요. 방송에서요. 전 그 사람이 무례하고 무책임하고, 구제불능에 한심한 작자라고 말했어요.

이런저런 구설에, 제무 불이행에, 동료들과 싸움질까지. 도대체 배우라는 사람이 어떻게 인생을 이따위로 살 수 있지, 생각했거든요. 몇 달 뒤에 그 배우는 자살했어요. 아마 뉴스에서 보셨겠죠. 저는 사람을 죽인 사람이 됐어요. 말로 사람을 살리는 사람이 아니라, 말로 사람을 죽이는 사람이 된 거죠.

그녀의 목소리는 차분하고 흔들림이 없다. 그건 그녀가 자신으로부터 한 걸음, 또 한 걸음 최선을 다해 물러서고 있기 때문이다. 자기 연민과 자기 비하. 더는 그런 것들에 휩쓸리지 않으려고 애쓰기 때문이다. 하지만 그런 것이 정말 가능할까. 남의 일을 말하듯 스스로에 대해 냉정을 유지하는 게 가능할까. 그런 게 어떻게 가능할 수 있을까.

그러므로 그 순간 그녀가 아무렇지 않다는 건 거짓말이다. 그건 보이는 것에 불과하다. 그녀는 분명히 고통이라 할 만한 감정을 느끼고 있다. 수치심과 모멸감 없이 그날의 일을 언급하는 것이 불가능에 가깝다는 걸 그녀는 모르지 않는다.

전 그 일로 방송 일을 그만뒀어요. 오래 일했던 상담

센터도 그만두게 됐고요. 한동안 전 아무 일도 하지 않고 지냈어요. 아무도 만나지 않고, 누구와도 연락하지 않고, 그냥 언제까지나 그렇게 살면 된다고 생각했어요. 그러다가 세이를 만난 거예요. 지난봄에. 집 앞 골목에서요.

남자는 듣고 있다. 느닷없이 시작된 그녀의 이야기가 어디로 나아갈지 알 수 없다는 눈빛으로. 어떤 식으로든 자신이 원하는 말에 가닿기를 바라는 표정으로. 그녀는 남자가 기다리는 말이 어떤 종류의 것인지 잘 안다. 위안과 위로를 주는 말이 무엇인지 모르지 않는다. 눈을 깜빡이면 사라져 버릴 말들. 돌아서면 휘발되어 버릴 말들. 그런 말을 건네는 건 너무나 쉬운 일이다.

그녀는 그럴 마음이 없다. 그건 남자에게도, 세이에게도 도움이 되지 않는다.

세이는 좋은 아이예요. 그건 틀림없어요. 세이는 길에 사는 고양이들을 보살필 줄도 알고, 누군가와 친구가 되는 법도 잘 알아요. 마음이 따뜻하고 속이 깊은 아이예요.

남자의 눈썹이 꿈틀거린다. 짙은 눈썹과 부드럽게 쳐진 눈매. 동그란 콧잔등과 좁은 인중. 얇고 긴 입술까지. 남자의 얼굴 속에 익숙한 세이의 모습이 어른거린다.

그렇지만 이 일은 에이기 먼저 시끼해야 해요. 이번 일에 대해서는 그렇게 할 수밖에 없어요. 사과해야 한다고 말해 주세요. 사과하는 법을 알려 주세요. 그래야 한다고 가르치세요. 이게 제가 하고 싶은 말이에요.

차분하게 그녀의 말을 따라오던 남자의 얼굴이 굳는다. 막다른 골목에 이른 것처럼 당혹스러운 기색이 어린다. 남자는 무슨 말을 더 할 것처럼 입을 열었다가 그대로 다물어 버린다.

시시비비를 가리기도 전에 판결이 나고, 낙인이 찍히고. 그런 오해 속에서 아이가 감당해야 할 괴로움을 짐작하느냐. 남자는 묻고 싶은 것 같다. 당신도 그 뻔뻔스러운 아이 부모와 다를 바가 없구나. 그녀를 탓하고 싶은 것 같다. 아니, 도대체 누구 편을 들고 있는 거냐고 소리치고 싶은 건지도 모른다.

억울하고 부당한 것들을 호소하고 싶은 남자의 마음을 그녀가 모를 리 없다. 그러므로 그녀는 보드랍고 나긋나긋한 말로 남자를 위로하는 척 위선을 떨 마음이 없다. 이대로 문제를 덮고, 그녀가 알 수 없는 먼 훗날, 아이가 이런 비슷한 곤경에 처하도록 내버려 둘 수 없다. 그래서는 안 된다.

세이가 사과하면 정리되는 문제예요. 다른 문제들은 그다음에, 그 이후에 방법을 찾고 해결하면 돼요. 이 일로 세이가 훼손되는 일은 없어요. 그럴 만한 일도 아니고요. 세이는 중요한 걸 배울 거예요. 아이가 배울 수 있도록 도와주세요. 같은 실수를 반복하지 않게요.

남자가 무슨 말을 할 것처럼 상체를 바로 세운다. 그녀는 못을 박듯 분명히 말한다.

간단한 문제예요. 순서대로 해결하면 되는 일이에요. 상황을 복잡하게 만들 필요가 없어요.

......

며칠이 지난다.

지치지 않고 타오르던 여름의 열기가 식는다. 하루가 멀다 하고 이어지던 열대야도 누그러진다. 밤에는 창으로 들어오는 바람이 제법 선선하다고 느낄 정도다. 드디어 뜨거움의 기세가 꺾이고 여름이 물러날 준비를 하는 것일까. 지금껏 그녀의 여름은 열기와 더위를 피할 수 있는 곳에서 신속하게 흘렀다. 오래도록 그녀에게 이름은 그저 멀리서 내다보는 풍경에 불과했다. 그리고 올해 그녀는 여름 한가운데에 있었다. 그녀는 이 계절을 맨몸으로 통과했다고 생각한다.

한밤에 그녀는 소파에 비스듬히 누운 채 텔레비전을 본다.

온기라고는 없는 푸르스름한 불빛 속에서 어떤 사람들이, 어떤 형체들이 무시로 모습을 바꾸며 나타났다가 사라지길 반복한다. 그녀는 고양이처럼 몸을 웅크리고 멍하니 화면을 응시하는 중이다. 그녀가 보는 건 텔레비전 화면이 아닐지도 모른다. 그녀가 보는 건 다른 시간, 다른 차원의 것인지도 모른다.

문득 떠오르는 장면들. 다 잊었다고 여긴 기억들. 틀림없이 그녀가 지나온 순간들.

그녀는 점점 더 또렷해지는 생각을 뿌리치듯 자리에서 일어난다. 그런 뒤엔 텔레비전을 끄고 방으로 들어온다. 그녀는 잠시 책상에 앉아 본다. 매일 늦은 오후, 그녀가 사람들에게 편지를 쓰던 곳이다. 한동안 그녀는 편지를 쓰지 않고 지냈다. 그런 식으로 뭔가를 쓰지 않고도 하루를, 한 주를, 한 달을 보낼 수 있음을 배웠다. 그녀는 자신 안에 뭔가 쓰고 싶은 마음이 더는 남아 있지 않음을 깨닫는다.

다음 날, 그녀는 아침 일찍 일어난다.

순무가 퇴원하는 날이다. 그녀는 집 안을 대충 청소하고 오전 10시가 되기 전에 집을 나선다. 병원까지는 걸어가기로 한다. 흐린 날씨다. 낮게 깔린 구름 사이로 햇살이 잠깐씩 드러난다. 그녀는 조금씩 보폭을 넓히며 걸음을 빨리한다.

세이는 병원에 먼저 와 있다.

안녕하세요.

그렇게 인사하는 건 세이 곁에 앉아 있던 여자다. 세이의 엄마. 한 달에 한 번 아이를 만나러 온다는 여자. 여자에게서 은은한 장미 향이 난다. 코가 매운 알코올 냄새 같은 것도 섞여 있다.

세이 어머니시죠. 처음 뵙겠습니다.

그녀가 인사한다. 그녀의 시선이 자꾸만 여자의 손끝으로 간다. 길고 매끄러운 손톱, 반짝이는 큐빅과 펄, 화려한 색감과 앙증맞은 무늬 같은 것들이 계속 시선을 잡아끄는 탓이나.

아, 이거. 색이 좀 진하죠? 제가 네일 숍을 하거든요. 새 컬러 들어오면 홍보도 할 겸 바르는데, 이번엔 좀 과하게 됐어요. 손님들이 관심 없는 게 이거 때문인가. 아무래도 다시 해야 할까 봐요.

여자가 보란 듯 열 손가락을 펼치며 수줍게 웃는다. 그녀는 화답하듯 웃어 보이고는 세이에게 친근하게 말을 건다.

세이, 일찍 왔구나. 눈은 왜 그런 거야, 다쳤어?

오른쪽 눈에 안대를 한 아이는 그녀를 비스듬히 올려다보며 고개를 까닥한다. 아이는 어딘가 의기소침해 보이고, 컨디션이 저조한 것 같기도 하다. 아니, 어쩌면 그 나이 때 아이들처럼 엄마 앞에서 어리광을 부리고 있는 건지도 모른다.

세이야, 어른이 물으면 대답을 해야지. 고개만 끄덕이면 돼?

아이는 제 엄마 쪽은 바라보지도 않고, 마지못해 한마디한다.

다친 건 맞는데 별거 아니에요. 이틀이면 괜찮아진대요.

아이의 목소리가 퉁명스럽다. 그녀는 세이가 왜 학교에 가지 않고 이곳에 있는지, 그때의 소동은 어떻게 마무리되었는지 묻지 않는다. 대신 다른 이야기를 한다. 은행나무 공터의 고양이들에 관한 이야기다. 그곳에서 아주 작고 귀여운, 순무와 꼭 닮은 새끼 고양이를 보았다는 말이다.

진짜요? 아줌마 거기 가 봤어요? 언제요?

아이의 표정이 환해진다. 그녀는 그곳에 튼튼한 나무 상자로 만든 새로운 밥 자리가 생겼다고 말한다. 고양이들이 비를 피할 수 있는 플라스틱 집도 있다고 알려 준다.

이따가 저도 가 볼래요. 엄마, 나 아줌마랑 거기 가도 되지?

아이는 노련하게 엄마의 승낙을 얻어 낸 뒤 그녀를 향해 웃어 보인다.

그 순간, 그녀를 사로잡고 있던 두려움이 가신다. 세이가, 세이의 엄마가, 자신에 대해 오해할 수 있다고 여겼던 마음들. 선의와 호의가 왜곡되고 더럽혀질지도 모른다는 우려들. 그녀에게 가해지던 가차 없는 심판들. 세이와 여자에게선 그런 기색을 찾아볼 수 없다.

세이기 보는 건 지금 눈앞에 서 있는 그녀다. 그녀 역시 마찬가지다. 그녀가 마주하고 있는 아이는 씩씩하고 다정하고 솔직하다. 그건 변함이 없다.

세 사람은 진료실에 나란히 앉아 순무의 건강 상태를 듣는다. 의사가 건조한 목소리로 말한다.

염증이 가라앉질 않아서 수술이 늦어졌어요. 일단 어금니는 위아래 전부 발치를 했고, 송곳니는 남겨 놨어요. 약을 드릴 테니까 몇 주 먹이면서 한번 지켜보죠.

그렇게 순무의 퇴원 절차가 끝이 난다. 간호사가 진료 내역서 항목을 하나씩 확인해 준 뒤 총 결제 금액을 알려 준다. 그녀가 신용카드를 건네자 간호사가 잊고 있었다는 듯 일부 금액이 먼저 결제되었다고 말한다.

결제를요? 누가요?

곁에 다가온 세이의 엄마가 소곤거린다.

제가 조금 했어요. 마음 같아선 전부 하고 싶었는데 그냥 할 수 있는 만큼만 한 거예요. 우리 세이도 잘 챙겨 주시고 여러 가지로 감사해서요.

아니에요. 순무도 맡아 주신다고 하시고, 감사는 제가 해야 하는데요.

제가 맡나요, 뭐. 세이가 맡는 거죠. 키우게만 해 주면 잘 돌보겠다고 큰소리쳤으니까 잘하겠죠. 부디 그러길 바라야죠.

그녀가 대답할 말을 찾는 사이 여자는 경쾌한 목소리로 되묻는다.

참, 식사는 하셨어요? 안 하셨으면 근처에서 점심 드시면 어때요? 순무는 잠깐 여기 뒀다가 와서 데려가면 되니까요.

그녀가 마다할 이유가 없다. 그녀는 기쁜 마음으로 그러자고 한다.

아줌마, 근데 그거 아세요? 피구는 진짜 멍청한 게임이에요.

근처 식당으로 가는 길에 아이가 소곤거린다. 아이의 엄마는 몇 걸음 뒤에서 전화 통화를 하느라 정신이 없다. 컬러, 관리, 예약, 고객님, 불만, 서비스 같은 단어가 들렸다가 말다가 한다.

왜, 경기에 져서? 져서 속상해?

그녀가 묻고 아이가 그녀를 올려다보며 답한다.

아뇨. 그게 아니고요. 엄청 많이 연습해도 지는 건 너무 급방이잖이요. 엄청, 엄청, 엄청 많이 연습해도 공에 맞으면 그걸로 끝이잖아요.

연습은 그냥 연습이잖아. 진짜 시합은 연습한 거랑은 다르고, 진짜 시합이 어떻게 되는지는 아무도 알 수 없는 거니까.

그녀가 답하고 아이가 되묻는다.

그럼 뭐 하러 연습해요? 아무 도움도 안 되는데요.

진짜 그렇게 생각해?

아줌마는 그렇게 생각 안 해요?

아이가 묻는 건 정말 피구에 관한 것일까. 어쩌면 삶에 관한 것이 아닐까. 아이는 그녀에게 질문을 하는 것일까. 선문답 같은 대화를 통해 교훈을 주려는 것일까.

물론이지. 그렇게 생각 안 해. 시합은 다시 시작하면 되니까. 지는 쪽이 언제나 배우는 게 더 많은 거야.

정말 그런가. 진짜 그렇다고 말할 수 있나. 그녀는 생각한다. 그러나 놀랍게도 자신이 한 그 말에서 위로라고 할 만한 것을 얻는다.

·········

이한성 대표님께

안녕하세요.

임해수입니다.

저는 센터의 결정을 받아들이기로 했습니다.

일전에 제가 요청했던 마지막 회의록은 보여 주지 않으셔도 됩니다. 조민영 씨와 관련된 사안들도 더는 묻지 않으려고 합니다. 제가 상담했던 내담자들의 기록은 그분들에게 의사를 묻고, 원하는 대로 처리해 주셨으면 합니다. 센터에 남은 제 물건들도 알아서 처분하시면 됩니다.

마지막으로 대표님께 감사하다는 말씀을 드립니다. 처음 센터를 오픈할 때부터 지금까지, 섬세하게 저를 배려해 주신 것을 잘 알고 있습니다. 센터가 지금처럼 성장하는 동안 저 역시 많은 것을 배우고 얻었습니다. 그곳에서 일할 수 있는 것이 큰 행운이었다는 것을 잘 알고 있습니다. 일하는 동안 제가 누릴 수 있었던 즐겁고 행복한 시간들을 오래 간직하겠습니다.

항상 건강하세요.

고맙습니다.

며칠 후 그녀는 변호사를 만난다.

변호사는 지치고 피로한 얼굴로 그녀를 맞이한다. 그
녀는 처음 이곳을 방문할 때처럼 가구라고 할 만한 게 거
의 없는 회의실에서 변호사와 마주 앉는다. 회의실 너머
에서 전화벨 울리는 소리가 끈질기게 이어진다. 사람들의
발소리와 말소리 같은 것들이 가까워졌다가 멀어진다.

그녀가 용건을 밝히자 변호사가 한참 만에 답한다.

뭐, 결정은 박사님이 하시는 거지만 제가 봤을 때 이
건 합리적인 선택은 아닙니다. 이대로 덮는다고 해서 해
결될 일이 아니에요. 추후에 어떤 문제가 발생할지 장담
할 수도 없고요. 어쨌든 불씨를 남기는 거잖아요.

이전에도 그녀가 수없이 들었던 말이다. 변호사가 손
에 쥔 펜을 빙글빙글 돌린다. 굵고 묵직한 볼펜이 변호사
의 엄지 위에서 빠르게 회전한다.

어떤 문제요? 어떤 문제가 생기나요?

과거의 그녀였다면 그렇게 되물었을 것이다. 그러면

변호사는 그녀가 잃은 것과 잃어 가는 것, 잃을지도 모르는 것들을 냉정한 목소리로 읊어 주었을 것이다. 그러면 그녀는 눈을 감아 버렸을 것이다. 아무것도 보이지 않는 상태에서 변호사가 하는 조언을 지팡이 삼아 어떻게든 뒷걸음질 치려고 했을 것이다.

이런 경우는 일단 행동을 보여 주는 게 가장 좋아요. 본보기로요. 작정하고 악플을 계속 남기는 몇 사람만 명예훼손으로 걸어 보죠. 어차피 시일이 좀 지난 케이스라 크게 소란스럽진 않을 겁니다.

누군가 회의실 문을 두드리고, 문틈으로 고개를 디민 채 무슨 말인가를 소곤거린다. 변호사는 알았다는 듯 고개를 끄덕이고 손을 내젓는다.

아니요. 괜찮아요. 전 아무것도 할 생각이 없어요. 그럴 필요도 없고요.

그녀가 답한다.

변호사는 볼펜으로 가볍게 책상을 두드리며 그녀와 눈을 맞춘다. 이대로 그냥 물러설 거냐고, 변호사는 묻고 싶은 것 같다. 지금은 알 수 없는 어떤 문제들이 발생할 여지를 남기는 거냐고, 나중에 그 모든 일을 감당할 각오가 되어 있느냐고, 질문하고 싶은 것 같다. 변호사는 어떻게 이런 바보 같은 결정을 내릴 수 있는지 이해할 수 없는 표정이다.

그래요. 뭐, 그렇게 마음을 정하셨다니 더 말하진 않겠습니다. 한 가지만 말씀드리죠. 박사님, 사람을 너무 믿으시면 안 됩니다. 선의라는 건 좋을 때나 선의예요. 상황이 바뀌면 다들 선의를 가장 먼저 버립니다. 예외 없이요. 어떤 경우든 최악을 생각하셔야 해요.

변호사의 말은 진실일 것이다. 수년간 수사기관과 사법기관을 제 집처럼 드나들며 그가 몸으로 체득한 사실임에 틀림없다. 죄와 처벌의 저울을 다루는 협상가들. 논리와 비약 사이를 메꾸는 베테랑들. 빈틈과 허점을 노리는 승부사들. 분쟁에 단련된 싸움꾼들.

그러나 그녀는 변호사처럼 살아오지 않았다. 그러므로 변호사처럼 생각할 수 없다. 그녀는 상담사였다. 수없이 많은 사람들의 내면에 나약하기 짝이 없는 상처받은 마음이 있다는 걸 확인해 왔다. 그런 마주침은 선의와 연민에 기대지 않고는 불가능한 것이다.

이제 그녀에게 남은 건 그런 믿음뿐인지도 모른다.

그녀에게 남겨진 것. 그녀가 잃지 않은 것. 그러므로 그녀가 지켜 낸 것이라고 말할 수 있는 걸까. 그렇게 말해도 되는 걸까.

네, 그럴게요. 고맙습니다.

그녀는 그렇게 대답하고 그곳을 나온다.

그날 오후, 그녀는 세이와 함께 은행나무 공터로 간다. 화창한 오후다. 푸르다 못해 새파랗기까지 한 맑은 하늘에 하얀 뭉게구름이 떠 있다. 여름의 한가운데. 그러나 자세히 보면 여름이 서서히 물러나고 있는 기색이 분명하다.

엄마 집에는 잘 다녀왔어?

그녀가 묻고 아이가 답한다.

네, 두 밤 자고 왔어요. 피자랑 치킨도 먹고요. 근데 아줌마, 거기 순무 방도 있어요. 좀 작긴 한데 제가 엄청 예쁘게 꾸며 줬어요. 거기 제 방도 있어요! 지금 방보다 훨씬 커요. 볼래요?

아이는 스마트폰을 열고 사진 여러 장을 보여 준다.

사진을 고르는 아이의 눈가가 반사적으로 꿈틀거린다. 아이는 이제 안대를 쓰지 않는다. 그러나 여전히 흰지 위에 빨갛게 피가 맺혀 있다. 눈꺼풀에 남은 기느다란 상처까지 아물려면 시간이 더 필요할 것이다. 그녀는 아이에게 언제 엄마 집으로 가게 되느냐고 묻지 않는다. 그 사건이 어떻게 정리되었는지도 묻지 않는다.

어른들이 나서서 줄다리기에 가까운 사과와 보상을 주고받고, 결국 세이가 전학을 가는 결정이 내려졌다고 해서 그 문제가 완전히 해결된 것은 아니니까. 지금은 세이의 내면에 가만히 숨죽이고 있는 것들이 언제 몸을 일으킬지 알 수 없으니까. 그러므로 이건 가까스로 도달한 휴전의 상태인지도 모른다.

아이에겐 자신과의 싸움이 남아 있다. 아이는 그 싸움이 끝난 뒤에 알게 될 것이다. 무엇을 잃고, 무엇을 얻었는지. 자신이 지켜 낸 게 무엇인지.

눈은 괜찮아? 여기 봐, 이거 몇 개인지 보여?

그녀는 바보처럼 손가락 두 개를 빠르게 흔들어 보인다. 구식 유머. 촌스러운 장난. 그녀가 아이였을 때 어른들이 하던 유치한 놀이.

두 개잖아요. 눈은 완전 잘 보이거든요.

그렇게 대답하는 아이가 얼굴을 장난스럽게 찌푸린다.

은행나무 공터엔 아무도 없다. 나무로 만든 밥 자리와 튼튼한 플라스틱 상자 서너 개뿐이다. 두 사람이 다가가자 둥그렇게 모여 있던 비둘기들이 한꺼번에 날아오른다. 노랗게 흙먼지가 일어난다.

우아, 진짜네요? 아줌마, 이거 진짜 좋아 보여요. 완전 튼튼해요! 마루 아줌마가 한 거겠죠?

아이의 말은 사실이다. 밥 자리 귀퉁이에 이름과 전화번호, 무단으로 폐기할 시에는 대응하겠다는 문구가 야무지게 붙어 있다. 마루맘의 전화번호다.

세이는 말끔하게 세팅된 사료와 물, 플라스틱 상자 안을 살펴본 뒤 본격적으로 고양이들을 찾아다니기 시작한다. 탁 트인 공터 주변을 이리저리 둘러보다가 수풀이 우거진 쪽을 살피고, 은행나무 뒤편으로 걸어 들어가기까지 한다.

아줌마!

한참 만에 아이가 그녀를 부른다. 그녀가 다가가자 아이가 고개를 들고 은행나무 뒤쪽을 가리킨다. 거기 은행나무 한 그루가 더 있다. 거의 일직선으로 자리한 탓에 멀리서는 한 그루로 보였던 나무다. 앞에 서 있는 나무보다 뒤쪽에 서 있는 나무가 훨씬 크고 푸르다.

나무가 두 개였어요. 아줌마도 몰랐죠?

그러네. 한 그루인 줄 알았는데, 그지?

그녀는 그렇게 답하며 은행나무를 올려다본다. 그녀가 수시로 시선을 빼앗겼던 푸르름의 실체가 실은 뒤쪽에 자리한 나무 덕분이었다는 사실에 놀라면서. 책에서나 읽을 법한 이런 류의 이야기가 현실 세계에 이처럼 분명히 존재한다는 사실에 이상한 감동을 느끼면서.

아니다. 그녀는 이런 생각을 한다. 이처럼 모든 것이 다른 모든 것에 기대어 있는 것이라면 자신은 무엇에 기대고 있는 걸까. 반대로 자신에게 기대고 있는 것은 무엇일까. 그리고 그렇게 생각할 때 그녀의 머릿속에서 떠오르는 어떤 이름들이, 어떤 순간들이 있다.

한참 만에 수풀 쪽에서 고양이 두 마리가 조심스럽게 모습을 드러낸다. 하얀 고양이와 순무와 꼭 닮은 새끼 고양이다. 아이가 넓적한 돌멩이 위에 캔 사료를 조금씩 덜어 준다. 고양이들은 차례로 다가와서 그것들을 꼼꼼히 핥아먹은 뒤 두 사람 주변을 배회한다.

두 사람은 그곳에 조금 더 머문다. 그곳에서 새들을

사냥하려는 고양이들을 구경하고, 느긋하게 앞발을 핥으며 해를 쬐는 고양이들을 관찰하고, 플라스틱 상자 안에서 잠을 청하는 고양이들을 지켜본다.

평화로운 오후. 정지한 것처럼 고요한 시간이다.

그러나 이 순간에도 시간은 흐르고 있다. 막바지에 이른 더위가 물러나면 서늘한 바람이 불고 눈이 내리는 겨울이 올 것이다. 시간은 쉬지 않고 앞으로 나아갈 것이다. 그건 막을 수 없다. 그녀 역시 마찬가지다. 살아 있는 모든 것들이 그렇듯 지금의 시간을 지나 다음의 시간으로, 그다음의 시간으로 나아갈 의무가 그녀에게도 있다.

그러니까 오래도록 꿈쩍도 하지 않던 그녀의 시간이 비로소 기지개를 켜고 숨을 쉬기 시작한 것일까. 드디어 움직이기 시작한 걸까. 그녀는 그런 생각을 하는 스스로에게 놀란다.

세이야, 아줌마가 유명한 상담사였던 거 알지? 신문 기사에도 나오고, 텔레비전에도 나왔던 거 알고 있지?

공터를 나서는 길에 그녀가 묻는다. 고양이들에게 인사하느라 조금씩 뒤처지며 걷던 아이가 네, 하고 건성으로 답한다. 그녀는 걸음을 늦추지 않고, 아이를 돌아보지도 않고, 계속 말한다.

그녀에게서 비롯된 그 사건의 시작과 끝에 대해, 그녀가 건너야 했던 시간과 지나야 했던 계절에 대해. 아이가 이미 알고 있을지도 모르는, 그러나 끝내 다 알 수 없는 순간들에 대해. 지금은 아무것도 모르는 아이가 언젠가 마주해야 하는 길고 어두운 밤에 대해.

네? 아줌마 뭐라고 했어요? 저 잘 못 들었어요.

흙먼지를 일으키며 뛰어온 아이가 되묻는다.

고맙다고 했어. 세이가 있어서 좋다고.

그녀는 다만 그렇게 말한다.

......

세이가 오기로 한 날은 토요일이다.

비가 올 것처럼 흐리던 날씨는 정오에 가까워질수록 맑게 개기 시작한다. 그녀는 집 안의 창문을 모두 열고 나지막하게 라디오를 켠다. 그런 후에는 창고에서 접이식 테이블 두 개를 차례로 꺼내 온다. 두 손으로 들고 옮겨야 할 정도로 크고 묵직한 테이블이다. 그녀는 테이블의 먼지를 제거하고 깨끗하게 닦는다. 그런 후엔 테이블 놓을 자리를 마련하기 위해 방으로 들어간다.

그녀는 책상 위에 어지럽게 널려 있는 잡동사니를 정리하기 시작한다. 커다란 비닐 봉투를 가져와 쓸모없는 것들을 담는다. 알록달록한 클립과 집게, 구깃구깃해진 수첩과 달력, 홍보지와 자료집, 기한이 지난 세금 고지서와 명세서. 언제, 어디서, 누구에게 받았는지 기억나지도 않는 명함과 엽서. 고장난 볼펜과 오래된 메모들. 오래도록 펼쳐 보지 않은 책들까지.

그런 후엔 책상 한쪽에 쌓아 둔 편지 뭉치를 집어 든다. 매일매일 그녀가 썼던 편지들. 끝까지 쓴 적도 없고, 보낸 적도 없는 편지들. 그녀가 필사적으로 찾고 골라 쓴 말들. 그녀는 그것들을 미련 없이 비닐 봉투 속에 넣는다. 책상이 말끔해진다. 내친김에 그녀는 서랍과 책장도 정리한다. 틀림없이 쓸 곳이 있다고 여긴 것들. 언젠가 필요하다고 믿던 것들. 죽어도 버릴 수 없다고 생각한 것들. 그녀는 오래 고민하지 않는다.

조금씩 빈 공간이 생겨나기 시작한다. 등줄기로 땀이 흐른다. 이따금씩 창문 너머로 매미 소리가 자욱하게 밀

러왔다가 찾아틀길 반복한다. 청소가 끝나자 미좁고 답답하게 느껴졌던 방은 훨씬 넓어 보인다. 그녀는 방 한가운데 접이식 테이블 두 개를 나란히 펼치고 수평을 맞춘다. 그런 후엔 등받이가 있는 의자를 가져와 높이를 알맞게 조정해 본다.

그녀는 숨을 고르듯 잠시 그 의자에 앉는다.

그런 다음 그곳에 앉은 아이가 보고, 듣고, 느끼게 될 것들을 섬세하게 살핀다. 어렵게 열린 아이의 마음이 닫힐 여지를 남기지 않겠다는 듯이. 적어도 아이의 신경을 곤두서게 하는 것은 남겨 놓지 않겠다는 듯이. 그녀의 시선이 익숙하고도 낯선 방 안을 느리게 오간다.

세이는 오후 2시가 되기 전에 온다. 그녀가 막 쓰레기 봉투 여러 개를 마당으로 내놓았을 때다.

이거요. 엄마가 드리라고 했어요.

대문을 열자 산뜻한 차림새의 아이가 서 있다. 그녀를 보자마자 아이가 조그마한 쇼핑백을 건넨다. 롤케이크과 수제 초콜릿 한 상자가 든 쇼핑백이다. 아이는 현관 앞에서 제 신발을 가지런히 정리하고 집 안으로 들어온다. 그런 후엔 소파에 다리를 올리고 비스듬히 앉는 대신 허리를 반듯하게 세우고 앉는다. 아이는 제 엄마가 비밀스럽게 당부한 사항들을 성실히 따르고 있는 것 같다.

세이, 점심은 먹었어? 아줌마랑 이거 같이 맛볼까?

그녀가 쇼핑백에 든 상자를 꺼내 보인다.

전 엄마랑 밥 먹고 왔어요. 그건 선생님 거예요.

선생님? 세이, 너 왜 아줌마를 그렇게 불러?

그녀가 놀란 목소리로 되묻자 세이의 얼굴에 수줍은 미소가 번진다.

몰라요. 그냥, 엄마가 그렇게 부르랬어요.

그녀는 그런 호칭을 쓸 필요가 없다고 부드럽게 일러준다. 그건 진심이다. 아이와 그녀는 오늘 처음 만나는 게 아니니까. 그녀를 거쳐 갔던 수많은 내담자들처럼 서로에게 깍듯하게 호칭을 쓰며 모든 것을 처음부터 하나씩 차근차근 알아 갈 필요가 없는 사이니까.

그러나 그것이 아이를 완벽하게 이해한다는 의미는 아니다. 아이의 내면에는 그녀가 알 수 없는 모습이 있다. 그녀가 예상한 적 없고, 짐작할 수 없는 면면이 있다. 해가 뜨고, 날이 저물고, 계절이 바뀌는 것처럼 그것은 생동하는 것이다. 아이가 살아 있는 동안엔 그녀가 결코 따라잡을 수도, 다 알 수도 없는 것이다.

그녀는 사방이 탁 트인 거실에서 잠시 시간을 보낸 뒤 아이를 방으로 이끈다.

아이는 조금은 긴장한 표정으로 그녀를 뒤따라온다. 그녀는 의자를 빼 주고 아이가 자리에 앉을 시간을 준다. 아이는 곧 편한 자세를 찾는다. 그녀는 천천히 방을 둘러보며 채광과 온도 같은 것들을 한 번 더 점검한다. 그런 후에는 주방으로 가서 시원한 오렌지주스 두 잔을 가져온다. 테이블 위에 잔을 내려놓은 뒤에는 갑 티슈를 챙겨 오고, 초콜릿 서너 개도 내온다.

그녀는 좀처럼 자리에 앉지 못한다. 자신이 그 순간을 피하고 있음을 그녀는 금방 알아차린다. 그녀가 수년간 지겹도록 반복해 왔던 이 일의 의미가 달라진 걸까. 이 일에 대한 자부와 긍지 같은 것들이 모두 사라진 걸까.

아이는 오렌지주스를 홀짝거리며 그녀를 지켜본다. 약간의 우려와 호기심이 뒤섞인 아이의 눈빛이 그녀를 조심스럽게 따라다닌다.

아줌마가 테이블 닦는 걸 깜빡했다. 잠깐만.

그녀가 도망치듯 또다시 방을 나가려고 하자 아이가

곧바로 대답한다.

괜찮아요. 제가 닦았어요!

말릴 새도 없이 아이가 소매로 테이블을 닦아 버린다. 그런 후엔 그녀를 보며 장난스럽게 웃어 보인다. 결국 항복하듯 그녀가 아이의 맞은편에 자리를 잡고 앉는다. 오래전 처음 이 일을 시작할 때처럼. 얼마간의 두려움과 떨림, 또 얼마간의 기대와 의문을 품은 채로.

지난 계절 그녀는 이 방에서 홀로 편지를 썼다. 외부와 단절된 이 폐허 같은 곳에서. 그녀는 어떤 말로, 어떤 언어로, 외부와 대적하고 있다고 믿었다. 그리고 그 행위를 통해 그녀가 배운 것은 아무것도 없다. 그녀는 승리하지도 패배하지도 않았다. 시간이 환호와 야유와는 무관하게 흘러가는 것처럼. 그녀는 다만 그렇게 한 시절을 지나왔을 뿐이다.

적어도 그녀는 아이에게 그 정도의 이야기는 들려줄 수 있을 것이다. 아이가 원한다면. 어디까지나 아이의 요청이 있다면. 그때까지 그녀는 기다릴 것이다. 최선을 다해 들을 것이다.

그녀는 어깨를 펴고 허리를 바로 세운다. 아이가 그

너의 눈을 맞춘다.

좋아, 그럼. 긴장하지 말고 아무 이야기나 해 보는 거야. 하고 싶은 말이 있으면 뭐든 해도 돼. 알았지?

그녀가 말한다. 긴장하지 말라니. 누가 봐도 긴장하고 있는 사람은 그녀다. 아이의 입가에 수줍게 미소가 떠오른다. 그러나 한편으론 아이의 표정이 진지해지는 게 느껴진다. 마침내 그녀에게 들려줄 이야기를 골라낸 걸까. 그녀에게 보여 줘도 되는 비밀 하나를 찾아낸 걸까.

준비됐어?

그녀가 묻고 아이가 답한다.

전 아까부터 다 준비됐는데요.

그녀는 두 손으로 테이블 표면을 부드럽게 어루만지며 아이와 눈을 맞춘다. 언제, 어디서, 왜 샀는지 기억도 나지 않는 이 보잘것없는 테이블만으로도 충분하다고 생각하면서. 돌멩이와 나뭇가지. 그러니까 언제든 손가락을 갖다 대면 맥없이 무너져 버릴 것들을 다시 쌓아 올리기엔 더할 나위 없는 순간이라고 생각하면서.

아이가 이야기를 시작한다.

작가의 말

소설을 쓰는 동안 영화 「노매드랜드」를 자주 봤다.

영화를 모티프로 한 장면이 소설 속에 등장하기도 하지만 이상하게도 영화는 볼 때마다 달랐다. 처음에는 무자비한 자본주의 질서에서 밀려난 낙오자의 흔한 서사로 보였고, 어느 날은 고독에 대한 비유처럼 느껴졌다. 침묵에 관한 사유로 읽히거나 돌이킬 수 없는 것에 대한 후회로 느껴지기도 했다. 자기 합리화, 자기 연민, 자기 변명을 그럴 듯하게 포장한 이야기에 불과하다고 생각한 적이 있고, 자신에게 주어진 삶을 힘껏 껴안는 한 사림의 얼굴이라고 믿은 적도 있다.

매번 달라지는 감상의 이유가 영화 속에 있다고 생각했고, 그 안에서 이유를 찾으려 했지만 그럴 수 없었다. 영화는 나 자신을 깊이 들여다보는 렌즈였기 때문이다.

누군가에게도 이 소설이 그런 방식으로 읽힐 수 있으면 좋겠다.

부족한 원고를 함께 고심하고, 섬세하게 살펴준 민음사 편집부에 고개 숙여 감사드린다. 아울러 소설을 쓰는 동안 내가 기댈 수 있었던 모든 것들에 대해 진심으로 고마운 마음을 전한다.

경청

1판 1쇄 펴냄	2022년 10월 21일
1판 3쇄 펴냄	2023년 5월 18일

지은이	김혜진
발행인	박근섭·박상준
펴낸곳	(주)민음사

출판등록	1966. 5. 19. 제16-490호
	서울시 강남구 도산대로 1길 62(신사동)
	강남출판문화센터 5층(06027)
대표전화	02-515-2000
팩시밀리	02-515-2007
홈페이지	www.minumsa.com

ISBN 978-89-374-7237-4 (03810)

* 잘못 만들어진 책은 구입처에서 교환해 드립니다.